Reto Luzius Fetz **Im Schatten des Greif**

Reto Luzius Fetz

Im Schatten des Greif

Kriminalroman

RECLAM
LEIPZIG

Besuchen Sie uns im Internet:
www.reclam.de

1. Auflage, 2004
Umschlaggestaltung: Simin Bazargani
Autorenfoto Umschlagklappe: © Maria Koettnitz
Gesetzt aus Rotis serif
Satz: Reclam Verlag Leipzig
Druck und Bindung: Ebner & Spiegel, Ulm
Printed in Germany
ISBN 3-379-00821-4

Zwiefältiger Art,
löblich und tadlig,
ist alle Kreatur.

Aus dem Physiologus

1 Die große Uhr im Lesesaal zeigte zehn nach elf. In fünf Minuten würde drüben im Kollegium die Prüfung beginnen. Nervös und angespannt, als ob er selbst der Prüfling wäre, machte sich Lacurt auf den Weg. Er hoffte, in den Gängen der Bibliothek nicht der Mutter von Maximilian de Greyff zu begegnen. So kurz vor dieser Prüfung mit ungewissem Ausgang hätte er ihr nicht gerne in die Augen geschaut. Er wusste, welche Hoffnungen sie in ihren einzigen Sohn setzte.

Lacurt war an der Universität Freiburg in der Schweiz Privatdozent der Philosophie und einer der Prüfer des jungen de Greyff, der in ihm nicht nur seinen Lehrer sah, sondern sich ihm auch in privaten Dingen des Öfteren schon anvertraut hatte. Maximilian de Greyff war der letzte Hoffnungsträger eines alten, allerdings verarmten Freiburger Patriziergeschlechts. Das Einzige, was Maximilian de Greyff und dessen Mutter noch geblieben war, war der alte Rittersitz Greifenried, für dessen Unterhalt sie jedoch nicht mehr allzu lange aufkommen konnten. Schon seit geraumer Zeit, so hatte ihm Maximilian erst vor kurzem erzählt, werde seine Mutter von mehreren Bauunternehmern bedrängt, das Land endlich zu verkaufen, um den Weg für einen geplanten Golfplatz freizumachen. Und als Clubhaus wollten sie unbedingt ihren Stammsitz, Schloss Greifenried.

In dieser Lage hatte sich de Greyff um eine Stelle als Philosophielehrer am kantonalen Gymnasium beworben. Hätte er diese Stelle, so hatte er Lacurt erklärt, dann könne er ganz anders für sein Gut einstehen. Der Weg dahin führte jedoch über die Prüfung, die an diesem Tag stattfinden sollte. Nur mit einer exzellenten Note hatte de Greyff eine Chance, sich unter den zum Teil wohl protegierten Anwärtern durchzusetzen.

In fachlicher Hinsicht würde es bei dieser Prüfung keine Probleme geben, da war Lacurt sich ganz sicher. Schließlich handelte es sich bei Maximilian de Greyff um einen seiner besten und engagiertesten Studenten. Auch wegen des zweiten Prüfers, Oberassistent Kramer von der Pädagogik, den er als zuvorkommenden und loyalen Kollegen schätzte, hatte er keine Bedenken. Nervös jedoch machte ihn der Umstand, dass ausgerechnet Professor Blöchli den Prüfungsvorsitz übernehmen sollte. Und wenn er an den Charakter und die Notengebung Blöchlis dachte, vor allem aber an das Verhältnis, in dem Blöchli und Maximilian de Greyffs Vater zueinander gestanden hatten, dann verspürte er ein ungutes Gefühl.

Maximilians Vater war vor Jahren ebenfalls Philosophiedozent an der Freiburger Universität gewesen, und ein brillanter noch dazu. Es fehlte nicht viel und er hätte jene Professorenstelle bekommen, die nun Blöchli innehatte. Mit bösen Intrigen hatte Blöchli Maximilians Vater seinerzeit aus der Universität vertrieben. Und manch einer machte Blöchli sogar für dessen Tod verantwortlich, von dem niemand so genau wusste, ob es sich um einen

Unfall oder um Selbstmord gehandelt hatte. Daher kam die eisige Distanz, die Maximilian de Greyff dem Professor gegenüber stets an den Tag legte. Auch Maximilians Mutter, die als Bibliothekarin arbeitete und als freundliche, umgängliche Frau galt, trat Blöchli gegenüber immer äußerst frostig auf.

Die Prüfung fand im alten Lyzeumsgebäude statt, in einem Klassenzimmer im ersten Stock, das zur Straße hin lag. Durch die breite Fensterfront konnte man auf die Freitreppe blicken, die zum Eingang der links liegenden Kantons- und Universitätsbibliothek führte. Lacurt begrüßte Oberassistent Kramer sowie den jungen de Greyff, der bereits am Lehrerpult saß und das Unterrichtsmaterial ordnete, das er in dieser für ihn so wichtigen Lehrprobe verwenden wollte. Wie immer, wenn Lacurt es gerade wieder geschafft hatte, nicht zu spät zu kommen, rühmte er sich seiner Pünktlichkeit. Erstaunt stellte er fest, dass Professor Blöchli noch nicht da war, als die Schulglocke auch schon das Ende der Pause ankündigte und die Schülerinnen und Schüler einer Abschlussklasse des Gymnasiums ins Klassenzimmer strömten.

»Wo Blöchli nur solange bleiben mag?«, murmelte Kramer und blickte suchend aus dem Fenster. Lacurt zuckte nur mit den Schultern. Blöchli hatte sich nicht abgemeldet, zumindest nicht bei ihm. So beschlossen sie, mit der Prüfung noch etwas zu warten. Fünf Minuten verstrichen. De Greyff sah immer wieder nervös auf seine Uhr und die Schüler wurden allmählich unruhig. Länger zu warten entsprach nicht den Gepflogenheiten, und so zogen sich Kramer und Lacurt in eine der hinteren Bänke zurück und gaben de Greyff ein Zeichen, mit dem Unterricht zu beginnen.

›Verstehen und Erklären‹ lautete das Thema, das de Greyff im Einverständnis mit seinen Prüfern für diese Lehrprobe gewählt hatte. Zu den immer wieder in der Philosophie diskutierten Problemen gehörte die Frage, worin sich eine naturwissenschaftliche Erklärung vom geisteswissenschaftlichen Verstehen unterscheidet, und wie überhaupt Erklären und Verstehen zusammenhängen. De Greyff war die Aufgabe gestellt, diese Frage anschaulich zu entwickeln und auf die entscheidenden Begriffe zu bringen.

Er kündigte den Schülern an, das Thema mit ihnen anhand eines konkreten Beispiels anzugehen und bückte sich zu seiner Mappe, deren sonderbare Gestalt Lacurt bereits aufgefallen war. Ihr entnahm er einen in Sackleinen gehüllten Gegenstand. In der Klasse herrschte erwartungsvolle Stille, als de Greyff das unförmige Ding, das offenbar recht schwer war, zu einem Tisch in der Mitte des Raumes trug. Als er das Sackleinen zurückschlug, kam darunter eine Steinplatte aus Jurakalk zum Vorschein, die auf der einen Seite einen schön gerundeten Bogen, auf der anderen eine unregelmäßige Bruchfläche aufwies. In der Mitte hatte sie ein großes, rundes Loch.

»Worum handelt es sich bei diesem Stein?«, fragte de Greyff die Klasse. Die Schüler aus den hinteren Reihen wollten sich den Stein genauer ansehen. Eine Prozession begann, der sich auch Kramer und Lacurt anschlossen.

Der Stein sei eine Kornmühle aus der Urgeschichte, meinte ein Schüler, die Überreste eines steinzeitlichen Wagenrads, vermutete ein anderer. Da meldete sich mit überlegenem Lächeln ein Anhänger der Naturwissenschaften zu Wort, nannte die bisherigen Deutungen Unsinn und behauptete, das Steingebilde sei nicht historisch, sondern erdgeschichtlich zu erklären. Es handle sich um das Bruchstück einer Gletschermühle, die vom Wasser umspült und abgeschliffen worden sei. Die Befürworter der geschichtlichen Version argumentierten, die Natur könne unmöglich einen so exakt geschliffenen Bogen mit einem passenden Loch hervorbringen.

Die Klasse schied sich in zwei Lager, die mit unterschiedlichsten Argumenten die historische oder die erdkundliche Deutung zu begründen versuchten. In einer Denkpause ließ jemand, offenbar der Witzbold der Klasse, das Wort vom Steinzeitklo fallen. Alles lachte. Es war an der Zeit, der Unterrichtsstunde eine ernsthafte Wendung zu geben.

De Greyff machte seine Sache gut. Er begründete zunächst, warum mehr für eine naturwissenschaftliche als für eine historische Erklärung des Steins sprach. Alles hing davon ab, ob der Stein als ein von Menschenhand hergestellter oder als ein natürlich entstandener Gegenstand aufgefasst wurde. Damit wurde die Bedeutung des Verstehens, genauer des Vorverständnisses klar, das eine Erklärung leitet. Schließlich hielt de Greyff in einem Schema die unterschiedlichen Frageweisen fest: Die Fragen des Wie und Warum, die sich an ein Naturgebilde stellen ließen, die Frage nach dem Zweck, des Wozu, die sich an einen von Menschenhand gemachten Gegenstand richtete.

Gerade in dem Moment, in dem de Greyff seine anfängliche Nervosität überwunden und sich warmgeredet hatte, wurde sein Vortrag durch die heulende Sirene eines Krankenwagens unterbrochen, der draußen vor dem Fenster die Straße entlangraste und, wie Lacurt von seinem Platz aus sehen konnte, genau vor der Bibliothek zum Stehen kam.

Zwei Sanitäter sprangen heraus, liefen die Freitreppe hinauf und verschwanden in der Eingangstür zur Bibliothek. Nur wenige Augenblicke später traf ein Streifenwagen der Polizei ein.

In der Klasse wurde es unruhig und den Schülern fiel es sichtlich schwer, auf ihren Stühlen sitzen zu bleiben und sich länger auf de Greyffs Erläuterungen zu konzentrieren. Jene, die in Fensternähe saßen, begannen zu flüstern und zu tuscheln, während die anderen die Hälse reckten, um einen Blick auf das Geschehen draußen zu erhaschen. Auch de Greyff war der Tumult unten auf der Straße nicht entgangen. Er warf einen schnellen, beunruhigten Blick aus dem Fenster, und Lacurt meinte, ihm die Sorge um seine Mutter anzusehen, die dort drüben in der Bibliothek arbeitete. Aber was sollte de Greyff in dieser Situation tun? Der Unterricht musste weitergehen, und so bat er die Schüler, sich wieder zu beruhigen und auf den Stoff zu konzentrieren, der noch vor ihnen lag. Er legte ihnen einen viel zitierten Text des berühmten Philosophen aus dem anderen

Freiburg vor, in dem dieser zeigt, wie wir immer etwas als etwas auffassen. Unter dieser Formel sollten die Schüler das Problem wieder erkennen, das sie bei der Deutung des Steins beschäftigt hatte. Kaum hatte de Greyff den Schülern ihre Aufgabe erklärt, als das Geschehen vor der Bibliothek nun jede Aufmerksamkeit auf sich zog.

Zuerst erschienen zwei Polizisten, von denen einer den Türflügel der Bibliothek aufhielt, während der andere sich auf der Freitreppe postierte. Dann traf ein Leichenwagen ein. Zwei Bestattungsgehilfen holten einen Zinksarg aus dem Wagen, trugen ihn durch die offene Tür und kehrten damit kurze Zeit später, gefolgt von den beiden Sanitätern, zum Leichenwagen zurück.

Inzwischen stand die gesamte Klasse an der Fensterfront. Auch Kramer und de Greyff waren an eines der Fenster getreten und sahen betroffen zu, wie die Sanitäter wieder in ihren Krankenwagen stiegen und davonfuhren, während der schlichte graue Sarg in den Leichenwagen geschoben wurde. Die meisten Schüler verhielten sich still, einige flüsterten miteinander, bis Kramer sie schließlich mit einer Handbewegung aufforderte, ihre Plätze wieder einzunehmen. De Greyff war sichtlich blass geworden und seine Stimme zitterte leicht, als er die Schüler anwies, mit ihrer Aufgabe zu beginnen.

Lacurt hielt es im Klassenzimmer nicht mehr aus. Er gab Kramer zu verstehen, dass er in wenigen Minuten wieder zurück sein werde, winkte de Greyff aufmunternd zu und verließ leise den Raum.

Auf der anderen Straßenseite angekommen, zwängte er sich durch eine Gruppe von Neugierigen, die sich inzwischen auf der Freitreppe und vor dem Portal eingefunden hatte, und wandte sich nach links Richtung Katalog- und Ausgaberaum. Ein Polizist hielt ihn auf und erklärte, die inneren Bibliotheksräume dürften vorläufig von niemandem betreten werden.

Im großen Vorraum standen die Bibliotheksangestellten in einer Gruppe zusammen, in der Lacurt zu seiner großen Erleichterung auch Madame de Greyff erblickte. Doktor Imfeld, den Lacurt aus gemeinsamen Studentenjahren kannte und der nun in der Abteilung für alte Drucke arbeitete, löste sich aus der Gruppe und kam auf ihn zu.

»Weißt du es schon?«, fragte Imfeld.

»Nein, was, um Himmels willen, ist hier eigentlich passiert?«

»Professor Blöchli ist unten von den Verschieberegalen erdrückt worden.«

»Blöchli erdrückt ... Das ist ja furchtbar!« Lacurt schluckte. Ihm wurde übel und schwindlig, und fast fluchtartig verließ er den Raum. Er sah die unterirdischen Lagerräume der Bibliothek vor sich, mit den beinahe deckenhohen Regalen, die auf beiden Seiten lückenlos mit Büchern gefüllt waren. Um den gesamten Raum auszunützen, hatte man dort eines jener modernen Lagersysteme installiert, bei denen sich die Regale auf Schienen zu einem geschlossenen Block zusammenschieben ließen. An der vorderen Seitenwand eines jeden Regals war ein elektrischer Schalter angebracht, durch den sich

die Regale nach links oder nach rechts verschieben ließen, so dass an gewünschter Stelle ein schmaler Korridor entstand, der zu den Büchern führte. Öffnete jemand an einer anderen Stelle einen Korridor, so verschoben sich die Bücherwände, und der bisher offene Korridor wurde automatisch wieder geschlossen. Dort traten dann die Bücherwände zusammen, mit der ganzen Schubkraft von tausenden und abertausenden von Bänden, vor allem, wenn ein aus mehreren Regalen bestehender Block verschoben wurde. Und wenn man unversehens dazwischen geriet … Fatal, was dann geschah!
Lacurt war es immer unheimlich zu Mute, wenn er sich in einem dieser Korridore befand. An diesem beklemmenden Gefühl konnte auch die rote, am Boden der Regale entlanglaufende Sicherheitsschiene nichts ändern, die man im Notfall mit dem Fuß berühren und so die rollenden Regale stoppen konnte. Blöchli hatte das doch gewusst! Hatte er nicht rechtzeitig reagiert, war er bewusstlos geworden oder hatte das System versagt? Wie hatte das Unglück überhaupt geschehen können? Wer einen neuen Korridor öffnen wollte, vergewisserte sich doch in der Regel, dass niemand im alten Korridor stand, bevor er diesen schloss. Seltsam, dachte Lacurt.

Noch ganz benommen kehrte er ins Klassenzimmer zurück, wo ihn de Greyff, der still und bleich hinter dem Lehrerpult saß, erwartungsvoll ansah. Lacurt legte ihm beschwichtigend die Hand auf die Schulter und flüsterte ihm zu, dass mit seiner Mutter alles in Ordnung sei. Dann setzte er sich wieder neben Kramer in die hintere Bank

und gab an diesen weiter, was er von Imfeld gehört hatte. Sie sahen einander nicht an und keiner sagte mehr ein Wort, bis die Stunde zu Ende war.
Natürlich mussten sie de Greyff nach der Lehrprobe erst einmal von Blöchlis Tod in Kenntnis setzen, bevor sie sich ins Klassenzimmer zurückzogen, um über die Note zu beraten. Doch sie waren sich schnell einig: eine vorzüglich gestaltete Stunde, gehalten unter schwierigen Umständen. Also die beste Note. Darauf wurde de Greyff hereingerufen. Er war immer noch sehr bleich und nahm die Note dankbar und sichtlich erleichtert entgegen. Ohne die üblichen Sprüche und Späße, mit denen sich die Prüfer sonst von ihren Examenskandidaten verabschiedeten, trennten sich ihre Wege.

Am Abend zog es Lacurt zu einem Spaziergang vor die Mauern der Stadt. Er wohnte in der Murtengasse und brauchte nur durch das Murtentor zu gehen, um unter den Riesenbäumen einer abgelegenen Allee zu flanieren. Sie bot einen malerischen Blick auf die an Abhängen und Felsen hingebauten, mit Türmen und Erkern bewehrten Stadtmauern des mittelalterlichen Freiburg. Der Spaziergang beruhigte und erfrischte ihn, und so beschloss er, noch einen Rundgang durch die Altstadt zu machen.
Er hatte Professor Blöchli, der sich ihm oft in den Weg gestellt hatte, nie sonderlich gemocht, im Gegenteil: Manchmal hatte er geradezu einen Abscheu vor ihm empfunden, aber diesen Tod hätte er ihm nie und nimmer gewünscht. Blöchli hatte er zum ersten Mal bei dessen

Probevorlesung gesehen, die er stockend vorgetragen und dabei seine Zeit gewaltig überzogen hatte. Ganz anders hatte dagegen de Greyffs Vater gewirkt, der seine Probevorlesung in einem blendenden Französisch gehalten hatte, frei und ohne Notizen – wenn auch mit einem leichten Hang zur Selbstgefälligkeit. Aber die Mehrheit der Berufungskommission und der Fakultät wollte angeblich keinen Freiburger Aristokraten, dem überdies noch reaktionäre kirchliche Ansichten nachgesagt wurden. Und Lacurt erinnerte sich dunkel daran, dass damals auch viel von politischen Intrigen die Rede gewesen war.

Ja, diese Freiburger Aristokratie, oder was noch von ihr übrig war, und überhaupt das alte Fribourg seiner ersten Studentenjahre! Lacurt war inzwischen auf die Hauptachse der Freiburger Altstadt gestoßen, die Grand'rue oder Reichengasse, wo sich die früheren Stadthäuser des Patriziats aneinander reihten. Er dachte an jenen sonnigen Herbstnachmittag vor mehr als fünfzehn Jahren, an dem er nach seiner Ankunft aus Graubünden zum ersten Mal diese Häuser mit ihren wappenverzierten Portalen bestaunt hatte. Damals bröckelte der Sandstein überall, und die geschmiedeten Fenstergitter waren vom Rost zerfressen. Nun war das meiste renoviert, und die vielen Klingelknöpfe neben den Eingängen deuteten darauf hin, dass sich hinter den prächtigen Fassaden von einst nun zahlreiche kleine Apartments befanden. Aus diesen Türen würden nie mehr jene würdevollen, schwarz gewandeten Gestalten treten, die Lacurt damals ebenso viel Ehrfurcht eingeflößt hatten

wie die dunklen Treppenhäuser in ihrer verblassten Pracht.
Mitunter kam sich Lacurt selbst wie ein Relikt vergangener Zeiten vor, wenn er an die lateinischen Vorlesungen zurückdachte, die er noch bei der letzten Generation der Philosophieprofessoren aus dem Dominikanerorden gehört hatte, denen Freiburg damals seinen Ruf als hochrangige Thomistenschule verdankte.
Zwischen den Häusergiebeln stand ein fahler, im Abnehmen begriffener Mond, und mit einem Mal wurden schmerzliche Erinnerungen in ihm wach. Der Mond, der wandelbare ... Wo nur mochte Jeanne wohl stecken, die sich nun schon wochenlang nicht mehr bei ihm gemeldet hatte? Es hätte nicht des Mondes bedurft, um ihn an sie zu erinnern, falls es überhaupt einen Augenblick gab, in dem er nicht unterschwellig an sie dachte. Das hohe Haus mit dem Laubengang, auf das er in diesem Augenblick zuging, hatte einst ihrer Familie gehört, der großen Berner Aufsteigerfamilie der Burgunderkriege, die bei der Reformation nach Freiburg hinübergewechselt war.
Jeanne entstammte einem in Frankreich ansässigen Zweig dieser Familie. Sie war früh verwaist, hatte in Paris Geschichte und Literatur studiert und wollte Journalistin werden. Um Materialien für eine Familiengeschichte zu sammeln, die ihr ein reicher Onkel in Auftrag gegeben hatte, war sie im letzten Herbst nach Freiburg gekommen. Bei einem Vortrag hatten sie sich kennen gelernt. Dann hatte Jeanne plötzlich in seiner Vorlesung gesessen, und er hatte sie immer öfter auf ihren histo-

rischen Erkundungen begleitet. Glückliche Fahrten, auf denen sie sich näher und näher gekommen waren, glückliche Liebe! Im Vorfrühling waren sie zusammen nach Oberitalien gereist, in die Stadt von Romeo und Julia. Sternstunden kamen, in denen ihre Einheit eine vollkommene schien. Er wollte sein Glück festhalten, wollte ihr die Ehe antragen wie Romeo: *Ich schwöre, Fräulein, bei dem heil'gen Mond.* Diesen Vers hatte er nach einer Aufführung des Stücks in einem Anflug kühner Entschlossenheit auf einen Seidenschal geschrieben, den er ihr geschenkt hatte. Sie war erschrocken zurückgewichen und hatte dann hinzugesetzt: *O, schwöre nicht beim Mond, dem wandelbaren …* Warum bloß hatte sie nicht mit jenem anderen Vers geantwortet, wie er insgeheim gehofft hatte? Nicht lange danach war Jeanne plötzlich nach Frankreich zurückgereist, ohne ihm eine Adresse zu hinterlassen. Vielleicht werde sie nie mehr zurückkehren, vielleicht aber für immer, hatte sie ihm beim Abschied gesagt und um Bedenkzeit gebeten. Dieser Tag lag nun schon Wochen zurück.

2

Am nächsten Morgen kaufte sich Lacurt noch vor dem Frühstück die deutsche und die französische Tageszeitung von Freiburg. Beide berichteten in großer Aufmachung von dem schrecklichen Tod des Professors, dessen Begleitumstände allerdings noch völlig im Dunkeln lagen. Die Polizei hüllte sich weitgehend in Schweigen, und so stützten sich die Berichte vor allem auf die Darstellung des Bibliotheksangestellten, der Blöchli erdrückt am Boden aufgefunden hatte. Er könne allerdings gar nicht begreifen, so der Bibliotheksangestellte, wie das habe passieren können. Denn selbst wenn man sich in einem Korridor zwischen den Regalen befinde und ein anderer dieselben in Bewegung setze, hätte man im Normalfall Zeit genug, auf die rote Sicherheitsschiene zu treten und den Korridor noch zu verlassen.

Sonderbarerweise war der Korridor, in dem Blöchli erdrückt worden war, wieder offen gewesen. Hatte sich das elektrische System, das die Bewegung der Verschieberegale regelte, beim Zusammenprall selbsttätig eingeschaltet? Oder hatte jene Person, die den Schalter gedreht hatte, bemerkt, dass sich jemand im Korridor befand, und die Gefahr durch eine Rückwärtsbewegung der Regale abzuwenden versucht? Aber wer hatte das Ganze verursacht? Niemand hatte sich bisher gemeldet, und niemand war offenbar Zeuge des Hergangs gewesen.

Am Tag darauf – es war ein warmer Frühlingsmorgen – saß Lacurt mit den Zeitungen auf der Terrasse eines Cafés, das am Platz neben der Liebfrauenkirche lag. Doch sie brachten nicht viel Neues zu dem mysteriösen Todesfall außer der Meldung, dass die Sicherheitsschiene offensichtlich nicht an das elektrische Gesamtsystem angeschlossen gewesen war. Handelte es sich also um eine Nachlässigkeit beim Einbau des Systems, die Blöchli das Leben gekostet hatte? Der pathologische Befund, der über die genaue Todesursache Aufschluss geben sollte, stand noch aus.

Lacurt sah den Tauben zu, die vor seinem Tisch an den Resten eines Brötchens herumpickten. Was hatte es zu bedeuten, dass die Sicherheitsschiene nicht angeschlossen gewesen war? Da gab es mehrere Möglichkeiten. Jemand konnte den Schalter gedreht haben, ohne zu bemerken, dass Blöchli sich im Korridor befand. Dann war das Unglück aus Unachtsamkeit geschehen. Aber das stand noch gar nicht fest, schoss es Lacurt durch den Kopf. Hatte vielleicht sogar jemand gewusst, dass die Sicherheitsschiene nicht angeschlossen war und sich diesen Umstand zunutze gemacht? Dann war Blöchlis Tod kein Unfall gewesen, sondern Absicht, Mord.
Es gab allerdings noch eine dritte Möglichkeit. Jemand hatte gewusst, dass sich Blöchli im Korridor aufhielt und hatte, um dem Professor einen üblen Streich zu spielen, die Regale in Bewegung gesetzt, ohne jedoch zu ahnen, dass die Sicherheitsschiene nicht funktionierte. In diesem Fall war Blöchlis Tod die unbeabsichtigte Folge einer beabsichtigten Handlung.
Lacurt musste plötzlich daran denken, wie er in der Lehrprobe des jungen de Greyff gesessen hatte, als das Unglück passiert war. Verstehen und Erklären: Was zur selben Stunde gegenüber vom Lyzeumsgebäude in der Bibliothek geschehen war, gab ein ähnliches Rätsel auf wie de Greyffs Stein. Steckte eine Absicht dahinter oder handelte es sich um eine Verkettung unglücklicher Umstände? War es ein Unfall oder Mord? Vor seinen Füßen zerteilte eine Taube einen Brotkrumen. Saubere Zerlegung hieß auch die Devise, mit der die von Blöchli hochgehaltene Analytische Philosophie an ein Problem

heranging. Und nun stand er, Lacurt, vor dem Rätsel von Blöchlis Tod.

Wenige Tage später erhielt er einen Anruf von Maximilian de Greyff. Seine Stimme klang besorgt. »Seit dem Vorfall in der Bibliothek geht es meiner Mutter von Tag zu Tag schlechter. Sie zieht sich immer mehr in sich selbst zurück. Ich vermute, dass sie etwas quält, worüber sie jedoch nicht mit mir reden kann. Sie hat sich immer schon aus allem ein Gewissen gemacht. Also habe ich ihr nahe gelegt, mit einer Person ihres Vertrauens zu sprechen, und da hat sie Ihren Namen genannt. Und nun«, de Greyff machte verlegen eine Pause, »habe ich mir erlaubt, Sie anzurufen, um Sie zu fragen, ob meine Mutter nicht einmal mit Ihnen reden könnte.«
Nun war Lacurt der Verlegene. Es berührte ihn, dass Madame de Greyff gerade an ihn gedacht hatte, und so erklärte er sich zu einem Gespräch bereit. Er versprach dem jungen de Greyff, noch am selben Abend kurz nach der Schließung in die Bibliothek zu kommen, um mit ihr zu reden.

Als er zur angegebenen Zeit die Freitreppe zur Bibliothek hinaufeilte, die bereits verlassen dalag, hielt ihm Madame de Greyff den Flügel des Portals gerade so weit auf, dass er noch hineinschlüpfen konnte. Lacurt drückte der zierlichen Frau mit dem fein profilierten Gesicht nur stumm die Hand. Sorgsam verriegelte sie von innen die Tür und führte ihn in den Lesesaal, wo sie offensichtlich bis vor wenigen Augenblicken noch gearbeitet hatte. Nur an einem einzigen Tisch brannte noch eine Leselampe, der übrige Saal lag im Dunkeln. Sie nahmen Platz, doch wussten sie beide nicht recht, wie sie das Gespräch beginnen sollten. Da ergriff Lacurt als Erster das Wort und beglückwünschte Madame de Greyff zunächst einmal zu der so exzellent bestandenen Prüfung ihres Sohnes.

»Wir können es beide brauchen«, erwiderte sie.

Ihr Sohn halte sich tapfer, fuhr Lacurt fort. Maximilian habe ihm von den Absichten der Unternehmer berichtet, die in Greifenried einen Golfplatz anlegen wollten. Ob seine Hoffnung, dieser Käufergruppe als Kantonsschulprofessor erfolgreich entgegentreten zu können, nicht zu groß sei?

»Maximilian baut seine Hoffnungen nicht nur darauf, als Kantonsschulprofessor einen festeren Stand zu haben«, erwiderte Madame de Greyff. »Ich weiß nicht, ob ich es Ihnen sagen darf, aber Maximilian wird es Ihnen früher oder später ohnehin erzählen, da er großes Vertrauen zu Ihnen hat. Er hat in Greifenried ein altes Papier gefunden, eine Greifendarstellung mit einer Inschrift, der er eine große Bedeutung beimisst. Er glaubt, das Dokument sei der Schlüssel zu dem, was der Greif – ich meine jetzt das Wappentier der de Greyff – alten Berichten zufolge immer noch in Greifenried hütet.«

»Hört sich an wie die Geschichte von einem verborgenen Schatz«, warf Lacurt etwas ungläubig ein.

»So ungefähr ist es auch«, bestätigte Madame de Greyff, »nur dass hier sehr viel Familiengeschichte hineinspielt und die, wie soll ich es sagen, fast mythische Beziehung der de Greyff zu ihrem Wappentier. Aber ich bin keine geborene de Greyff, nur eine angeheiratete. Diese Geschichte muss Ihnen mein Sohn schon selber erzählen.«

»Außerdem«, fügte Madame de Greyff nach einem kurzen Schweigen hinzu, »möchte ich die kostbare Zeit, die Sie mir widmen, nicht allzu sehr in Anspruch nehmen.«

Sie senkte ihren Blick, und Lacurt glaubte in ihren Mundwinkeln ein nervöses Beben wahrzunehmen. Was sie zu sagen hatte, fiel ihr offenbar schwer.

»Sie kennen die Umstände von Blöchlis Tod in der Bibliothek?«, fragte sie ihn schließlich.

»Ja, so weit die Zeitungen darüber berichtet haben.«

»Sie haben also gelesen, dass das Sicherheitssystem nicht funktioniert hat?«

»Ja.«

»Ich habe es gewusst, und nun mache ich mir schreckliche Vorwürfe.«

»Sie haben das gewusst?«, entfuhr es Lacurt.

»Ja, ich habe das gewusst. Und ich muss Ihnen auch gestehen, dass ich mich zum Zeitpunkt von Blöchlis Tod in seiner unmittelbaren Nähe befunden habe«, fuhr Madame de Greyff fort. Ihre Mundwinkel begannen wieder zu zittern und Tränen traten ihr in die Augen. »Ich weiß, was Sie jetzt von mir denken …« Madame de Greyff fing an zu weinen, und Lacurt wusste sich nicht anders zu helfen, als nach einem Taschentuch zu suchen. »Das Allerschlimmste ist«, fuhr sie, unterbrochen von heftigem Schluchzen fort, »dass ich ihm weiß Gott oft genug den Tod gewünscht habe für all das, was er meinem Mann damals angetan hat. Und nun, nun ist es tatsächlich passiert.« Madame de Greyff brach erneut in Tränen aus, sodass Lacurt ihr beruhigend zusprach und ihr sein Taschentuch reichte. Sie wischte damit ihre Tränen weg, bevor sie weiterredete. »Aber – das müssen Sie mir glauben –, Triumph empfinde ich nicht, nein, ich fühle mich elend.«

Sie sah Lacurt Hilfe suchend in die Augen und ergriff seine beiden Hände. Lacurt saß da wie gelähmt. Er sah in Madame de Greyffs klares, offenes Gesicht, das ihn so sehr an Jeanne erinnerte. Doch der fürchterliche Verdacht, der in ihm aufgekommen war, ließ sich nicht abschütteln.

»Wie konnten Sie wissen«, begann er zögernd, »dass das Sicherheitssystem nicht funktionierte?«

»Einmal im Jahr, immer vor dem Beginn des Sommersemesters, wird das gesamte elektrische Lagersystem der Bibliothek von einer Freiburger Firma gewartet. Vor einigen Wochen nun bin ich in den Bibliotheksgängen einem Elektriker begegnet, den ich gut gekannt habe. Der alte Schneuwly – er ruhe in Frieden – stammte aus dem Dorf, wo der Landsitz meiner Familie liegt. Er war ein lustiger Mensch, den mein Vater gern mochte, und ebenso mochte er uns, nur hat er leider immer schon zu viel getrunken. Nach dem Konkurs seines kleinen Geschäfts hat er Arbeit bei jener Freiburger Firma gefunden, die für die Wartung des Lagersystems zuständig ist. An jenem Morgen sagte er mir, er müsse noch im ersten Untergeschoss die Sicherheitsschienen der letzten drei Verschieberegale wieder anschließen, dann sei er mit der Arbeit fertig. Vorher gehe er aber noch schnell auf ein Glas Weißwein ins

Wirtshaus gegenüber. Er ist jedoch an diesem Vormittag nicht in die Bibliothek zurückgekehrt; ich habe ihn nach zwölf aus dem Wirtshaus schwanken sehen. Auch am Nachmittag ist er nicht wiedergekommen, und auch an den folgenden Tagen nicht. Das hätte ich natürlich melden müssen, weil schließlich jeder davon ausgegangen ist, dass die Wartungsarbeiten abgeschlossen waren und das Sicherheitssystem wieder eingeschaltet ist. Aber das habe ich nicht gemacht, weil ich dem armen Schneuwly, der ohnehin schon als unzuverlässig galt, noch eine Chance geben wollte, und durch eine Meldung hätte er mit Sicherheit seinen Arbeitsplatz verloren. Ich habe gehofft, dass er doch noch kommen würde, und irgendwann habe ich die ganze Angelegenheit einfach vergessen, bis ich vor drei Tagen Schneuwlys Todesanzeige in den *Freiburger Nachrichten* gesehen habe. Aber da war das Unglück schon geschehen.«
Lacurt nickte, konnte aber nicht begreifen, warum sie nicht an die Menschen gedacht hatte, die sich da unten aufhielten.
»Die Frage, die mich nun quält«, fuhr Madame de Greyff fort, »ist die, wie ich mich der Polizei gegenüber verhalten soll.«
»Hat Sie die Polizei danach gefragt?«
»Nein. Die Polizei versucht im Augenblick vor allem herauszufinden, wer die Verschieberegale bewegt hat. Sie hat alle Bibliotheksangestellten befragt, die sich zum fraglichen Zeitpunkt im ersten Untergeschoss oder in dessen Nähe aufgehalten haben.«
»Und was haben Sie der Polizei erzählt?«

»Ich habe ihnen gesagt, dass ich im Erdgeschoss gleich nebenan gewesen bin, im großen Nebenraum des alten Bibliothekstrakts, wo die gebundenen Jahrgänge der Zeitschriften stehen. Ich habe den Raum einmal verlassen, um die Toilette aufzusuchen, und dabei die Verbindungstreppe benützt, die auch in das erste Untergeschoss führt.«

»Und Sie haben gewusst, dass Blöchli da unten war?«

»Ja. Begreifen Sie jetzt die schrecklichen Gedanken, die mir manchmal kommen?«

»Ich glaube, ja«, sagte Lacurt leise. »Haben Sie Blöchli gesehen, als er nach unten ging?«

»Nein. Blöchli hatte mich vorher – es muss wohl kurz vor elf gewesen sein – bei der Bücherausleihe angesprochen; es war das erste Mal, dass er so direkt auf mich zuging. Ich möge doch bitte dafür sorgen, dass mein Sohn sofort ein Buch zurückbringe, das er schon zu lange ausgeliehen habe – es war jenes Buch, mit dem mein Sohn seine Lehrprobe vorbereitet hatte. Ich habe das so kurz vor der Prüfung als ausgesprochene Schikane empfunden.« Aber das war typisch Blöchli, dachte Lacurt. »Zu Blöchli habe ich jedoch nur gesagt, ich würde meinen Sohn benachrichtigen und er würde das Buch gleich bringen. Maximilian war an diesem Vormittag im Historischen Museum, um bei der Vorbereitung der Ausstellung über die Römerfunde mitzuhelfen; er hat ja im Nebenfach Archäologie studiert. Blöchli hat nur gesagt, er werde unten in seiner Sonderabteilung für Analytische Philosohpie auf das Buch warten. Ich habe gleich im Museum angerufen, und Maximilian ist kurz darauf gekommen. Er hat das

Buch am Schalter abgegeben und ist dann zur Kantonsschule gegangen, und ich in den Zeitschriftenraum.«

Madame de Greyff hatte also nicht nur gewusst, dass die Sicherheitsschiene nicht funktionierte; sie war kurz zuvor von diesem verhassten Mann auch noch gedemütigt worden. Außerdem hatte sie gehört, dass er nach unten gehen würde. Sie arbeitete dann in jenem Nebenraum, von dem aus man das erste Untergeschoss durch eine Verbindungstür und über zwei Treppen erreichen konnte. Sie hatte den Nebenraum durch diese Verbindungstür verlassen, um auf die Toilette zu gehen ... Alles passte zusammen, bis zum grauenvollen Ende ...

»Sie sehen jetzt wohl dieselben Gespenster wie ich«, unterbrach Madame de Greyff seine Gedanken.

»Ja«, erwiderte Lacurt tonlos.

»Manchmal ... manchmal bin ich mir wirklich nicht sicher, ob ich nicht die Kontrolle über mich verloren habe.« Ein langes Schweigen folgte.

»Aber sehen Sie«, begann Madame de Greyff wieder, »wenn ich der Polizei die Sache mit der Sicherheitsschiene berichte, macht das den Professor auch nicht wieder lebendig. Doch ich, ich stünde ganz gewiss als Mörderin da, und wenn ich dann an meinen Sohn denke, dann ...«

An die Folgen für Maximilian hatte Lacurt noch gar nicht gedacht. Die Anstellung als Philosophielehrer konnte er dann in den Wind schreiben, so viel stand fest. Zumal die alte Freiburger Aristokratie, der Maximilian entstammte, ohnehin von vielen nicht gern gelitten war. Wurde seine Mutter nicht von jedem Verdacht freigesprochen, trug er sein Leben lang diese Last.

»Haben Sie Maximilian denn schon ins Vertrauen gezogen?«

»Nein. Ich habe das alles für mich behalten«, sagte sie und fügte bitter hinzu: »Könnten Sie etwa mit dem Gerücht leben, dass Ihr Vater Selbstmord begangen hat und Ihre Mutter eine Mörderin ist? Das käme auf Maximilian zu, wenn ich der Polizei sage, was ich weiß.«

»Aber Ihr Mann …«

»Mein Mann hat sich nicht das Leben genommen«, schnitt Madame de Greyff Lacurt das Wort ab. »Aber die Leute wollen es so.«

»Ich kann mich noch gut an Ihren Mann erinnern, obwohl wir uns nie näher kennen gelernt haben.«

»Mein Mann ist, das haben Sie vielleicht noch selber miterlebt, von Blöchli hinausgeekelt und von der Universität fallen gelassen worden – ich kann es nicht anders sagen. Der Wechsel an eine andere Universität ist ihm nicht geglückt. Er hat versucht, in Geschäfte einzusteigen. Aber er war dafür völlig ungeeignet.« Ihr Mann hatte, wie Lacurt von Madame de Greyff weiter erfuhr, sich an einem Kieswerk, auf familieneigenen Grundstücken beteiligt. Aber das Unternehmen machte Konkurs, die investierten Gelder – das letzte größere Familienkapital – waren verloren. »Dieses Fiasko«, schloss sie, »hat zu einer Entfremdung zwischen meinem Mann und Onkel Max geführt.«

»Wer ist Onkel Max?«, fragte Lacurt.

Madame de Greyffs Gesicht entspannte sich. Sie schien froh, von ihm sprechen zu können.
»Onkel Max, *Le Griffon*, der Greif, wie er genannt wurde, war der – vielleicht letzte – wirkliche de Greyff im Sinn des Wappentiers der Familie. Das Urbild des ritterlichen Abenteurers, der Schwarm aller Frauen – aber dabei sehr fein und zurückhaltend. Er hat als Geologe in Afrika gearbeitet und ist durch seine Bodenfunde zu Geld gekommen – auch zu Gold, wie es sich der Sage nach für einen Greif gehört; die Greife galten ja früher als Goldhüter.«
Madame de Greyff hatte sich in Gedanken an diesen sagenhaften Onkel Max richtiggehend erwärmt. »Er wollte meinen Mann davon abhalten, sich an diesem Kieswerk zu beteiligen; er hatte Menschenkenntnis genug, um die Windigkeit des Unternehmers zu durchschauen, der mit einer maßlosen Vergrößerung alles aufs Spiel gesetzt und verloren hat. Aber mein Mann ließ sich einfach nicht davon abbringen; naiv wie er in solchen Dingen war, glaubte er an den großen Sprung nach vorn. Onkel Max – er war Junggeselle – hat sich in der Folge geweigert, eine große Summe einzusetzen, um das Ganze zu retten. Das hat meinen Mann verstimmt. Er wollte nicht sehen, dass alles aus war.
Nun sollen Sie auch das Ende erfahren. Onkel Max und mein Mann sind etwa ein halbes Jahr nach diesem Bankrott kurz nacheinander gestorben – dreizehn Jahre sind es nun her.« Madame de Greyff schien bei der Nennung dieser Unglückszahl zu erschauern. »Onkel Max – er war fünfundsiebzig – konnte sterben, wie er gelebt hatte; er erlitt in seinen Wäldern einen Herzschlag. Mein Mann«, sie

zögerte und suchte nach Worten, »mein Mann hatte nach diesem finanziellen Ruin eine sehr schwere Zeit. Tagelang ist er nur noch durch die Gegend gewandert, vor allem bei den Felsen am Schiffenensee. Kein Wetter konnte ihn davon abhalten. Mag sein, dass er auf diese Weise sein Schicksal herausgefordert hat. Eines Abends, es hatte den ganzen Tag lang geregnet, ist er abgerutscht und in die Tiefe gestürzt. Der amtlichen Untersuchung zufolge hat sich durch den anhaltenden Regen an einer Stelle ein Felsstück gelöst.« Madame de Greyff sah starr geradeaus.
Erst nach einer Weile wagte Lacurt zu fragen: »Wurde Ihr Sohn Maximilian nach dem Onkel Max benannt, also nach seinem Großonkel?«
»Ja«, erwiderte Madame de Greyff, »aber der Name Maximilian hat in der Familie eine lange Tradition.«
»Hat Maximilian seinen Großonkel noch gekannt?«
»Ja, obwohl Onkel Max sich in seinen späteren Jahren immer mehr zurückgezogen hat. Onkel Max hat meinen Sohn liebevoll *le petit Max*, den kleinen Max genannt. Er sah in ihm den Stammhalter, und nach dem Zerwürfnis mit meinem Mann hat er einmal die Bemerkung fallen lassen, Maximilian werde sein wahrer Erbe sein.«
»Ist es dazu je gekommen?«
»Noch nicht«, antwortete Madame de Greyff sibyllinisch. »Nach dem Tod von Onkel Max wurde ein Testament gefunden, in dem er den Großteil seines Vermögens mir und Maximilian vermacht hat. Darunter war auch eine beträchtliche Summe Geld, mit der wir all die Jahre den Familiensitz Greifenried haben halten können. Aber das Gold von Onkel Max war nicht dabei.«

»Und kam auch später nicht zum Vorschein?«
»Es ist nie gefunden worden«, bemerkte Madame de Greyff, »ebenso wenig wie der berühmte Greifenpokal, welcher der Überlieferung nach in Greifenried versteckt sein soll, und von dem mir Onkel Max einmal versichert hat, dass er wirklich existiere. Verstehen Sie nun, weshalb mein Sohn so an Greifenried festhält?«
Madame de Greyff sah plötzlich sehr müde aus.
»Nun kennen Sie meine ganze Geschichte und Sie kennen auch die Umstände. Was, so frage ich Sie, soll ich in dieser Situation tun?«
Lacurt sann vor sich hin. »Es fällt mir in der Tat nicht leicht, Ihnen darauf eine Antwort zu geben«, sagte er, »aber ich verspreche Ihnen, darüber nachzudenken und Ihnen Bescheid zu geben, wenn ich zu einem Schluss gekommen bin, der mir vertretbar erscheint.«
Mit diesen Worten erhob er sich, und Madame de Greyff begleitete ihn zum Ausgang. Lacurt bemerkte zu seinem großen Erstaunen, dass der Riegel, mit dem Madame de Greyff die Eingangstür hinter ihnen verschlossen hatte, zurückgezogen war. Madame de Greyff, die ihm für sein Kommen dankte, schien dies nicht zu bemerken, und Lacurt hielt es für besser, sie in diesem Augenblick nicht mit diesem sonderbaren Umstand zu behelligen.

In was für eine merkwürdige und fatale Geschichte war er da bloß hineingeraten, dachte er, als er sich zu Hause, noch ganz unter dem Eindruck des Gehörten, an seinem Schreibtisch niederließ. Fast wie in einem Roman. Aber irgendwie passte die Geschichte doch in diese Stadt, wo man nach beschaulichen Plätzen plötzlich vor Abgründen stand, unter denen die Saane dahinfloss, und wo die Uhren noch in mancher Hinsicht anders gingen als in der übrigen Welt.

Sein Blick fiel auf den alten Stich, den ihm der junge de Greyff nach seiner Prüfung geschenkt hatte. Auf der Karte aus dem siebzehnten Jahrhundert war die ihm vertraute Freiburger Landschaft zu sehen, mit der Hauptstadt in der Mitte, eingerahmt von den Voralpen, dem Murten- und dem Neuenburger See. In der einen Ecke der Karte konnte man noch einen Teil des Genfer Sees erkennen, in der gegenüberliegenden die stolze Schwesterstadt Bern. Und dort am Fuße der Voralpen, am Rande des großen Waldes, lag Greifenried – oder Greyffenriedt, wie in der altertümlichen Sprache der Karte geschrieben stand.

Lacurt erinnerte sich, wie er auf einer seiner Wanderungen einmal unvermutet auf den Rittersitz gestoßen war. Er hatte die Wälder und Waldwiesen am Voralpenfuß durchstreift, als sich vor ihm plötzlich der Blick auf ein mauerumfriedetes, altes Gebäude auftat. Neben einem schilfumstandenen Teich lag es einsam und still in der Nachmittagssonne. Der ungewöhnlichste Teil der rechtwinkligen Anlage war ein nach Osten vorspringendes mittelalterliches Gebäude. Mit seinen gotischen Spitzfenstern sah es wie eine Kapelle aus, konnte aber nicht die Kapelle sein, weil diese sich weiter unten mit der Umfriedung verband. Da war ihm schlagartig klar geworden, dass diese Anlage Schloss Greifenried sein musste, und dass der merkwürdige Anbau mit den Spitzfenstern das Kuriosum des Schlosses barg, den Greifensaal. Eine

Abbildung davon hatte er in einem Buch über die Burgen und Schlösser des Kantons Freiburg gesehen.
Das Schloss – so wurde ein solcher Sitz hierzulande genannt – hatte sich Lacurt wie eine Verzauberung aus anderen Zeiten eingeprägt. Es schien unbewohnt und nur sich selbst überlassen zu sein. Sonne, Wind und Wetter hatten seine Gestalt geformt, seine Dachziegel gebrannt, die Mauersteine bloßgelegt, das Gebälk geschwärzt. Dennoch hatte es keinen unwohnlichen Eindruck erweckt. Die Fensterscheiben waren noch ganz und ließen dahinter Räume voller Verschwiegenheit vermuten, mit Truhen und Schränken, einem großen Kamin, dem stummen Zeugnis von Ahnenbildern, Büchern und Waffen.
Lacurt riss sich aus seiner Erinnerung. Für die Besitzer von Greifenried galt es hier und jetzt etwas zu tun. So griff er zu Federhalter und Papier und begann zu schreiben:

Madame de Greyff,
ich hoffe, mich mit der Antwort auf Ihre Frage des Vertrauens würdig zu erweisen, das Sie mir heute in unserem Gespräch entgegengebracht haben.
Die Tatsache, dass Sie von dem außer Kraft gesetzten Sicherheitssystem gewusst und dennoch keine Meldung gemacht und damit die Gefährdung anderer Menschen in Kauf genommen haben, werden Sie vor sich selbst und vor Gott zu verantworten haben. Diesen Teil der Schuld kann Ihnen niemand abnehmen.
Für den Tod des Professors verantwortlich ist jedoch diejenige Person, die den Schalter gedreht und die Regale in

Bewegung gesetzt hat – mag diese Person nun gewusst oder nicht gewusst haben, dass die Sicherheitsschiene nicht funktionierte. Wir alle, die wir Zugang zur Bibliothek haben, stehen in gewisser Weise unter diesem Verdacht, jeder von uns könnte die Tat begangen haben. Und ich bin sicher, dass die Polizei den Täter früher oder später ermitteln wird. Auch bin ich überzeugt, Madame, dass nicht Sie diejenige waren, die das verursacht hat.
Daher bin ich nach reiflicher Überlegung zu folgendem Schluss gekommen: Ich rate Ihnen, der Polizei gegenüber Stillschweigen zu bewahren hinsichtlich des Sicherheitssystems. Denn der Leidtragende wäre, wie Sie selbst bereits erkannt haben, Ihr Sohn Maximilian. Er hat es nicht verdient, in diese Geschichte hineingezogen zu werden, auf welche Weise auch immer.
Ihr
Gion Giacum Lacurt

Am nächsten Tag ging Lacurt zur Bibliothek und übergab Madame de Greyff seinen Brief, den diese dankbar lächelnd entgegennahm und in ihre Handtasche steckte. Wieder draußen auf der Freitreppe lief es ihm plötzlich kalt über den Rücken. Er beschleunigte seinen Gang. Je länger er dahinschritt, umso mehr überfielen ihn Zweifel. Hatte er sich zu einer unbedachten Tat hinreißen lassen? War er der eigentümlichen Ausstrahlung von Madame de Greyff erlegen oder war es die Sympathie für ihren Sohn? Was wusste er eigentlich über Madame de Greyff?

3 In den folgenden Tagen berichteten die Zeitungen nur noch spärlich über den Tod von Blöchli, der mittlerweile in seinem Heimatort in der Innerschweiz beerdigt worden war. Die Titelseiten der beiden Freiburger Tageszeitungen wurden inzwischen von einem ganz anderen Thema beherrscht, das die Gemüter fast ebenso sehr in Aufregung versetzte: Die römische Diana, der Stolz der Freiburger archäologischen Sammlung, das Glanzstück der soeben eröffneten Ausstellung über die Römerfunde in Freiburg, war – dem Urteil auswärtiger Sachverständiger zufolge – nur eine Kopie. Diese Unterstellung hatten die Kulturverantwortlichen Freiburgs zunächst entrüstet zurückgewiesen und entgegengehalten, dass die Diana schon mehrmals als Leihgabe an fremde Ausstellungen gegangen und dort nie angezweifelt worden sei, sondern eine hohe Wertschätzung genossen habe. War da nicht vielleicht Neid im Spiel? Aber der Verdacht einer Fälschung ließ sich nicht entkräften, im Gegenteil: Sämtliche Experten, die eilends nach Freiburg gekommen waren, erklärten einstimmig, bei der Diana im Museum handle es sich um eine Kopie. Die ganz Gewitzten glaubten sogar, anhand früherer Ausstellungskataloge die feinen Unterschiede zwischen dem Original, das einmal unbestreitbar im Besitz des Freiburger Museums gewesen war, und der nun ausgestellten Fälschung ausmachen zu können. Aber wie hatte sich das Original zur Schande Freiburgs in eine Kopie seiner selbst verwandeln können?

Lacurt hätte den Streit um die Diana nicht so aufmerksam verfolgt, wenn in den Zeitungen nicht beiläufig von der Herkunft der Statue die Rede gewesen wäre. Die Diana war zusammen mit anderen Stücken – deren Echtheit im Übrigen nicht angezweifelt wurde – vor etwa dreißig Jahren von dem verstorbenen Maximilian de Greyff dem Museum vermacht worden. Der Geologe und Afrikafahrer sei eine legendäre Figur des alten Freiburg gewesen. De Greyff selbst, offenbar von jung auf mit den Schätzen des Erdinneren vertraut, habe die Stücke in den Gegenden um Murten und Avenches, dem früheren Aventicum, gefunden und in späten Jahren seine ganze bis dahin geheim gehaltene Sammlung dem Freiburger Museum übergeben. Das war, wie eine Zeitung hinzufügte, zwar ein Akt, zu dem de Greyff verpflichtet gewesen war, da bedeutende historische Bodenfunde rechtlich der Allgemeinheit gehörten. Aber diesem Akt ließen sich angesichts der Bedeutung der Sammlung Großzügigkeit und Noblesse nicht absprechen. Kein Konservator und kein Archäologe habe mehr Funde für das Museum zusammengetragen als Maximilian de Greyff.
Das Läuten des Telefons riss Lacurt aus seiner Lektüre. Am anderen Ende war Madame de Greyff. Das Gespräch begann zögerlich; sie schien unsicher zu sein. Er wich auf die Neuigkeiten des Tages aus, sprach von der falschen Diana und von Onkel Max, dessen großzügige Schenkung eine Zeitung gerühmt habe. Ja, das sehe ihm ähnlich, erwiderte Madame de Greyff.
Schließlich kam sie auf den eigentlichen Grund ihres Anrufs zu sprechen. Soeben sei sie von der Polizei wegen Blöchlis

Tod vernommen worden. Der Inspektor habe zunächst aufgezeichnet, wo sie sich vor und während des Geschehens aufgehalten habe. Dann sei die Frage nach dem Sicherheitssystem gekommen, die sie lieber nicht beantwortet hätte. Sie habe nur ausgesagt, dass sie mit den technischen Angelegenheiten nie zu tun gehabt habe und sich auch nur selten in diesem Teil der Bibliothek aufhalte. Im Grunde genommen entspreche das ja auch den Tatsachen, fügte sie hinzu. Aber es klang nicht sehr überzeugt.

Lacurt gab sich unbefangen und versuchte sie aufzumuntern. »Dann haben Sie sich also an meinen Rat gehalten.«

»Für den ich Ihnen von ganzem Herzen danken möchte«, fügte Madame de Greyff hinzu. »Aber nun muss ich Ihnen noch etwas weniger Erfreuliches sagen: Ihr Brief ist verschwunden.«

»Wie soll ich das verstehen?«, fragte Lacurt. »Haben Sie ihn vielleicht irgendwo verloren oder verlegt?«

»Nein, das ist es ja gerade. Ich habe Ihren Brief immer in meiner Handtasche gehabt. Der Brief ist nicht mehr da, ich habe überall gesucht, obwohl ich mich nicht entsinnen kann, ihn jemals aus der Tasche genommen zu haben. Das tut mir so Leid, und ich hoffe, Sie können mir das verzeihen.«

Höflich, wie er nun einmal war, beruhigte Lacurt Madame de Greyff, obwohl er sehr verstimmt war und in seinem Inneren bereits der Zweifel nagte. »Was ich nicht verstehe«, fragte er sie schließlich, »ist, wie der Brief verschwinden konnte. Haben Sie die Handtasche zu Hause gelassen oder mitgenommen?«

»Immer mitgenommen, auch in die Bibliothek. Aber ich habe meine Handtasche stets neben mir, und der Brief lag ja in einem versteckten Innenfach. Es müsste schon jemand meine Tasche gründlich durchsucht haben, um ihn zu finden.«

»Hat die Polizei die Büroräume durchsucht?«

»Ich habe nichts bemerkt.«

»Und in Ihrer Wohnung waren Sie immer mit Ihrem Sohn allein?«

»Ich glaube, ja.«

»Entschuldigen Sie meine Frage: Sind Sie eine Schlafwandlerin?«

»Nein«, erwiderte Madame de Greyff befremdet. »Maximilian hätte es mir wohl gesagt, wenn ihm etwas Derartiges aufgefallen wäre.« Sie schien immer mehr ihre Fassung zu verlieren. Schließlich bemerkte sie bloß: »Vielleicht sprechen Sie am besten mit Maximilian.«

»Ich glaube nicht, dass das nötig ist«, sagte Lacurt. Auch er fand nicht mehr den rechten Ton.

Noch in derselben Woche fand Lacurt unter seiner Post eine Vorladung der Freiburger Kriminalpolizei. Es gehe um den Tod von Professor Blöchli, erklärte Inspektor Juvet, dem er zwei Tage später in dessen Büro gegenübersaß. Wie er sicherlich schon wisse, sei das Sicherheitssystem in der Bibliothek nicht angeschlossen gewesen. Insofern ermittle man möglicherweise in einem Tötungsdelikt. Er, Lacurt, sei von verschiedenen Zeugen wenige Minuten vor dem mutmaßlichen Zeitpunkt des Geschehens beim Verlassen des Unfallortes gesehen worden. Um den Vorgang möglichst genau zu rekonstruieren, brauche die Polizei auch von ihm entsprechende Informationen.

Das alles klang nach einer gewöhnlichen Zeugenvernehmung, stellte Lacurt einigermaßen beruhigt fest. Der Inspektor spannte ein Formular in die Schreibmaschine und begann, seine Personalien aufzunehmen. Lacurt gab die romanische und nicht die französische Form seiner Vornamen an – in allen offiziellen Urkunden hieß er Gion Giacum und nicht Jean-Jacques, wie er sich in Freiburg nennen ließ.

Dann kamen sein Familienname und sein Heimatort an die Reihe. Lacurt stammte aus dem ersten romanisch sprechenden Dorf rheinaufwärts, das zugleich einen deutschen Namen trug. Ja, seine Familie sei dort lange ansässig, seit Jahrhunderten. Lacurt musste an jenen Onkel denken, der ihm an einem regnerischen Nachmittag die Auszüge aus den Kirchenbüchern gezeigt hatte, die er selbst angefertigt hatte: Seit dem siebzehnten Jahrhundert – die Kirchenbücher früherer Zeiten hatte ein Dorfbrand vernichtet – reihte sich die Geschlechterfolge lückenlos aneinander. Und vor seinen Augen stand plötzlich sein Elternhaus, das Haus der Väter, *la casa paterna*, wie das im Romanischen hieß. Er sah die starke und hohe Mauer vor sich, die den Hof umschloss: *la curt*, das geschützte Geviert, in dem sich die Familie seit Menschengedenken zu Hause wusste und von dem sie ihren Namen herleitete. Freie Bauern waren seine Vorfahren gewesen, die den kargen Ertrag des Heimatbodens mit dem in fremden Diensten verdienten Sold aufgebessert hatten, bis schließlich die Zeit gekommen

war, in der man im Land in einem bürgerlichen Beruf sein Einkommen fand.
Und was war er? Seltsam, dass gerade in diesem Moment der Inspektor seinen Beruf wissen wollte. Privatdozent der Philosophie nannte sich Lacurt. Nicht Arzt und nicht Rechtsanwalt war er geworden, sondern Philosophie hatte er studiert, die brotlose Kunst der letzten Fragen. Dabei hatte er das Glück gehabt, eine der seltenen Assistentenstellen zu bekommen, und so war er auf der akademischen Leiter höher gestiegen, hatte seinen Doktor gemacht und war schließlich Privatdozent geworden. Aber ein Privatdozent war jemand, der unentgeltlich Vorlesungen hielt – eine Bezahlung erhielt Lacurt allein für die Didaktik der Philosophie, die er in der Form eines Lehrauftrags versah. So fügten sie zu diesem mageren Titel die Bezeichnung *chercheur*, Forscher hinzu, da Lacurt seinen Lebensunterhalt zur Hauptsache aus einem vom Schweizerischen Nationalfonds finanzierten Forschungsprojekt bestritt.
»Kommen wir nun zum eigentlichen Grund, weshalb wir Sie hierher gebeten haben«, fuhr der Inspektor fort. »Sie sind kurz nach elf beim Verlassen des ersten Untergeschosses gesehen worden. Wie lange haben Sie sich dort unten aufgehalten?«
Lacurt überlegte. »Ich bin wohl zwischen zehn und fünf vor elf nach unten gegangen. Ich habe ein Buch gesucht, das aber leider ausgeliehen war. Dann habe ich noch ein paar Minuten lang in einem anderen Buch etwas nachgesehen.«
»Sie waren also insgesamt etwa zehn Minuten unten?«

»Ja.«
»Eine Zwischenfrage: Haben Sie jemals festgestellt, dass das Sicherheitssystem nicht funktioniert hat?«
»Nein.«
»Haben Sie unten jemanden gesehen?«
»Einmal, glaube ich, kam ein Bibliotheksangestellter in den Raum, von der Ausleihe.«
»Ja, Herr Raemy. Er hat ausgesagt, Sie seien um diese Zeit unten gewesen. Dann sind Sie also kurz nach elf wieder nach oben gegangen. Haben Sie die Treppe oder den Lift benützt?«
»Die Treppe.«
»Sind Sie dabei jemandem begegnet?«
»Ich kann mich nur erinnern, dass ich im Gang oben Nurabi, den Assistenten von Blöchli, getroffen habe, der anscheinend auf jemanden gewartet hat.«
Der Inspektor nickte. »Haben Sie mit Nurabi gesprochen?«
»Ich glaube, nein. Wir haben uns nur gegrüßt.«
»Kennen Sie Nurabi gut?«
»Nein, nicht näher.«
Professor Blöchli hatte Nurabi zu einem Zeitpunkt aus Amerika als Assistenten nach Freiburg geholt, als Lacurt in Genf weilte. Nurabi war in Amerika aufgewachsen, aber arabischer oder libanesischer Abstammung. Lacurt wusste es nicht genau, denn zu einem engeren Kontakt war es auch später nicht gekommen.
»Haben Sie Professor Blöchli gut gekannt?«
»Ich kannte ihn seit seiner Berufung nach Freiburg«, antwortete Lacurt zögernd.

»Aber haben Sie ihn gut gekannt?«, wiederholte der Inspektor seine Frage.
»So, wie jedes Mitglied der Fakultät und des Fachbereiches Philosophie ihn gekannt hat.«
»Sie waren also nicht sein persönlicher Freund?«
»Nein.«
»Wissen Sie, was das im Falle von Professor Blöchli hätte bedeuten können?«
Lacurt wusste genau, worauf der Inspektor anspielte: »Wenn Sie damit andeuten wollen, dass Professor Blöchli als homosexuell galt, so war mir das bekannt.«
»Kennen Sie jemanden, der aus einem solchen Grunde ein Interesse an Blöchlis Tod gehabt haben könnte?«
»Nein«, sagte Lacurt entschieden. »Blöchlis Privatleben und Bekanntenkreis haben mich nie interessiert, und ich weiß darüber auch nichts.«
Der Inspektor schien Lacurt zu glauben, jedenfalls ging er nicht weiter auf diesen Punkt ein.
»Wohin sind Sie gegangen, nachdem Sie das Untergeschoss verlassen hatten?«
»In den Lesesaal. Dort habe ich mir noch einige Zeitschriften angeschaut.«
»Wie lange?«
»Bis zehn nach elf.«
»Woher wissen Sie das so genau?«
»Ich habe auf die große Uhr im Lesesaal geblickt, weil ich um viertel nach elf einer Lehrprobe beisitzen musste, die im Kollegium gegenüber stattgefunden hat.«
»Kann das jemand bezeugen?«
»Herr Kramer vom Pädagogischen Institut kann Ihnen

bestätigen, dass ich um elf Uhr fünfzehn ins Klassenzimmer gekommen bin.«
Der Inspektor, der die Schreibmaschine mit einem Stenoblock vertauscht hatte, notierte sich den Namen.
»Und vorher, im Lesesaal? Erinnern Sie sich an jemanden, der Sie dort gesehen hat?«
»Ein Assistent der Geschichte hat neben mir gearbeitet. Der wird sich vermutlich noch an mich erinnern. Er ist kurz vor mir weggegangen.«
»Dann kann er also nicht bezeugen, was Sie die letzten Minuten in der Bibliothek getan haben und ob Sie die Bibliothek auf direktem Weg verlassen haben?«
»Nein, leider nicht.«
»Können Sie mir einen weiteren Zeugen nennen?«
»Nein. Ich glaube nicht, dass jemand gesehen hat, wie ich die Bibliothek verlassen habe.«

Auf dem Heimweg musste sich Lacurt eingestehen, dass er wohl zum Kreis der Verdächtigen dazugehörte, und seine Hoffnung, sich nach den aufwühlenden Ereignissen der letzten Zeit endlich wieder ganz auf seine Arbeit konzentrieren zu können, zerplatzte wie eine Seifenblase. Da das Sommersemester ohnehin noch nicht richtig begonnen hatte, beschloss er, ein paar Tage nach Italien zu fahren. Nach Verona wollte er, in Erinnerung an Jeanne, die er so vermisste …
Doch eine weitere Vorladung der Freiburger Kriminalpolizei machte seine Reisepläne zunichte. Diesmal sollten sämtliche Zeugen gemeinsam vernommen werden, um das Geschehen in der Bibliothek möglichst lückenlos

konstruieren zu können. Der Termin war auf den übernächsten Tag angesetzt. Im Verhinderungsfall sei dem Kommissariat eine begründete Mitteilung zu machen. Die Reise in einer privaten Angelegenheit zählte in einem solchen Fall sicherlich nicht als Verhinderungsgrund.

Was sollte er tun? Die Reise nach Italien konnte er vergessen. Zu Hause sitzen und ungeduldig abwarten, behagte ihm auch nicht. So beschloss er, die kurze Zeit, die ihm bis zum Termin der Vorladung noch blieb, zu einer Wanderung zu nutzen. Hatte er nicht ohnehin schon seit längerem vorgehabt, endlich einmal das Jurastädtchen St. Ursanne zu besichtigen? Kurz entschlossen packte er das Nötige in einen Rucksack und nahm den nächsten Zug.

Der Besuch von St. Ursanne mit seiner romanischen Kollegialkirche lohnte sich, und in einem alten Gasthaus fand er eine gemütliche Unterkunft. Aber das Alleinsein rief ihm schmerzlich die gemeinsamen Ausflüge mit Jeanne in Erinnerung, und zudem hatte er das Gefühl, vor etwas geflohen zu sein, das ihn bald einholen würde.

So wanderte er einsam zwischen Wiesen, Wäldern und Felsklüften dahin und stellte sich unentwegt die Frage, warum Jeanne nicht neben ihm ging. Auf einer Lichtung am Flussufer des Doubs hielt er Mittagsrast und trank eine halbe Flasche von dem Wein, den er mitgenommen hatte. Dann ließ er sich ins Gras sinken.

Er blickte auf die gegenüberliegende besonnte Felswand. Aus dem Farbenspiel leuchtete ihm plötzlich das Wappen der de Greyff entgegen. Oft hatte er es in einer Seiten-

kapelle der Freiburger Kathedrale betrachtet, wo es am Schlussstein des Gewölbes angebracht war. Das Wappen zeigte den steigenden Greif im schräg links geteilten Feld, in den vertauschten Farben Gold und Schwarz: golden auf schwarzem Grund der Hinterleib des Löwen, schwarz auf goldenem Grund das Vorderteil des Adlers. Und in jeder Hälfte ein Andreaskreuz, wieder in vertauschten Farben. Gold in Schwarz und Schwarz in Gold. Ein Kontrast, wie die Gewitterwolken, die sich über dem sonnenumfluteten Bergkamm zusammenzogen.
Er sann dem nach, was er über das Wappentier der de Greyff gelesen hatte. Ein Fabeltier war der Greif, zwiespältig, ungeheuerlich groß und stark – so stark, dass er einen Bären oder einen geharnischten Mann zerdrücken konnte, wie mittelalterliche Schriften berichteten. Der Sage nach hütete er in unzugänglichen Felsklüften die Goldschätze der Erde. Lacurt verlor sich in Geschichten aus alten Zeiten. Auf einmal glaubte er hoch oben in den Felsen einen gewaltigen Bau aus dicken Ästen zu erblicken. Das konnte nur ein Greifenhorst sein. Eine zunehmende Erregung bemächtigte sich seiner. Seltsame Raubvögel begannen den Himmel zu füllen. Plötzlich spürte Lacurt eine Luftbewegung und zog erschreckt den Kopf ein. Dann riss ihn der Todesschrei eines Tieres aus dem Schlaf. Ein Habicht war über ihn hinweggeschossen und hatte sich ganz in der Nähe auf seine Beute gestürzt.

4 Lacurt fand sich kurz vor dem angegebenen Zeitpunkt im Kommissariat ein. Er wurde in ein großes Zimmer mit hufeisenförmig angeordneten Tischen gewiesen. Vorne saß Inspektor Juvet, neben ihm ein breitschultriger Mann mit gescheiteltem Haar und einer dicken Hornbrille. Juvet winkte Lacurt zu sich heran. »Herr Lacurt, Kommissär Gondrand«, stellte er ihn seinem Vorgesetzten vor.

»Wir sind also vollzählig?«, fragte der Kommissär.

Juvet nickte.

»Dann nehmen Sie bitte Platz, damit wir beginnen können.«

Außer Lacurt, dem Inspektor und dem Kommissär waren noch fünf weitere Personen im Raum. Links vom Kommissär und dem Inspektor saß Raemy, der Bibliotheksangestellte, der Blöchlis Leiche entdeckt hatte. Dieser kleine Mann mit dem Kindergesicht, der trotz seiner Frisierkunst die beginnende Glatze nicht verbergen konnte, schien sich in seiner Haut nicht wohl zu fühlen. Er rutschte unruhig auf dem Stuhl hin und her, und seine Stirn glänzte vor Schweiß. Hatte er etwas zu verbergen? Raemy konnte leicht herausgefunden haben, dass unten das Sicherheitssystem nicht funktionierte, da er tagtäglich dort zu tun hatte. Neben ihm saß Rieder, ein gut aussehender Mann von etwa dreißig Jahren, den Lacurt vom Sehen her kannte. Er bekleidete im Museum eine Beamtenstelle. Sein scharf geschnittenes Gesicht mit dem nach hinten geworfenen Haar verriet eine nervöse Anspannung, obwohl sich Rieder ruhig und überlegt gab. Vor ihm auf dem Tisch lag eine kleine schwarze Mappe. Raemy und dem jungen Mann gegenüber saß Charles Nurabi, Blöchlis Assistent, der vor allem durch sein schwarz glänzendes Haar und seine saloppe Kleidung auffiel. Neben diesem hatte Mademoiselle Marie-Thérèse Henkel Platz genommen, eine junge, stark geschminkte Frau mit aufgestecktem Haar, der Lacurt schon oft in der Universität und in der Bibliothek begegnet war. Sie war Französin, genauer gesagt Elsässerin, und gab an der Universität Deutschkurse für französischsprachige Studenten. Daneben arbeitete sie an ihrer Dissertation. Dem Kommissär und dem Inspektor gegenüber hatte Madame de Greyff Platz genommen. Sämtliche Zeugen schienen darauf bedacht, den größtmöglichen Abstand zu ihren Nachbarn zu wahren und für sich allein einen der sechs Tische zu besetzen. Lacurt steuerte deshalb auf den einzigen frei gebliebenen Tisch neben Madame de Greyff zu. Sie begrüßten sich mit einem Kopfnicken.

»Sie wissen alle, warum Sie geladen worden sind«, begann der Kommissär, nachdem er sie einander vorgestellt hatte. »Die Umstände des Todes von Herrn Professor Blöchli sind leider immer noch nicht geklärt. Sie alle haben sich um den fraglichen Zeitpunkt herum in der Bibliothek aufgehalten. Das wissen wir aus den Einzelgesprächen, die Inspektor Juvet mit Ihnen geführt hat. Allerdings gibt es da noch die eine oder andere Lücke, die wir gerne mit Ihrer Hilfe geschlossen hätten. Wir haben versucht, aus Ihren Aussagen den Ablauf der Geschehnisse zu der fraglichen Zeit zu rekonstruieren, den ich

Ihnen nun gerne darlegen würde. Wenn Sie Korrekturen oder Ergänzungen dazu haben, so bitte ich Sie, mich gleich zu unterbrechen.«

Der Kommissär räusperte sich noch einmal ausgiebig, wohl um sich der ungeteilten Aufmerksamkeit aller Zeugen zu vergewissern. »Der Unfall, der Professor Blöchli das Leben gekostet hat, ist zwischen zehn nach elf und zwanzig nach elf geschehen. Mehrere Zeugen berichten übereinstimmend, dass Herr Blöchli um fünf nach elf in das erste Untergeschoss gegangen ist, wo er schließlich tot aufgefunden worden ist. Kurz vor elf ist er in die Bibliothek gekommen und hat Sie, Madame de Greyff, vor der Ausleihe auf ein Buch angesprochen, das sich Ihr Sohn Maximilian ausgeliehen hatte. Der Professor bestand darauf, das Buch unverzüglich zurückzubekommen, woraufhin Sie, Madame de Greyff, Ihren Sohn im Museum angerufen haben, wo er manchmal arbeitet. Ihr Sohn hat das besagte Buch etwa um fünf nach elf gebracht. Professor Blöchli war aber zu diesem Zeitpunkt bereits unterwegs in das erste Untergeschoss, wo er einem Angestellten an der Ausleihe zufolge etwas nachsehen und auf das Buch warten wollte.«

Der Kommissär sah von seinen Notizen auf und in die Runde. Lacurt wurde unruhig, als ihn der Blick des Kommissärs traf. Aber dieser schien sich nur die Sitzordnung vergegenwärtigen zu wollen und fasste Nurabi ins Auge.

»Professor Blöchli ist im Gang mit Ihnen, Herr Nurabi, zusammengetroffen. Sie waren mit ihm verabredet, um Buchbestellungen beim zuständigen Verwaltungsbeamten abzugeben. Er hat Ihnen jedoch erklärt, dass er keine

Zeit mehr habe, die Buchbestellungen durchzusehen. Dann ist Professor Blöchli nach unten gegangen, und Sie sind zur Universität zurückgekehrt. Sie haben zu Protokoll gegeben, Sie wären um fünf nach elf auseinander gegangen. Aber das kann niemand so genau bestätigen.«
Nurabi nickte. Er schien nicht sonderlich beeindruckt, gerade so, als ob ihn der Tod Blöchlis überhaupt nichts anginge. Dabei gab es da doch dieses Gerede über ihre Beziehung ... Und Nurabi hatte viel mit den Büchern zu tun gehabt, die dort unten lagerten. Wenn er ein vorsichtiger Mann war, hatte er die Sicherung überprüft. Auch er konnte also wissen, dass sie nicht funktioniert hatte ...
»Kurz darauf«, fuhr der Kommissär fort, »ist der junge Herr de Greyff mit dem von Professor Blöchli verlangten Buch gekommen. Der Angestellte an der Ausleihe hat das Buch sofort nach unten befördert. Zugleich hat er Sie, Herr Raemy, über die Sprechanlage informiert. Sie waren an diesem Vormittag im dritten Untergeschoss mit einer Bücherkontrolle beschäftigt. Von dort sind Sie in das erste Untergeschoss hinaufgegangen, haben das Buch aus der Beförderungsanlage genommen und es zu Professor Blöchli gebracht. Dieser hat Ihrer Aussage zufolge in jenem geöffneten Korridor gestanden, wo er dann später aufgefunden wurde. Blöchli hat das Buch von Ihnen entgegengenommen und darin geblättert. Sie aber haben sich angeblich gleich wieder auf den Weg in das dritte Untergeschoss gemacht. Das muss gegen zehn nach elf gewesen sein.«
»Ja, Herr Kommissär«, bestätigte Raemy unterwürfig. Dieser kleine Angestellte würde sich aus allem herauszuhalten versuchen.

»Sie haben von der Treppe aus Madame de Greyff gesehen, die auf der gleichen Treppe, nur ein halbes Stockwerk höher, zum Gang lief. Sie haben beim Hinuntersteigen ferner gehört, dass oben vom Gang her die Treppentüre geöffnet wurde und jemand herunterkam, der Madame de Greyff begegnet sein muss. Das ist Herr Rieder gewesen. Herr Rieder ist nach seinen Angaben in das zweite Untergeschoss gegangen. Sie haben das aber nicht feststellen können, weil Sie bereits wieder im dritten Untergeschoss gewesen sind. Dort sind Sie geblieben, bis über die Sprechanlage eine Aufforderung kam, ein Buch aus dem ersten Untergeschoss zu holen. Sie sind hingegangen und haben Professor Blöchli erdrückt am Boden gefunden. Das kann nicht früher als Viertel nach elf und nicht später als zwanzig nach elf gewesen sein.«
Raemy bezeugte diesmal sein Einverständnis mit einem heftigen Nicken.
»Ich muss noch hinzufügen«, schloss der Kommissär, »dass Herr Raemy leider keine Zeugen hat, die bestätigen können, dass er während der ganzen Zeit, in der im ersten Untergeschoss das Unglück geschehen sein muss, im dritten Untergeschoss geblieben ist. Aber erschrecken Sie deshalb nicht«, sagte er mit dem Anflug eines Lächelns zu Raemy, den diese Mitteilung sichtlich in Unruhe versetzt hatte, »die anderen Damen und Herren sind in der gleichen Lage.«
Der Kommissär schwieg und blickte in die Runde. Auch die Geladenen schwiegen. Jeder vermied es, einem anderen in die Augen zu sehen. Raemy hatte nun Schweißperlen auf der Stirn.

Der Kommissär brach das Schweigen, das ihm sichtlich Vergnügen bereitet hatte – Lacurt glaubte es an seinen Mundwinkeln zu sehen – und fuhr ganz unbekümmert fort:

»Nun zu Ihnen, Madame de Greyff. Sie sind nach Ihrem Disput mit Blöchli und dem Telefonat mit Ihrem Sohn in die Zeitschriftenabteilung gegangen, in den großen alten Raum im Erdgeschoss, der neben den neu gebauten Untergeschossen liegt, wo die gebundenen Jahrgänge der Zeitschriften aufbewahrt werden. Dort haben Sie an einem Inventar gearbeitet.«

Jetzt kam der entscheidende Moment. Lacurt horchte angespannt. Er spürte die Beklemmung von Madame de Greyff. Aber der Ton des Kommissärs veränderte sich kaum, als er fortfuhr:

»Sie sind gegen Viertel nach elf auf die Toilette gegangen. Dazu mussten Sie die Verbindungstüre benützen und den obersten Teil der Treppe hinaufsteigen, die in die neuen Untergeschosse führt. Sie wurden dabei von Herrn Raemy gesehen, und Sie haben auch selbst festgestellt, dass Herr Raemy aus dem ersten Untergeschoss gekommen und nach unten gegangen ist. Bei der Verbindungstür zum Gang sind Sie fast mit Herrn Rieder zusammengestoßen, der ebenfalls auf dem Weg nach unten war. Die Toilette liegt weiter hinten auf dem Gang, und Sie sind nachher wieder in die Zeitschriftenabteilung zurückgekehrt. Ihre Rückkehr wird bestätigt durch die Aussage von Mademoiselle Marie-Thérèse Henkel, die die ganze Zeit in der Zeitschriftenabteilung gewesen ist. Aber leider«, der Kommissär verbeugte sich leicht gegen Madame de

Greyff, »kann niemand bestätigen, dass Sie in der fraglichen Zeit auf der Toilette gewesen und nicht in das erste Untergeschoss hinuntergestiegen sind, was Sie auch auf Ihrem Rückweg von der Toilette hätten tun können.«
Der Kommissär lächelte Madame de Greyff höflich zu, und diese nickte fast unmerklich. Wenn die Sache nicht schlimmer wurde, dann lastete auf Madame de Greyff der gleiche unbestimmte Verdacht, unter dem sie offenbar alle standen.
Nun wandte sich der Kommissär an Rieder. »Sie, Herr Rieder, sind also bei der Verbindungstür Madame de Greyff begegnet. Sie sind vom Museum gekommen, zusammen mit Herrn de Greyff, der das verlangte Buch an der Ausleihe zurückgegeben hat. Ihrer Aussage zufolge sind Sie zu den alten Zettelkästen neben den neuen Computern gegangen, um die Signatur eines Buches zu suchen. Von dort aus haben Sie sich dann in das zweite Untergeschoss begeben, um etwas in diesem Buch nachzuschlagen. Auf der Treppe sind Sie außer Madame de Greyff niemandem begegnet. Sie haben auch keine Zeugen dafür, dass Sie in das zweite und nicht in das erste Untergeschoss gegangen sind. Ihren Ausführungen entnehme ich, dass Sie bald das Gesuchte gefunden haben und deshalb nur wenige Minuten unten geblieben sind. Verschiedene Zeugen bestätigen, dass Sie zwischen Viertel nach elf und zwanzig nach elf die Bibliothek verlassen haben und um halb zwölf im Museum zurück waren.«
»Richtig«, sagte Rieder kühl. Er berührte mit seinen nervösen Fingern ständig die vor ihm liegende Mappe.

»Was Sie betrifft, Mademoiselle Henkel, so sind Sie für uns aus mehreren Gründen eine wichtige Zeugin.« Das klang fast wie ein Kompliment. »Sie haben von zehn Uhr an ununterbrochen in der Zeitschriftenabteilung gearbeitet, bis Sie gegen halb zwölf zusammen mit Madame de Greyff von der Polizei aufgefordert worden sind, den Raum zu verlassen. Sie haben gesehen, wie Madame de Greyff gegen Viertel nach elf die Zeitschriftenabteilung verlassen hat und etwa fünf Minuten später wieder zurückgekehrt ist. Sie und Madame de Greyff berichten übereinstimmend, dass noch eine dritte Person in der Zeitschriftenabteilung gewesen sei, nämlich ein Mann zwischen fünfzig und sechzig, der Zeitschriften studierte. Sie haben ausgesagt, er habe sich als französischer Professor vorgestellt, der sich insbesondere für die Freiburger Kunstgeschichte interessiere. Er sei Ihnen deshalb aufgefallen, weil er in derselben Zeitschriftenreihe gestöbert habe wie Sie, ist das richtig? Leider habe ich in meinen Aufzeichnungen keine näheren Angaben, um was für eine Zeitschrift es da gegangen ist. Könnten Sie, Mademoiselle Henkel, mir auf die Sprünge helfen?«

»Er hat sich für die Revue *Fribourg artistique* interessiert«, erwiderte Mademoiselle Henkel mit einem charmanten Lächeln. »Das ist eine Zeitschrift, die um 1900 erschienen ist und in der erstmals Fotos von Freiburger Kunstdenkmälern und Kunstgegenständen abgedruckt worden sind.« Der Kommissär dankte ihr mit einem nicht weniger charmanten Lächeln, ergänzte die Angaben in seinen Notizen und fuhr, immer noch an sie gewandt, fort:

»Als Madame de Greyff den Raum verließ, waren Sie mit diesem Professor allein. Er hat sich kurz darauf von Ihnen verabschiedet und ebenfalls den Raum verlassen. Auch er hätte in das erste Untergeschoss gehen können. Aber seine Spur verliert sich. Wir wissen fast nichts über ihn, außer dass er sich bei der Ausleihe unter dem Namen Fabergé ausgewiesen und darum gebeten hat, verschiedene Jahrgänge der genannten Zeitschrift durchsehen zu dürfen, was ihm von der Bibliotheksleitung gestattet worden ist.«

»Ich muss auch in Ihrem Fall hinzufügen«, fuhr der Kommissär nach einer kleinen Pause fort, »dass wir für die entscheidende Zeitspanne, in der Madame de Greyff nicht im Raum war, keinen Zeugen haben, der die Richtigkeit Ihrer Aussage bestätigen könnte. Sie hätten den Raum mit dem Professor zusammen verlassen und wieder zurück sein können, bevor Madame de Greyff zurückgekommen ist, oder Sie hätten den Raum auch allein verlassen können, nachdem der Professor gegangen war.«

»Reichlich wenig Zeit für so eine abscheuliche Tat, finden Sie nicht?«, warf Mademoiselle Henkel halb spitz und halb spöttisch ein.

»Genug, um einen Schalter zu drehen«, erwiderte der Kommissär ernst und leicht verärgert, bevor er Lacurt ins Visier nahm: »Nun zu Ihnen, Herr Lacurt. Niemand hat Sie zu der Zeit, in der Professor Blöchli zu Tode gekommen ist, in unmittelbarer Nähe des Unfallortes gesehen. Sie hatten um viertel nach elf eine Prüfung in der Kantonsschule. So weit, so gut. Allerdings sind Sie – neben Herrn Raemy – der Einzige, der sich vor dem Geschehen erwiesenermaßen im ersten Untergeschoss aufgehalten hat. Sie sind kurz nach elf wieder oben erschienen, wo Sie im Gang Herrn Nurabi begegnet sind; dann sind Sie in den Lesesaal gegangen. Ich habe auch Sie hierher bestellt, weil es keine Zeugen gibt, die Sie beim Verlassen des Lesesaales und der Bibliothek gesehen haben. Auch Sie hätten noch schnell in das erste Untergeschoss gehen können.«

»Also stehe ich wie alle andern unter Verdacht«, murmelte Lacurt halblaut vor sich hin.

»Sie sagen es, Herr Lacurt«, nahm der Kommissär den Faden auf, »und deshalb möchte ich Sie alle bitten, zu Ihrer Entlastung und zur schnellstmöglichen Aufklärung des Falles alles mitzuteilen, was Sie sonst noch gesehen oder gehört haben.«

Der Kommissär blickte in die Runde. Geballtes Schweigen.

»Hat niemand mir etwas zu sagen?«, hakte der Kommissär nach. »Wer jetzt etwas verheimlicht, was die Polizei später herausfinden wird, macht sich nicht nur verdächtig, sondern auch strafbar.«

Das Schweigen hielt an und wurde immer unerträglicher. Keiner der Geladenen schien von den anderen Notiz nehmen zu wollen. Rieder zog seine Mappe an sich.

»Sie sollten sich gegenseitig in die Augen schauen, statt vor sich hin zu starren«, brach der Kommissär das Schweigen. »Vielleicht fällt Ihnen dann etwas ein, das Sie noch nicht zu Protokoll gegeben haben.«

»Ich, ich meinte … ich wollte es nicht sagen«, stieß plötzlich Raemy hervor.

»Was wollten Sie nicht sagen?«, wandte sich der Kommissär in einem drohenden Tonfall an Raemy und nagelte ihn mit seinem Blick fest.

»Der Professor, der Professor … hat ihn da unten geküsst, am Vortag.« Raemy hatte auf Nurabi gewiesen und dann wieder von ihm weggeblickt.

»Voyeur«, zischte Nurabi. »Sie waren selbst hinter ihm her, aber er hat Sie abblitzen lassen.«

»Das ist nicht wahr«, schrie Raemy aufgebracht.

»Widerlich«, entfuhr es Mademoiselle Henkel. Sie warf Nurabi einen abschätzigen Blick zu.

»Ich bin nicht das, was Sie denken«, schäumte Nurabi.

»Ruhe!«, donnerte der Kommissär. »Darüber werde ich die beiden Herren nachher noch einzeln befragen.«

Raemy lief hochrot an, und Nurabi hielt sich mühsam zurück. Ein Eifersuchtsdrama – oder ein Racheakt, ging es Lacurt durch den Kopf.

Es war der Kommissär, der nun die entscheidende Frage aussprach:

»Ein besonders wichtiger Punkt ist der Umstand, dass am Unfallort das Sicherheitssystem nicht angeschlossen war. Nach den bisherigen Aussagen hat niemand etwas davon gewusst. Ist das wirklich so?«

Alle fixierten plötzlich Raemy, als warteten sie auf ein Geständnis von ihm. Nur der neben ihm sitzende Rieder starrte geradeaus.

»Ich habe es nicht gewusst, das kann ich beschwören«, wimmerte Raemy.

»Dann hat also wirklich niemand etwas davon gewusst?«,

wiederholte der Kommissär die Frage und sah sie alle der Reihe nach eindringlich an.
Lacurt biss sich auf die Lippen. Er wagte es nicht, einen Seitenblick auf Madame de Greyff zu werfen. Er hoffte nur, dass sie in diesem Moment durchhalten und ihr Wissen für sich behalten würde. Er hörte, wie sie schwer atmete.
Endlich schien alles überstanden.
Aber eine schneidende Stimme machte mit einem einzigen Satz seine Hoffnungen zunichte:
»Doch, jemand hat es gewusst!«
Es war Rieder, der dem Kommissär diese ungeheure Behauptung entgegenschleuderte. Eine eisige Stille breitete sich im Saal aus.
»Was wollen Sie damit sagen?«, fragte der Kommissär leise zurück.
»Jemand hat gewusst, dass die Sicherung nicht funktionierte«, wiederholte Rieder laut seine Aussage und sah den Kommissär herausfordernd an.
»Und wer, bitte, hat davon gewusst?«
»Madame de Greyff, und Herr Lacurt war ihr Mitwisser.«
»Darf ich fragen, wie Sie zu so einer Behauptung kommen?«
»Das ist keine Behauptung, sondern eine Tatsache, die ich sogar beweisen kann.« Rieder öffnete die schwarze Mappe, die vor ihm lag, entnahm ihr ein Blatt und hob es empor. »Lesen Sie selbst!«
Lacurt konnte seine eigene Handschrift erkennen, obwohl ihm die Augen flimmerten. Er hatte den Atem angehalten und zwang sich, tief durchzuatmen. Aber nun

begannen seine Glieder zu zittern. Er schloss ganz fest die rechte Hand und öffnete sie wieder. Das Zittern verging.

Der Inspektor, der bisher nur dagesessen und zugehört hatte, holte auf einen Wink des Kommissärs das Blatt und reichte es ihm. Der Kommissär las sorgfältig und sah endlich zu Lacurt hin: »Erkennen Sie diese Schrift und diese Unterschrift als die Ihre an, Herr Lacurt?«

»Ich möchte mir das Blatt genauer ansehen.«

»Kommen Sie nach vorne.«

Es war sein Brief, das Original, die Schrift von seiner Hand.

»Der Brief ist von mir geschrieben und unterzeichnet worden«, gab Lacurt kleinlaut kund und ging an seinen Platz zurück.

»Wollen Sie dazu eine Erklärung abgeben?«, fragte der Kommissär Lacurt.

Lacurt erinnerte sich plötzlich an die merkwürdige Sache mit dem zurückgezogenen Riegel am Portal zur Bibliothek. Hatte Rieder womöglich sein Gespräch mit Madame de Greyff belauscht?

»Ich möchte wissen, wie dieser Brief in die Hände von Herrn Rieder gekommen ist.«

Der Kommissär schien kurz nachzudenken. Dann wandte er sich an Rieder: »Woher haben Sie den Brief?«

»Ich fand ihn heute Mittag in meinem Briefkasten, als ich nach Hause kam, zusammen mit einem anderen Blatt, auf dem der Spruch *Fiat Justitia* steht. Gerechtigkeit wurde gefordert – also sollte ich das Beweisstück der Polizei vorlegen. Hier ist das zweite Blatt mit der Aufforderung,

und hier ist der Umschlag, in dem beide Blätter steckten.« Rieder zog beides aus der Mappe und legte es vor sich auf den Tisch. Der Kommissär winkte wieder dem Inspektor und ließ sich Blatt und Umschlag bringen. Die Prüfung beschäftigte den Kommissär recht lange. Es schien, als gebe ihm der Text ein Rätsel auf.
Schließlich wandte sich der Kommissär an Rieder:
»Ich muss Ihr Vorgehen tadeln, Herr Rieder. Sie hätten mir den Umschlag vor der Sitzung vorlegen müssen.«
Rieder zuckte hochmütig mit den Achseln:
»Missfällt Ihnen das Beweisstück?«
»Mir missfällt Ihre Vorgehensweise, vor allem aber Ihr Ton«, gab der Kommissär scharf zurück.
Rieder schwieg.
Lacurt spürte neben sich eine Bewegung. Madame de Greyff meldete sich zu Wort. Was würde sie sagen, jetzt, da sie sich öffentlich einem furchtbaren Verdacht ausgesetzt sah? Doch ihre Stimme klang gelassen:
»Ich bezweifle, dass der Brief Herrn Rieder zugestellt worden ist. Den Brief habe ich immer in einem Innenfach in meiner Handtasche gehabt. Wir können also davon ausgehen, dass Herr Rieder meine Tasche durchsucht und mir den Brief gestohlen hat.« Dann, direkt zu Rieder: »Sie haben sehr gemein gehandelt.«
Rieders Gesicht lief blutrot an. Er sah mit einem Blick zu Madame de Greyff hinüber, den Lacurt nicht zu deuten wusste. War das hintergründiger Hass, unbeschreiblicher Hochmut oder noch etwas anderes? Dann kam es messerscharf: »Schweigen Sie! Versuchen Sie nicht von der Hauptsache abzulenken! Hier geht es nicht um Neben-

sächliches, hier geht es um Mord! Auch Ihr Komplott mit Lacurt kann Sie nicht entlasten. Ich fordere Gerechtigkeit, wie jener, der mir den Brief zugestellt hat. Überführen Sie die Schuldigen, Herr Kommissär.« Rieders Stimme war schrill geworden.

Lacurt brauste auf. Aber eine Handbewegung des Kommissärs hielt ihn zurück. »Genug geredet«, stieß der Kommissär gereizt hervor. »Wir werden die Umstände klären. Unabhängig davon sind wir mit einem neuen, schwer wiegenden Tatbestand konfrontiert. Herr Lacurt und Madame de Greyff leugnen den Brief nicht. Alle weiteren Einzelheiten werden wir mit jedem von Ihnen unter vier Augen klären. Sie, Mademoiselle Henkel, können gehen. Ihnen allen untersage ich ausdrücklich, das hier Gehörte weiterzugeben.«

Die Geladenen erhoben sich. Allein Mademoiselle Henkel zeigte noch ein kokettes Lächeln. Rieder gab sich sehr selbstbewusst, als ihn der Kommissär mitkommen hieß. Madame de Greyff und Lacurt wurden von Inspektor Juvet in verschiedene Räume geführt, wo sie auf ihre Einvernahme warten sollten.

Durch das Fenster konnte Lacurt über das Flusstal der Saane auf die gegenüberliegenden Hänge blicken. Aber der Blick in die Weite verstärkte nur sein Gefühl, hier eingesperrt zu sein.

Über eine Stunde verging, bevor Inspektor Juvet erschien und ihn zum Kommissär mitnahm. Das geschmackvoll eingerichtete Büro mit den Stichen an den Wänden hatte nichts von einem Tor zur Hölle an sich, stellte Lacurt erleichtert fest.

Lacurt setzte sich dem Kommissär gegenüber; Juvet, der offenbar das Gespräch aufzeichnen sollte, nahm an einer Schmalseite des Bürotisches Platz.
Der Kommissär wollte zunächst wissen, in welchem Verhältnis Lacurt zu Madame de Greyff stand. Lacurt berichtete wahrheitsgemäß, dass er wohl durch den Sohn das Vertrauen der Mutter erworben habe, die er bis zu jenem Gespräch, das dem Brief an sie vorausgegangen war, nicht näher gekannt hatte. Der Kommissär nickte.
Dann musste er dem Kommissär berichten, wie Madame de Greyff erfahren hatte, dass die Sicherheitsschiene nicht funktionierte. Lacurt erzählte die Geschichte des Elektrikers Schneuwly, und der Kommissär hörte schweigend zu. Dann bemerkte er:
»Ich habe Schneuwly gekannt, und die Geschichte mag sich so zugetragen haben. Was Madame de Greyff getan oder unterlassen hat, war zwar nicht richtig, aber verständlich. Doch rechnen Sie nicht mit meinem Mitgefühl. Ich kann nicht die Augen davor verschließen, dass Madame de Greyff Blöchli getötet haben könnte. Und es ist wahrscheinlich, dass das, was Rieder heute enthüllt hat, früher oder später an die Öffentlichkeit dringt. Sie wissen, was das bedeutet, wenn wir den Fall nicht so aufklären können, dass Madame de Greyff entlastet ist.«
Lacurt schwieg. Nach einer Pause begann der Kommissär wieder:
»Sie haben gehört, wie Rieder angeblich zu Ihrem Brief gekommen ist. Madame de Greyff dagegen hat behauptet, dass Rieder ihn aus ihrer Handtasche gestohlen habe. Ich möchte, dass Sie sich das Blatt ansehen, das laut Rie-

ders Aussage zusammen mit Ihrem Brief in dem Umschlag lag.«
Der Kommissär griff in eine Schublade und reichte Lacurt ein Blatt hinüber.
Auf dem Blatt standen nur einige lateinische Wörter, in Großbuchstaben und in der folgenden Anordnung:

FIAT JUSTITIA, ETSI PEREAT MUNDUS
IMMUNDUS

»Merkwürdig, nicht wahr?«, bemerkte der Kommissär mit einem Seitenblick auf Lacurt.
Lacurt war bleich geworden.
Fiat Justitia, etsi pereat mundus, das war der bekannte lateinische Spruch: Gerechtigkeit soll geschehen, auch wenn die Welt dabei zu Grunde geht. Hier war jedoch zu *mundus*, »Welt«, auf der nächsten Zeile *immundus*, »unrein«, hinzugesetzt: Die »unreine Welt« sollte zu Grunde gehen.
Der Kommissär hatte ihn beobachtet. »Haben Sie ein Verhältnis mit Madame de Greyff, eine intime Beziehung, von der jemand Kenntnis haben könnte?«
»Ich habe Sie doch eben ausführlich über mein Verhältnis zu Madame de Greyff aufgeklärt«, sagte Lacurt empört. »Ich war der Lehrer ihres Sohnes, sein Mentor, wenn Sie so wollen. Weiter nichts.«
»Ich wollte ja auch nur sichergehen«, beschwichtigte ihn der Kommissär, »weil man den Text als eine Anspielung auf Ihr Verhältnis zu Madame de Greyff lesen könnte. Aber eigentlich wollte ich Sie etwas anderes fragen. Wahr-

scheinlich sind Sie der bessere Lateiner als ich. Mir scheint, dass die Anordnung noch eine andere Deutung zulässt.«
Wieder blickte Lacurt auf das Blatt, diesmal unbefangener. *Immundus* stand allein in der zweiten Zeile. Das ließ sich einfach damit erklären, dass das Wort in der ersten Zeile keinen Platz mehr gefunden hatte. Aber es gab noch eine andere Möglichkeit:
»Das letzte Wort«, sagte Lacurt zögernd, »könnte auch so etwas wie eine Unterschrift sein. Dann würde es heißen: Der Unreine.«
»Sie bestätigen den Gedanken, der mir auch gekommen ist«, gab der Kommissär zur Antwort.
»Das alles ist doch in jedem Fall das Werk eines Kranken«, warf Lacurt ein.
»Sie meinen eines Psychopathen?«
»Ja, was sonst«, sagte Lacurt leichthin.
»Das macht die Sache nicht einfacher, im Gegenteil«, erwiderte der Kommissär mit einem Ernst, der Lacurt aufhorchen ließ.
Lacurt sah den bohrenden Blick des Kommissärs, der langsam ansetzte:
»Sie waren – oder sind – der Vertraute von Madame de Greyff. Was wissen Sie eigentlich von ihr? Hat sie Ihnen auch berichtet, dass sie einmal nervenkrank war? Sie hat vor Jahren einen Zusammenbruch erlitten und war für längere Zeit in Behandlung. Vielleicht ist sie noch immer – oder wieder – krank.«
»Das ... das wusste ich nicht«, stotterte Lacurt. »Ich ... ich habe es nur irgendwie geahnt.«
»Dann hätten Sie anders handeln müssen.«

Lacurt erwiderte nichts mehr.
Der Kommissär schien davon unberührt.
»Es gibt noch etwas Merkwürdiges«, fuhr er nach einer kleinen Pause fort. »Sehen Sie sich noch einmal genau das Blatt an.«
Lacurt sah sich die Schrift an. »Das Schriftbild ist nicht aufschlussreich. Wie Sie feststellen können, handelt es sich um einen gewöhnlichen Computerausdruck. Ein solcher Drucker steht überall, in der Verwaltung, in der Bibliothek, im Museum. Das gibt nichts her.«
»Halten Sie das Blatt so, dass das Licht darauf fällt«, wies ihn der Kommissär an. Als Lacurt das Blatt gegen das Licht hielt, trat in der unteren Blatthälfte groß ein Wasserzeichen hervor. Lacurt hielt den Atem an. Ein Greif! Seine Gedanken überschlugen sich.
»Ich sehe, dass Sie das Wasserzeichen erkannt haben«, fuhr der Kommissär dazwischen. »Es kann bloßer Zufall sein, oder es gibt viel zu denken.«
Lacurt sah den Kommissär hilflos an.
»Wenn wir etwas über die Herkunft dieses Blattes wüssten, dann würden wir klarer sehen, Herr Lacurt«, bemerkte der Kommissär. Dann hob er die Stimme: »Ich erwarte von Ihnen, dass Sie mir Bescheid geben, wenn Sie ein solches Blatt, ein Blatt mit dem Greif als Wasserzeichen, bei Ihren Bekannten sehen.«
Lacurt stutzte. Dann konnte er nicht mehr an sich halten.
»Sie erwarten also, dass ich für Sie bei Madame de Greyff den Spion spiele? Das werde ich nie tun!«
Dem Kommissär stieg die Zornesröte ins Gesicht.
»Sie weigern sich also, vernünftig mit mir zusammen-

zuarbeiten, obwohl auch Sie den Kopf in der Schlinge haben? Soll ich Ihnen einmal sagen, was ich von Ihnen halte, Herr Lacurt? Sie glauben, gegenüber Madame de Greyff nobel gehandelt zu haben. Und was sind die Folgen? Sie haben Madame de Greyff durch Ihren Brief in eine Lage gebracht, wie sie schlimmer nicht sein könnte. Und warum? Weil Sie überheblich sind. Und im Übrigen kein guter Menschenkenner. Sie haben nicht gemerkt oder nicht wahrhaben wollen, dass Madame de Greyff eine vielleicht kranke, in jedem Fall eine gefährdete Person ist, die in die Hände eines Arztes gehört. Sie haben Madame de Greyff dazu gebracht, der Kriminalpolizei wichtige Informationen vorzuenthalten. Welche Anmaßung, Herr Lacurt! Aber der Philosoph weiß es besser; er steht über dem Arzt und dem Kriminalbeamten.«

Bitterkeit lag in den letzten Worten des Kommissärs. Nun wurde sein Tonfall drohend:

»Die Kriminalpolizei wird alles daransetzen, die Umstände von Blöchlis Tod aufzuklären. Ich gebe Ihnen den dringenden Rat, in Zukunft gut gemeinte Aktionen für Madame de Greyff zu unterlassen. Sie stehen selbst unter Verdacht. Alles, was Sie tun, wird auf Sie selbst zurückfallen. Sehen Sie sich vor! Die Last des toten Blöchli könnte für die Schultern eines weltfremden Philosophen zu schwer werden.«

Das war überdeutlich. Schlag auf Schlag hatten die Worte des Kommissärs ihn getroffen. Lacurt rang nach Luft, wollte etwas erwidern, fand aber nichts Passendes und schluckte leer. Mechanisch erhob er sich. Der Kommissär blickte ihm nach, ohne aufzustehen. Juvet geleitete ihn zur Tür.

5 Wie ein geschlagener Hund war Lacurt nach der Unterredung mit dem Kommissär nach Hause geschlichen, wo er bis in die späte Nacht hinein übermäßig rauchte und trank. Stündlich schaltete er das Radio ein, in der Hoffnung auf die Nachricht, Blöchlis Tod sei aufgeklärt worden. Dann ließ er sich benommen aufs Bett fallen und wachte einige Stunden später mit einem faden Geschmack im Mund und einem schmerzenden Kopf wieder auf. In der Morgenfrühe holte er sich die Zeitungen. Aber keine Schlagzeile verkündete, dass die Polizei den Täter überführt habe.

Den Tag verbrachte er mit unsicheren, immer wieder abgebrochenen Versuchen, mit seiner Arbeit weiterzukommen. Als er am Nachmittag auf dem Bett lag und noch einmal erfolglos die Zeitungen nach einer Polizeimeldung durchsuchte, ließ ihn eine gütige Laune der Natur bis in den frühen Abend traumlos schlafen. Während er sein Abendessen zubereitete, klingelte das Telefon.

»Ich bin es, Madame de Greyff.«

Lacurt stotterte verlegen einen Gruß. Er war so niedergeschlagen und mit sich selbst beschäftigt gewesen, dass er gar nicht mehr an sie gedacht hatte.

»Sie werden mir wohl böse sein«, begann er. »Es war nicht sehr vernünftig von mir, Ihnen diesen Brief zu schreiben. Ich ... ich war mir der möglichen Folgen meines Tuns nicht bewusst.«

»Sie waren mir eine echte Hilfe«, sagte Madame de Greyff mit jener sicheren Gelassenheit, die ihm schon in jenem

fatalen Moment der Einvernahme an ihr aufgefallen war.
»Nur weil ich nicht aufgepasst habe, konnte mir der Brief gestohlen werden. Aber Sie haben mich von meinen Zweifeln befreit, Sie und – entschuldigen Sie, dass ich ihn im gleichen Atemzug nenne – dieser Rieder. Seit ich weiß, dass dieser Brief nicht mehr da war, weil man ihn mir gestohlen hat, weiß ich auch, dass es einen Dieb gibt und ich nicht etwas getan habe, worüber ich keine Kontrolle hatte. Bleibt nur noch die Frage, was Rieder eigentlich in meiner Handtasche gesucht hat. Denn der Brief kann es wohl nicht gewesen sein.«
»Sind Sie sicher, dass Rieder Ihnen den Brief gestohlen hat?«, fragte Lacurt vorsichtig.
»Ja, ich weiß nun auch, wann er es getan hat. Ich habe vor einer Woche meinen Sohn im Museum besucht, der dort geholfen hat, die Ausstellung vorzubereiten. Rieder hat im selben Raum gearbeitet und ich erinnere mich, dass ich die Tasche dort unbewacht stehen lassen habe, als Maximilian mir in einem anderen Stockwerk etwas zeigen wollte. Als ich zurückgekommen bin, um die Tasche zu holen, habe ich gehört, wie jemand eilig den Raum verlassen hat. Das kann nur Rieder gewesen sein, der in meiner Abwesenheit meine Tasche durchsucht und den Brief an sich genommen hat.«
Sollte er ihr glauben? Was um alles in der Welt, das war in der Tat eine gute Frage, hatte Rieder in ihrer Handtasche eigentlich gesucht? Wieder kam ihm die Sache mit dem zurückgezogenen Riegel an der Eingangspforte zur Bibliothek in den Sinn. Er unterließ es jedoch, ihr seine Spekulationen mitzuteilen.

»Weil ich nun weiß, dass ich nicht jemand bin, der unversehens die Kontrolle über sich verliert«, hörte er Madame de Greyff am anderen Ende der Leitung sagen, »bin ich mir inzwischen auch vollkommen sicher, dass ich Blöchli nicht umgebracht habe. Das gibt mir neuen Mut und die Kraft, das Ganze durchzustehen.«
Lacurt spürte in sich eine Bewegung. Er fasste Fuß auf einem Grund, der ihm entglitten war.
»Hören Sie, ich würde gerne mit Ihnen sprechen«, sagte er, einer plötzlichen Eingebung folgend.
»Und ich wollte Sie für kommenden Sonntag zum Tee einladen«, erwiderte Madame de Greyff. »Es würde mich doch interessieren, wie Ihre Unterredung mit dem Kommissär verlaufen ist, und Sie sollen selbstverständlich auch erfahren, wie er sich mir gegenüber verhalten hat. Auch mein Sohn würde Sie gerne einmal wieder sehen.«

Wie war es ihr nur gelungen, ihre Zweifel an sich selbst so einfach loszuwerden? Oder hatte der Kommissär nicht doch am Ende Recht mit seiner Bemerkung, dass sie in ärztliche Behandlung gehöre? Inwieweit durfte, konnte er ihr vertrauen?
Was Lacurt nicht minder beschäftigte, war der seltsame lateinische Spruch auf dem Blatt, das den Greif als Wasserzeichen hatte. Wenn Rieder den Brief aus der Handtasche von Madame de Greyff gestohlen hatte, dann war er es auch, der diesen Spruch verfasst hatte, um der Polizei auf unverfängliche Weise den Brief zukommen zu lassen. Wenn es ihm gelingen würde herauszufinden, wo

es dieses Papier zu kaufen gab, dann würde es ihm vielleicht gelingen, Rieder zu überführen und zu beweisen, dass Madame de Greyff die Wahrheit gesagt hatte.

Es war nicht schwierig, in einer Papeterie ein Interesse für besonders feines Papier vorzutäuschen und sich sämtliche Papiersorten vorlegen zu lassen. Lacurt spielte dieses Spiel in allen Geschäften, die Papier führten, was ihm umso leichter fiel, als die meisten zugleich Buchhandlungen waren. Sein Vorrat an Schreibmaterialien wuchs, aber das Papier mit dem Greifenzeichen fand er nicht.

Als er in einer Buchhandlung wieder einmal vergeblich sämtliche Papiersorten gemustert und sich missmutig den Büchern zugewandt hatte, fiel ihm das Buch eines bekannten Wiener Psychiaters ins Auge. Er blätterte ein wenig darin und war schon nahe daran, es wieder ins Regal zurückzustellen, als sein Blick auf die folgenden Sätze fiel:

»Auf den Zwangsneurotiker wirkt besonders eindringlich alles, was er ›schwarz auf weiß‹ mitbekommt und ›getrost‹ nach Hause tragen kann … Wir stehen daher nicht an, mit Rücksicht auf diese charakterologische Eigenart solchen Patienten in kurzer, prägnanter Zusammenfassung das schriftlich mit auf den Weg zu geben, was sie unseres Erachtens sich immer wieder vor Augen halten müssten.«

Hatte er nicht genau das mit seinem Brief an Madame de Greyff getan? Offenbar hatte er ganz intuitiv so gehandelt, wie es einer Zwangsneurotikerin gegenüber angebracht war.

Litt Madame de Greyff also unter einer Zwangsvorstellung? Er überflog die Seiten, die von dieser seelischen

Erkrankung handelten. Zwangsneurotiker konnten insbesondere unter der Vorstellung leiden, jemanden zu schädigen, ihn zu töten ... Solche Vorstellungen konnten, wie ein Fallbeispiel deutlich machte, auch auf die unmittelbare Vergangenheit zurückprojiziert werden ... Dabei war der Zwangsneurotiker in der Regel ein ethisch hochgesinnter, ja ein skrupelhafter Mensch ... Die Zwangsvorstellung hing mit einem mangelnden Evidenzgefühl für die Wirklichkeit zusammen ... Schließlich stieß Lacurt im Text auf Abschnitte, die Madame de Greyffs neu gewonnene Gelassenheit im Augenblick der Anklage erklärten: Selbst schwere Zwangsneurosen konnten plötzlich über Bord geworfen werden – paradoxerweise gerade dann, wenn sich die betreffende Person in der Realität mit dem konfrontiert sah, was sie in ihrer Zwangsvorstellung befürchtet hatte.

Doch dies war nicht der richtige Ort, an dem er das Buch gründlich studieren und seine Gedanken ordnen konnte. Also kaufte er es und ging damit nach Hause. Dort las er die betreffenden Abschnitte sorgfältig ein zweites Mal durch und stellte die verschiedenen Merkmale zusammen. Das Bild passte genau. Dann las er auch jene Seiten, die von der Vorgeschichte zwangsneurotischer Patienten handelten. Vermutungen stiegen in ihm auf, welcher Art die frühere Erkrankung Madame de Greyffs sein konnte, mit der ihn der Kommissär so brutal konfrontiert hatte.

Er sah wieder den Blick des Kommissärs vor sich, hörte seine vernichtenden Worte. Aber gab nicht das Buch ihm, Lacurt, Recht? Zumindest insofern, als er sich in seiner Rolle als Gesprächspartner und Briefschreiber gleichsam

als Therapeuten sehen durfte, der einer Zwangsneurotikerin geholfen hatte. Aber diese Zwangsneurotikerin konnte tatsächlich die Mörderin Blöchlis sein – ihr Wissen, dass die Sicherheitsschiene nicht angeschlossen gewesen war, und der Tod Blöchlis selbst waren schließlich keine Wahnvorstellungen, sondern pure Realität.
Gab es denn keinen gangbaren Weg, sich zu vergewissern, dass diese Frau keine Mörderin war? Wozu war er eigentlich Philosoph?
Die Philosophie reflektierte seit Kant auf die allgemeinen Voraussetzungen des Denkens. Nach einer neueren Theorie konnte sie auch auf die Voraussetzungen von Handlungen reflektieren. Dies galt besonders im Hinblick auf eine einzelne Person. Die Handlungen, die eine Person vollziehen oder nicht vollziehen konnte, hingen von ihrem persönlichen Wertesystem ab. Ein solches Wertesystem konnte man erschließen, wenn man die Handlungsweisen prüfte, die dem Innersten einer Person entsprangen. Und entscheidend waren hierfür jene Handlungen, in denen das zum Ausdruck kam, was eine Person liebte.
Lacurt dachte an sein Gespräch mit Madame de Greyff in der Bibliothek zurück. Wie hatte er Madame de Greyff dort erlebt? Als eine Frau, die schwer an ihrem Schicksal trug, die viel um ihren Mann gelitten hatte. Die Sorge um ihren Sohn stand ihr ins Gesicht geschrieben. Der ritterliche Onkel Max war ihr Ideal. Dann musste Lacurt an das Kreuzverhör denken. Mit welcher Empörung hatte sie Rieder seine Handlungsweise vorgehalten. Das war sicher nicht gespielt gewesen. Ließen die Werte, die diese Frau

verkörperte, es zu, dass sie zur hinterhältigen Mörderin wurde? Nein!

Nun wusste Lacurt auch, warum er diesen Brief geschrieben und warum er sich dazu im Recht gesehen hatte: Er hatte intuitiv gespürt, dass hinter dieser Frau keine Mörderin stand. Im entscheidenden Moment war er ihrer sicher gewesen, und ebenso seiner selbst.

Konnte er weiterhin an dieser Gewissheit festhalten? Die Zweifel würden wieder kommen, bestimmt. Es gab viele Möglichkeiten, zwischen die Werte und die Handlungsweise einer Person einen Keil zu treiben. Solche Zweifel durfte er nicht verdrängen. Aber er musste, solange es irgendwie ging, die Klarheit und Zuversicht bewahren, die er eben errungen hatte. Daran hing nicht bloß sein Glaube an Madame de Greyff, daran hing letztlich auch sein Glaube an sich selbst.

Madame de Greyff und ihr Sohn wohnten im Quartier d'Alt, nicht weit von der Kantons- und Universitätsbibliothek entfernt, in einem mittelgroßen gepflegten Wohnblock aus den dreißiger Jahren. Lacurt hatte seinen besten Sommeranzug angezogen, und das Wetter war so frühlingshaft schön, dass er sich beinahe wie ein sonntäglicher Flaneur fühlte.

Als er in die Straße einbog, die zur Wohnung der de Greyff führte, sah er auf der anderen Straßenseite einen Polizisten gehen. Wurde die Wohnung etwa überwacht oder war das reiner Zufall? Fest entschlossen, sich von dem Polizisten nicht beirren zu lassen, ging er auf die Haustür zu und trat ein.

Er läutete an der Wohnungstür und Madame de Greyff öffnete ihm. Sie trug ein fein gestreiftes Kleid, das ihr gut stand, ihr wohlgeformtes Gesicht wirkte frisch und entspannt und selbst das schon angegraute Haar war weniger streng nach hinten gekämmt als sonst. Sie begrüßte ihn herzlich und schien wirklich guter Dinge zu sein. Heiter und freundlich wirkte auch der Salon, in den sie Lacurt führte. Leichte, aber zugleich behagliche Möbel aus dem späten achtzehnten Jahrhundert waren geschmackvoll zusammengestellt. Auch die wenigen Ahnenbilder zeigten keine düsteren Gesichter.

Madame de Greyff schien Lacurts Gedanken zu erraten. »Was Sie hier sehen, ist die gefällige Seite unseres Erbes. Greifenried ist da schon anders.« Dann, nach einer kleinen Pause: »Sie werden das Schloss wohl bald einmal mit meinem Sohn besuchen. Er spielt noch Tennis und wird in einer halben Stunde zurück sein.«

Madame de Greyff bot Lacurt einen Platz an und ging in die Küche, um Tee zu machen.

Wie gut gelaunt und ungezwungen sie ihn empfangen hatte, dachte Lacurt. Aber hatte er nicht auch eine versteckte Unsicherheit an ihr bemerkt? Konnte er ihr wirklich vertrauen? Die altbekannten Zweifel meldeten sich wieder einmal lautstark zu Wort.

In einer Ecke des Salons stand ein mit Edelhölzern furnierter Sekretär. Die Schreibplatte war heruntergeklappt, und im Inneren waren verschiedene Fächer mit hübschen Schubladen und Ablagen für Schreibmaterialien angebracht. Lacurt sah eine mit Buntpapier überzogene Schachtel mit Briefpapier.

Das Blatt mit dem Wasserzeichen – die Vorstellung wurde zur Obsession. Und nun tat er genau das, was er im Kommissariat mit Entrüstung von sich gewiesen hatte: Er nahm ein Blatt aus der Schachtel und hielt es prüfend gegen das Licht.
Das Wasserzeichen trat hervor. Es war der stilisierte Name einer Papierfabrik, weiter nichts.
Erleichtert und beschämt zugleich setzte sich Lacurt an den Tisch, als Madame de Greyff den Tee servierte. Verlegen nippte er an seiner Tasse.
»Was hat Ihnen der Kommissär nur über mich erzählt, dass Sie auf einmal so verunsichert sind?«, fragte ihn Madame de Greyff mit verblüffender Direktheit.
Er schluckte heftig, fasste sich schließlich ein Herz und beschloss, ihr ebenso direkt zu antworten. »Er hat mir erzählt, dass Sie früher einmal an einer Nervenkrankheit gelitten haben.«
»Das habe ich befürchtet«, bemerkte Madame de Greyff resigniert. »Ja, ich war vor Jahren krank, so krank, dass ich in Behandlung gewesen bin. Es hat nach dem Tod meines Mannes angefangen. Ich war damals ziemlich erschöpft und habe mir schreckliche Vorwürfe gemacht. Das ging so weit, dass ich eine regelrechte Depression bekam. Nach mehreren Wochen in der Klinik bin ich zwar als geheilt entlassen worden, aber die eigentliche Wunde, die ist mir wohl geblieben. Dann ist es mir jahrelang mehr oder weniger gut gegangen – bis zu dem Tag von Blöchlis Tod in der Bibliothek. Plötzlich habe ich mir eingebildet, ich hätte ihn umgebracht. Je mehr ich dagegen angekämpft habe, desto mehr war ich am Ende davon überzeugt. Ich

habe schon befürchtet, wahnsinnig zu werden. Aber ich wollte nicht wieder in Depressionen verfallen, nicht wieder als seelisch kranke Person betrachtet werden. Ich wollte Mensch bleiben, ich selbst. Deswegen habe ich es auch abgelehnt, zu einem Arzt zu gehen, als mein Sohn mir dazu geraten hat. Das Gespräch mit Ihnen, das war doch etwas ganz anderes. Das konnte ich akzeptieren. Es gibt etwas in der Philosophie, was mich immer angezogen hat: die Frage nach dem wahren Menschsein. Und der Versuch, die wahre Menschlichkeit irgendwie im Leben umzusetzen. Ich wollte als Mensch angenommen werden, der leidet, der aber trotzdem seinen Weg gehen kann.

Ich merke jetzt, dass es ein großer Fehler von mir war, Ihnen nichts von meiner Krankheit zu erzählen, und ich kann durchaus verstehen, wenn Sie mir nicht mehr so ganz vertrauen. Ich habe Ihnen etwas verheimlicht, was auch zu meinem Leben gehört. Sie hätten es erfahren müssen, um verantwortlich handeln zu können – auch wenn Ihre Entscheidung dann anders ausgefallen wäre.«

Lacurt war sehr betroffen. Welcher Gegensatz zu dem, was er vor wenigen Tagen vom Kommissär zu hören bekommen hatte! Hatte der ihm nicht mit bitterbösen Worten den Vorwurf gemacht, sich als Philosoph über den Arzt und den Kriminalbeamten zu stellen? Und nun gab ihm diese Frau zu verstehen, warum sie dem Besuch beim Psychiater das Gespräch mit ihm vorgezogen hatte – aus Gründen, die ihn selbst einst dazu bewogen hatten, Philosophie zu studieren.

»Mein Sohn vertraut Ihnen voll und ganz«, fuhr Madame de Greyff fort, »ebenso wie ich selbst. Und mir ist klar, dass ich von Ihnen ein solches Vertrauen wohl nicht mehr erwarten kann – ein Gespenst steht hinter mir, ich weiß es. Aber könnten Sie mir nicht wenigstens bedingt vertrauen – solange ich keiner Untat überführt bin?«

»Sprechen Sie nicht weiter so mit mir«, bat Lacurt gequält. »Was bin ich denn schon! Kein echter Philosoph – aber ein sehr wankelmütiger Mensch.«

»Mein Sohn und ich sehen das anders.« Dann blitzte plötzlich ein eigentümliches Feuer in ihren Augen: »Wenn Sie ein ritterlicher Mensch sind, Monsieur Lacurt, dann können Sie gar nicht anders als mir und meinem Sohn beizustehen. Es gibt Gehorsamspflichten, denen man nachkommen muss, wenn auch mit einem geistigen Vorbehalt, mit einer *re* – wie lautet noch mal das Wort, das die Jesuiten dafür geprägt haben?«

»Reservatio mentalis«, ergänzte Lacurt. Der Funke in den Augen Madame de Greyffs war auf ihn übergesprungen. Er reichte ihr spontan die Hand.

»Ich hoffe, dass Sie und Ihr Sohn in mir keinen Don Quijote zum Bundesgenossen haben.«

»Wir werden sehen«, antwortete Madame de Greyff vielsagend.

»Eigentlich würde ich jetzt lieber etwas anderes als Tee trinken«, gestand Lacurt.

»Ich auch«, stimmte Madame de Greyff ein. Sie entschieden sich für einen leichten, fruchtigen Weißwein.

»Ich wollte Ihnen doch noch erzählen, wie mein Gespräch mit Kommissär Gondrand verlaufen ist«, sagte Madame de Greyff, nachdem sie ihre Gläser gefüllt hatte. »Er wollte natürlich als Erstes wissen, wie ich in Erfahrung

gebracht hatte, dass das Sicherheitssystem nicht funktionierte. Er war sehr betroffen, als ich ihm die Geschichte von Schneuwly erzählt habe. Schneuwly war ein entfernter Verwandter von Gondrand – das habe ich gar nicht gewusst, obwohl ich Gondrand von früher her kenne. Seine Mutter stammt aus demselben Ort wie ich, und als Kind hat er manchmal seine Großeltern bei uns im Dorf besucht. Später bin ich ihm dann hier an der Universität begegnet, wo er Jura studiert hat. Schneuwly ist ein Cousin seiner Mutter gewesen, und dass meine Eltern immer zu ihm gehalten haben, obwohl er ein hochgradiger Alkoholiker gewesen ist, hat Gondrand wohl ziemlich für mich eingenommen. Jedenfalls hat er mir geglaubt und will mir wohl auch helfen.«
»Dann steht es für Sie doch gar nicht schlecht«, stellte Lacurt erleichtert fest.
»Ich weiß es nicht. Gondrand hat keinen leichten Stand, weil er direkt von der Universität zur Polizei gekommen ist. Und seine Mitarbeiter sind nicht unbedingt die besten. Der einzige fähige Mann von seinen Leuten scheint Inspektor Juvet zu sein. Gondrand wird sich hüten, sich für mich bloßzustellen – gegen mich spricht im Moment so Einiges. Und unseresgleichen darf in einem Land alten Neides – Sie wissen, dass die Freiburger als neidisch gelten – nicht mit einer besonderen Gnade rechnen, ganz im Gegenteil.«
Madame de Greyff leerte ihr Glas. Lacurt bemerkte eine leichte Röte in ihrem Gesicht, die wohl auf den Wein zu dieser frühen Abendstunde zurückzuführen war, der ihr außerdem die Zunge zu lösen schien. »Hinzu kommt«, fuhr sie fort, »dass es da einmal eine Zeit gegeben hat, in

der ich Gondrand wohl nicht ganz gleichgültig gewesen bin. Er hat, um es deutlich zu sagen, mehr oder weniger förmlich um mich geworben. Ich habe Ihnen ja schon erzählt, dass er als Kind öfter zu uns ins Dorf gekommen ist, und als er dann später hier studiert hat, bin ich ihm so ungezwungen begegnet wie in unseren Kindertagen, obwohl ich schon gemerkt habe, was in ihm vorgegangen ist. Als er dann zur Polizei gekommen ist und diese einen Ball ausgerichtet hat, wollte er mich als seine Balldame einladen. Die Annahme hätte im damaligen Freiburg den ersten Schritt zu einer Verlobung bedeutet. Ich habe jedoch abgelehnt. Seither haben wir uns nur noch höflich gegrüßt. Jetzt habe ich so viel von mir geredet, aber sagen Sie, wie ist es Ihnen eigentlich auf dem Kommissariat noch ergangen?«

Lacurt gab den Verlauf der Unterredung nicht vollständig wieder. Er dachte an die *reservatio mentalis*, die ihm Madame de Greyff eingeräumt hatte. Schon zuvor hatte er sich vorgenommen, Madame de Greyff gegenüber nichts von dem Blatt mit dem zweideutigen lateinischen Spruch und dem Greif als Wasserzeichen verlauten zu lassen. Bei diesem Vorsatz blieb er. Auch die Äußerungen des Kommissärs, die ihm direkt gegolten hatten, gab er nur andeutungsweise wieder. Aber Madame de Greyff verstand offenbar seine Andeutungen sehr wohl. Nachdenklich bemerkte sie: »Ich bin nie auf den Gedanken gekommen, meine Ängste und Zweifel Gondrand anzuvertrauen, weil ich zu ihm nicht mehr dasselbe offene Verhältnis wie früher habe, und weil ich in ihm nun den Beamten sehe. Dass ich mich Ihnen und nicht ihm anvertraut habe, muss ihn wohl gekränkt haben. Ich bin also nicht mehr so sicher, ob er sich tatsächlich für mich einsetzen wird, und Ihnen hat er die Hände gebunden.«

Lacurt nickte. »Ich habe Sie übrigens sehr dafür bewundert«, sagte er nach einem Augenblick des Schweigens, »wie Sie bei der Einvernahme Rieder entgegengetreten sind. Sie waren so überzeugend, und Rieder hat am Ende wirklich als Lügner dagestanden. Es ist mir immer noch vollkommen schleierhaft, warum er dort so arrogant und anmaßend aufgetreten ist.«

»Ich habe da so meine Vermutungen«, erwiderte Madame de Greyff. »Rieders Verhältnisse kenne ich zum Teil, und mein Sohn hat ja mit ihm gearbeitet. Er stammt aus dem Dorf unterhalb von Greifenried. Sein Vater ist noch vor seiner Geburt bei einem Unfall ums Leben gekommen. Und seine Mutter arbeitet seit Jahren schon als Putzfrau in der Universität – Sie kennen sie bestimmt vom Sehen. Als junges Mädchen hat sie auf Schloss Greifenried gedient. Ich vermute, dass Rieder keine leichte Jugend gehabt hat, und dass er so überheblich ist, weil er sich irgendwie minderwertig vorkommt. Und wer weiß, welchen unbewussten Groll er immer noch gegen die angeblich besser Gestellten hegt, gegen ›die vom Schloss‹, wie wir dort immer noch genannt werden. Vielleicht weiß der alte Albert mehr von Rieder.«

»Wer ist der alte Albert?«

»Unser Kastellan auf Greifenried. Albert ist ein alter Junggeselle, an die achtzig. Er hat sein ganzes Leben im Dienst der de Greyff verbracht, vor allem bei Onkel Max. Jetzt hütet er Schloss Greifenried für uns.«

»Ist er der einzige ständige Bewohner von Schloss Greifenried?«

»Ja. Er ist ein treuer Wächter, hört aber nicht mehr so gut. Greifenried ist schlecht gesichert, aber es gäbe dringendere Erneuerungen als Sicherheitstüren und Alarmanlagen, und das Gold und der Greifenpokal – wenn es das überhaupt gibt – sind so versteckt, dass selbst mein Sohn sie bisher nicht gefunden hat. Aber da wir schon von Greifenried reden: Kennen Sie eigentlich Mademoiselle Henkel?«

»Die Französin, die mit uns auf dem Kommissariat war? Nein, nicht näher, aber warum fragen Sie?«

»Mademoiselle schreibt, zumindest behauptet sie das, an ihrer *thèse d'état*, an ihrer französischen Dissertation, und zwar über die Porträtmalerei des fünfzehnten und sechzehnten Jahrhunderts. Deshalb war sie ja auch an jenem Unglückstag in der Zeitschriftenabteilung der Bibliothek.«

»Sie scheinen daran zu zweifeln, dass sich Mademoiselle Henkel ausschließlich für die Wissenschaft interessiert.«

»Ja, und zwar auf Grund eines merkwürdigen Vorfalls«, erklärte Madame de Greyff. »Mademoiselle Henkel und dieser französische Professor haben beide die Zeitschrift *Fribourg artistique* angeschaut – der Kommissär hat es erwähnt. Darin ist das Ahnenbild von Maximilian Greyff, dem Erbauer von Greifenried, abgedruckt, ein Bild, das aufs Engste mit der ganzen Geschichte von Greifenried zusammenhängt. Das Bild stellt Maximilian Greyff mit einem Pokal dar, der höchst kunstvoll in Silber gearbeitet und der Form nach ein Greif ist. Das ist der Greifen-

pokal, in dem sich der Greifenschatz befinden soll, der angeblich im Schloss versteckt ist.
Mademoiselle Henkel ist eines Tages zu mir gekommen, hat von diesem Bild geschwärmt und darum gebeten, das Original sehen und aufnehmen zu dürfen. Mein Sohn ist mit ihr nach Greifenried gefahren – das war vor dem Unglückstag – und hat ihr das Bild gezeigt. Sie hat es dort lange betrachtet, sich Notizen gemacht und es fotografiert. Dann wollte sie auch die anderen Ahnenbilder im Schloss sehen. Sie hat sich so lange vor den einzelnen Bildern aufgehalten, dass Maximilian ungeduldig geworden ist und sie irgendwann allein gelassen hat. Als er dann wieder zu ihr zurückgegangen ist, hat er sie dabei überrascht, wie sie ein Bild wieder an den Nagel zurückgehängt hat. Später hat er dann festgestellt, dass sie alle anderen Bilder auch vom Nagel genommen hat, und jetzt fragen wir uns natürlich, was diese Frau wohl hinter den Bildern gesucht hat.«
»Bilder sind schon immer dazu benützt worden, Verstecke, geheime Maueröffnungen und dergleichen zu verbergen«, bemerkte Lacurt.
»Das habe ich mir auch gesagt.«
»Sieht ganz so aus, als ob nicht nur Ihr Sohn in Greifenried auf Schatzsuche ginge. Weiß Mademoiselle Henkel denn, dass sich in Greifenried der Greifenpokal mit dem Schatz befinden soll?«
»Das steht in *Fribourg artistique* im Kommentar zu dem besagten Bild, und den hat sie sicher gelesen.«
Lacurt dachte an die geradezu wissenschaftlich vorbereiteten Raubzüge durch französische Schlösser, von denen

er kürzlich gelesen hatte. Und da war noch dieser angebliche französische Professor, der sich für dieselbe Zeitschrift interessiert hatte.

»Haben Sie dem Kommissär gegenüber das verdächtige Benehmen von Mademoiselle Henkel erwähnt?«, fragte Lacurt.

»Nein«, sagte Madame de Greyff, »es besteht ja kein einsichtiger Zusammenhang mit dem, was in der Bibliothek geschehen ist.«

»Ich kann ja gelegentlich einmal nachprüfen, ob Mademoiselle Henkel nur aus wissenschaftlichem Interesse der Porträtmalerei nachgeht. Nachforschungen in Form von wissenschaftlichen Gesprächen kann mir schließlich kein Polizeikommissär verbieten«, meinte Lacurt, als Maximilian de Greyff, verschwitzt und mit rotem Gesicht, seinen Kopf durch die Tür steckte.

»Wie ich höre, seid ihr schon beim Thema. Ich muss allerdings erst noch duschen, bevor ich salonfähig bin«, sagte er lachend. »Aber vorher würde ich Ihnen gerne noch etwas geben, das Sie sich einmal anschauen sollten.«

Er kehrte mit einem großen Blatt zurück. Es war das Porträt von Maximilian Greyff aus *Fribourg artistique*, zusammen mit dem französischen Begleittext.

»Die Zeitschrift *Fribourg artistique* ist ursprünglich in Heftform mit losen Blättern erschienen«, erklärte der junge de Greyff. »Dieses Blatt habe ich immer bei mir anstelle des Originals, das am Kamin des Greifensaales hängt.«

Der Greifensaal, das geheimnisvolle Kuriosum von Greifenried! Lacurt kam es vor, als tauche er langsam in die Welt dieses Fabeltieres ein.

»Dieses Blatt gibt Ihnen gewissermaßen eine Einführung in den Greifensaal, den ich Ihnen demnächst zeigen werde.«
Maximilian zog sich zurück und Madame de Greyff ging in die Küche, um einen kleinen Imbiss vorzubereiten.
Lacurt legte das Bild behutsam vor sich hin und betrachtete es aufmerksam. Vor einer Hügellandschaft mit Fluss war ein Mann abgebildet, der unter seinem schwarzen Barett an ihm vorbeizusehen schien. Er trug ein schwarzes Wams aus Samt mit geschlitzten Puffärmeln, einer weißen Hemdenbrust und hochgeschlossenem Kragen. Feine weiße Bordüren unterstrichen die Eleganz der Kleidung. Der Mann hatte ein ebenmäßiges Gesicht und eine leicht aufgeworfene Nase. Sein volles dunkles Haar war an Stirn und Halspartie sorgfältig geschnitten. In der rechten Hand hielt er einen Dolch, in der linken einen eigentümlichen Silberpokal. Dessen Unterteil, das eigentliche Gefäß, bestand aus dem Hinterleib eines aufgerichteten Löwen, das Oberteil, der aufklappbare Deckel, wurde durch den Rumpf, den Kopf, die Flügel und die Füße eines Adlers gebildet.
Dieses kunstvoll gearbeitete, lässig gehaltene und doch stolz zur Schau gestellte Trinkgefäß war also der Greifenpokal.
Die Halskette des Mannes bestand aus lauter aneinander geketteten Silberplättchen, welche die Form von Trinkkannen hatten, aus denen jeweils drei lilienförmige Blumen herausragten. Die Kette hatte einen schreitenden Greif als Anhänger. Der Greif trug zwischen seinen Adler- und Löwenfüßen ein Spruchband mit einer

Inschrift, auf der Lacurt das Wort *amor* entziffern konnte.
In den Himmel über der Flusslandschaft war auf der linken Seite das Wappen der de Greyff gemalt. Rechts oben konnte er eine dreizeilige Inschrift lesen:

NOB. MAXIMILIANUS GRYPHUS
FRIBURGENSIS ANNO 1507
AETATIS SUAE 37

Dieser Maximilian Greyff war also 1470 geboren und hatte sich 1507 im Alter von siebenunddreißig Jahren malen lassen. Was hatte er für ein Leben geführt? Lacurt begann den Begleittext zu lesen. Dort erfuhr er, dass Maximilian, der Sohn der mächtigen Familie Greyff, die schon immer zum Hause Habsburg gehalten hatte, als junger Mann an den Hof Kaiser Friedrichs III. und Maximilians I. geschickt worden war. Nach dem zwischen den Schweizern und Maximilian I. ausgefochtenen Schwabenkrieg hatte er eine wichtige Vermittlerrolle gespielt und war zum Dank von Kaiser Maximilian I. 1507 geadelt worden. Das Bild war wohl in Innsbruck nach der Ausstellung der Adelsurkunde gemalt worden. Es zeigte Maximilian auf der Höhe seines Ansehens und als Begünstigten des namensgleichen Kaisers, der ihm den Greifenpokal zum Geschenk gemacht hatte.
Nun wurde die Bedeutung des Pokals und der von Maximilian Greyff getragenen Kette erklärt. Er war in den Aragonischen Kannenorden aufgenommen worden, der 1330 von König Alfons IV. von Aragon gestiftet worden

war, den Kaiser Friedrich III. 1473 erneuert und dessen Sohn Kaiser Maximilian I. weitergefördert hatten. Der Kannenorden war ein Ritterorden, der mit der Devise ›Halt Maß‹ die Trunksucht eindämmen, aber gleichzeitig die ritterliche Geselligkeit fördern sollte. Eine Kanne und der Greif waren die Abzeichen dieses Ritterordens, die sich in der von den Rittern getragenen Kette vereinigten. Darum also diese sonderbare Kette, darum, als Ausdruck besonderen Wohlwollens des Kaisers für seinen neu geschlagenen Ritter, auch der Greifenpokal.
Der Verfasser des Begleittextes – ein Historiker aus einem Freiburger Patriziergeschlecht – rühmte die Verdienste, die sich Maximilian Greyff in den höchsten Ämtern der Stadt und Republik Freiburg erworben hatte, pries ihn als Staatsmann, Ritter und Humanisten, der das von ihm erbaute Schloss Greifenried zu einem Mittelpunkt geselligen und ritterlichen Lebens gemacht habe. Der Text schloss mit dem Hinweis, dass der abgebildete Pokal, der beim festlichen Umtrunk der versammelten Ritter im Greifensaal benutzt worden sei, einer mündlichen Überlieferung zufolge dort an einer geheimen Stelle verwahrt werde.
Der junge de Greyff ließ nicht lange auf sich warten, als seine Mutter den Tisch gedeckt hatte. Zu dritt aßen und plauderten sie über dies und über jenes. Was sie zusammengeführt hatte, schien vergessen. Aber nach dem Essen wurde Maximilian zusehends unruhig. Lacurt schlug vor, gemeinsam einen Spaziergang zu machen.

6 Sie hatten die Stadt bereits verlassen und einen Feldweg eingeschlagen, der sich in einer langen Schleife um eine unbewohnte Anhöhe zog.

»Ich möchte Ihnen die Geschichte von einem Blatt erzählen«, sagte Maximilian. »Es handelt sich um einen alten Holzschnitt, auf dem noch von Hand etwas geschrieben steht. Ich habe das Blatt vor einem halben Jahr in Greifenried gefunden, und es ist mir am Tag meiner Prüfung, also am Tag von Blöchlis Tod, abhanden gekommen.«

»Welche Bedeutung hat das Blatt für Sie?«, fragte Lacurt.

»Ich glaube, es ist der Schlüssel zu jenem Ort, an dem der Greifenpokal aufbewahrt wird, und vielleicht auch das Gold von Onkel Max.«

»Eine große Erwartung«, sagte Lacurt etwas skeptisch.

»Ich möchte vorläufig mit ihr leben«, warf Maximilian trotzig ein.

»Sie werden immer mit ihr leben können«, erwiderte Lacurt versöhnlich.

»Solange das alte Greifenschloss noch steht und uns gehört«, fügte Maximilian mit einem bitteren Unterton hinzu.

»Am besten erzählen Sie mir jetzt alles genau und der Reihe nach. Wie haben Sie das Blatt gefunden? Was steht auf dem Blatt? Wie ist es Ihnen abhanden gekommen?«

»Ich beginne mit dem Fundort«, ging Maximilian auf Lacurts Vorschlag ein. »Mein Großonkel hatte in Greifenried seine eigenen Räume, ein großes Wohnzimmer und ein Schlafzimmer, die nach seinem Tod unberührt geblie-

ben sind. Sein Wohnraum ist das Zimmer eines passionierten Jägers und Weltreisenden, mit einem Löwenfell aus Afrika am Boden und verschiedensten Erinnerungsstücken, aber auch das Zimmer eines Privatgelehrten und stillen Denkers. Meine Mutter hat sich immer Sorgen gemacht, wenn ich mich als Junge zu lange allein in seinen Räumen aufgehalten habe, weil in seinem Nachttisch noch seine alte, große Pistole samt Patronen liegt. Später habe ich mich oft in seinem Wohnzimmer aufgehalten. Mein Großonkel hatte seine eigene Bibliothek, die ebenfalls unangetastet geblieben ist – sie besteht aus Jagdliteratur und aus historischen Schriften, die im Zusammenhang mit unserer Familiengeschichte stehen. Dort habe ich alles gelesen, was ich über meine Ahnen, die Geschichte des Kannenordens und die Bedeutung unseres Wappentieres weiß.
Dann habe ich auch in Onkel Max' Jagdliteratur gestöbert. Es gibt da ein reich bebildertes, mehrbändiges Werk *Le chasseur*. Ein Band ist den Jagdwaffen, ein anderer den Jagdhunden gewidmet, und so fort. Ich habe sie mir im letzten Herbst einmal näher angesehen. Dabei habe ich auch den Band über die Jagdhunde in die Hand genommen. Er enthält großformatige, doppelseitige und nach innen gefaltete Darstellungen aller Jagdhunderassen. Ich habe auch nach jener Hunderasse gesucht, die den Greifennamen trägt und meinem Onkel seinen Beinamen gegeben hat: der Griffon. Und was entdecke ich da zu meiner großen Überraschung? Besagtes Blatt.«
Der junge de Greyff sah Lacurt mit glänzenden Augen an. Aber Lacurt beschloss, kühl zu bleiben.

»Bevor wir Vermutungen darüber anstellen, warum Ihr Großonkel das Blatt dort verwahrt oder versteckt hat, müssen Sie mir dieses Blatt genau beschreiben.«
»Es ist ein alter Holzschnitt, in jedem Fall ein alter Druck. Von wem er stammt, weiß ich nicht; der Druck trägt keine Signatur. Das Blatt ist von sehr hochwertiger Qualität. Der Holzschnitt zeigt einen aufrecht sitzenden Greif, der ein Andreaskreuz zwischen seinen Adlerfüßen hält. Ich habe die Zeichnung sofort wiedererkannt. Es ist der gleiche Greif mit Andreaskreuz, der auch im Greifensaal dargestellt ist.«
»Jetzt müssen Sie mir kurz den Greifensaal beschreiben, damit ich Ihnen folgen kann«, warf Lacurt ein.
»Der Greifensaal ist ein Rittersaal, der zwischen 1510 und 1520 entstanden sein muss. Er hat die Form eines Gewölbes und ist aus Stein gebaut. Die Innenwände sind mit Holz verkleidet. Ein Halbgetäfer mit Sitzbänken, das über zwei Meter hoch ist, zieht sich an den Wänden entlang. Das Ganze gleicht einem Chorgestühl. Die tragenden Teile des Getäfers bestehen aus Halbpfeilern, und diese fassen die Holzfüllungen, die bemalt sind. Können Sie sich das vorstellen?«
»Ungefähr. Aber die Anordnung des Ganzen ist mir noch nicht klar.«
»Darauf wollte ich gerade zu sprechen kommen. Der Rittersaal stößt nach Osten vor – wie eine kleine Kirche, nur mit einer geraden vorderen Chorwand. Es wird vermutet, dass er tatsächlich aus einem umgebauten Kirchenraum besteht, aber darauf will ich jetzt nicht eingehen. Die Sitzbänke befinden sich an den beiden Längsseiten und

an der Vorderwand. Man betritt den Saal durch die Rückwand, in deren Mitte sich ein großer Kamin befindet, über dem das Bildnis Maximilians, des Ahnherrn, hängt. In der Mitte der Vorderwand ist ein erhöhter Sitz eingebaut, eine Art Ehrensitz, auf den alles bezogen ist – hier saß offenbar der Herr des Hauses oder der Ehrenvorsitzende der Tafelrunde. Und nun kommt das Entscheidende: Dieser Sitz, der breiter und höher ist als die übrigen, hat als Einziger ein Getäfer – das natürlich auch entsprechend höher ist –, auf dem ein riesiger Greif dargestellt ist, ein aufrecht sitzender Greif mit einem Andreaskreuz, genauso wie auf dem Holzschnitt, den ich gefunden habe.«

»Sodass Sie annehmen, dass der Holzschnitt entweder die Vorlage für das Bild auf dem Getäfer abgegeben hat oder dessen Abbild ist.«

»Ich halte den Holzschnitt für die Vorlage.«

»Warum?«

»Weil – das werden Sie selbst sehen, wenn wir zusammen nach Greifenried fahren – die Getäfergemälde im Unterschied zum Holzschnitt etwas Naives haben. Derjenige, der das Getäfer bemalt hat, war kein großer Künstler. Er hat sich – das zeigen auch seine anderen Gemälde – an Vorbilder gehalten. Und seine Vorlage für den Greif war das Blatt.«

»Was hat er denn sonst noch gemalt?«

»Die anderen Getäferbilder, auf denen nicht Greife, sondern Löwen und Adler dargestellt sind. Jetzt muss ich Ihnen die einmalige Zusammenstellung dieser Getäferbilder erklären. Der Greif galt im Altertum und im Mittelalter als der überragende König aller Tiere, weil er sich aus dem König der Erde – dem Löwen – und dem König der Lüfte – dem Adler – zusammensetzt. Im Greifensaal wird das dadurch veranschaulicht, dass auf den Getäferbildern der linken Längsseite Löwen und auf jenen der rechten Adler aufgemalt sind, die auf den Greif zugehen und auf ihn blicken.«

»Also gewissermaßen eine Prozession der Löwen und der Adler, die dem Greif huldigen, der sie beide vereinigt.«

»Ja.«

»Kommen wir zur Hauptsache. Sie haben mir bisher die Eintragung auf dem Blatt vorenthalten.«

»Ich musste Ihnen zuerst die Anordnung der Getäfergemälde erklären.«

»Die Eintragung nimmt also darauf Bezug?«

»Es scheint so, ist aber wohl nicht so.«

»Sie geben mir ein Rätsel auf.«

»Urteilen Sie selbst. Ich kann das Geheimnis nicht lüften, weil ich es selbst nicht kenne. Ich will Ihnen nur die Fakten schildern. Über dem Greif steht handschriftlich mit Tinte geschrieben: *move secundum leonem.* Dann ist die Zeile leider durch ein Wurmloch unterbrochen. Dann folgt eine Zahl, die ich als 46 gelesen habe. Das ist alles.«

Lacurt schwieg. Er fühlte sich plötzlich in eine Schulklasse zurückversetzt:

»Erinnern Sie sich an Ihre Prüfung?«

»Ja. Und ich weiß, worauf Sie anspielen, nämlich auf die verschiedenen Deutungsmöglichkeiten dieses Satzes. Verstehen und Erklären. Mein damaliges Thema.«

»Und jetzt eine Aufgabe, die Sie Ihrem Lehrer stellen, wenn ich Sie recht verstehe. Also, ich beginne: *move secundum leonem* – bewege den zweiten Löwen. Diese Aufforderung ergibt, wenn ich die Anordnung der Getäferbilder im Greifensaal richtig verstanden habe, einen klaren Sinn: Man soll in der Reihe der zum Greif hin prozessierenden Löwen den zweiten bewegen, und das heißt wohl: das zweite Getäferbild verschieben.«
»Ich habe es genauso gedeutet.«
»Und Sie haben es versucht?«
»Ja. Aber da ist mir etwas Eigenartiges passiert. Ich habe versucht, das Getäferbild nach rechts und nach links, nach oben und nach unten zu verschieben. Ohne Erfolg. Das Getäferbild sitzt fest in den Hölzern, die seinen Rahmen bilden. Dabei habe ich die erste seltsame Entdeckung gemacht: Offenbar hat bereits vor mir schon jemand versucht, das Getäfer aus seinem Rahmen zu lösen. Das habe ich an mehreren kleinen Beschädigungen der Dübel und Bolzen gesehen, mit denen die Rahmenteile verbunden sind und das Getäfer befestigt ist. Ich habe dann das Gleiche getan wie mein Vorgänger – ich denke, es war Onkel Max. Ich habe verschiedene Befestigungsteile gelöst, bis sich das Bild nach unten verschieben ließ. Sie können sich denken, mit welcher Erwartung ich auf die Mauer gestarrt habe, die hinter dem Getäfer sichtbar wurde. Aber es kam nur die Mauer zum Vorschein, eine ganz gewöhnliche, vermörtelte Steinmauer, die nirgends eine Höhle oder eine Öffnung aufweist, die auf einen versteckten Hohlraum schließen lässt.«
»Da waren Sie wohl sehr enttäuscht?«

»Ja und nein. Ich hatte das Gefühl, einen falschen Weg gegangen zu sein, wie vor mir schon jemand, Onkel Max. Ich bin jedoch überzeugt, dass er eine Fährte gefunden hat, die zum Ziel führt – sonst hätte er das Blatt nicht für so wichtig gehalten und es versteckt.«
»Vielleicht haben Sie Recht. Aber den Weg zum Ziel oder wenigstens den Anfang davon, haben Sie den irgendwie gefunden?«
»Nein, überhaupt nicht.«
»Ich brauche Ihnen nicht zu erklären, dass das *move secundum leonem* doppelsinnig ist, dass man es auch folgendermaßen übersetzen könnte: Bewege gemäß dem Löwen.«
»Daran habe ich auch gedacht.«
»Und?«
»Bei dieser zweiten Lesart entstehen zwei Fragen: Was soll man bewegen? Und was bedeutet es, dass man etwas gemäß dem Löwen bewegen soll?«
»Wissen Sie darauf eine Antwort?«
»Ich habe mir Folgendes gesagt: Wenn der Satz nicht angibt, was zu bewegen ist, dann hat diese Deutung nur einen Sinn, wenn das Blatt eine Antwort nahe legt.«
»Und die wäre?«
»Wenn der Holzschnitt als Vorlage für das Greifenbild auf dem Getäfer am Ehrensitz gedient hat, wie ich annehme, dann könnte es heißen, dass man dieses Getäfer mit dem Greifenbild bewegen soll.«
»Das leuchtet ein. Haben Sie diese Möglichkeit ausprobiert?«

»Ja, ich habe geprüft, ob sich das große Getäfer mit dem Greif bewegen lässt. Es ist fest mit der Wand und dem tragenden Rahmen verbunden. Auch alle Bolzen und die Eisenteile, die dort das Gestühl mit der Wand verbinden, sitzen fest und sind unberührt. Ich hätte das Getäfer oder das Gestühl beschädigen müssen, um das Greifenbild zu bewegen. Das wollte ich nicht. Dazu schien mir diese Deutung zu unsicher.«

»Ich hätte es an Ihrer Stelle auch nicht getan. Zumal ja noch die Frage offen bleibt, was es bedeuten soll, dass man dieses Etwas, von dem wir im Grunde nicht wissen, was es ist, gemäß dem Löwen bewegen soll.«

»Darauf habe ich keine Antwort.«

»Haben Sie eine Deutung für die Zahl, die nach dem Satz, also nach dem Wurmloch kommt?«

»Das Einfachste wäre, darin eine Jahreszahl zu sehen und sie entsprechend zu ergänzen. Also anzunehmen, dass dort ursprünglich, bevor der Wurm das Loch hineingefressen hat, 1546 gestanden hat. Aber das passt schlecht zu meiner Annahme, dass der Holzschnitt als Vorlage gedient hat. Denn der Greifensaal muss spätestens um 1520 fertig gestellt worden sein. Ich habe allerdings noch ein anderes Deutungsproblem, das jenem ähnelt, das ich in meiner Lehrprobe behandelt habe.«

»Nämlich?«

»Am Rand des Wurmlochs und vor der Zahl 46 steht etwas, von dem ich mir nicht sicher bin, ob ich es als einen von derselben Hand geschriebenen Punkt, als Fliegendreck oder Überbleibsel des Holzwurms betrachten soll.«

»Gehen wir von der feineren Variante aus, also von der Annahme, dass es sich um einen Punkt handelt. Was folgern Sie daraus?«

»Dass die Zahl 46 nicht die zweite Hälfte der Jahreszahl 1546 sein kann und damit überhaupt nicht als Jahreszahl zu verstehen ist.«

»Sondern?«

»Als Angabe eines Maßes, einer Systemzahl oder dergleichen.«

»Die dann genau bestimmen würde, wie man das unbekannte Etwas gemäß dem Löwen zu bewegen hat.«

»Von meinem Ahn Maximilian weiß ich, dass er sich mit Astrologie und Alchimie beschäftigt hat. Wir besitzen in Greifenried noch verschiedene alte Schriften mit Randbemerkungen von Maximilian. Ich habe sie zu lesen versucht, aber keinen Hinweis gefunden.«

»Nun zum dritten Teil Ihrer Geschichte, wie Ihnen das Blatt abhanden gekommen ist.« Lacurt sah Maximilian aufmunternd an.

»Ich weiß nicht, ob ich Sie damit belasten darf«, begann de Greyff zögernd. »Das heißt, belasten würde ich eigentlich jemand anderen.«

»Möchten Sie mir sagen, wen Sie meinen?«

»Rieder.«

»Den Rieder, der …«

»Den Rieder, der beim Verhör Ihren Brief vorgelegt hat … Meine Mutter hat mir alles erzählt. Ich glaube, Sie haben trotzdem richtig gehandelt. Meine Mutter hat sich wirklich wieder gefangen.«

Das klang aufrichtig. Lacurt sah de Greyff dankbar an. Dieser fuhr fort:
»Außer mit meiner Mutter habe ich niemandem von der merkwürdigen Begegnung erzählt, die ich mit Rieder gehabt habe. Und sie hat gemeint, dass ich ruhig auch mit Ihnen darüber reden soll.«
Rieders Name hatte Lacurt geradezu in Alarm versetzt, zumal de Greyff das Blatt am Tag seiner Prüfung, also am Tag von Blöchlis Tod, abhanden gekommen war.
»Das müssen Sie mir unbedingt erzählen«, stieß er hervor, »und zwar möglichst genau.«
»Ich will es versuchen«, erwiderte de Greyff. »Sie werden verstehen, dass mir dieses Blatt ziemlich wichtig ist. Es verbindet mich mit Onkel Max und dem Ahn Maximilian. Ich habe es mir immer angesehen, wenn ich wissen wollte, wer ich bin und wer ich zu sein habe. Oft habe ich es mit mir herumgetragen oder als Lesezeichen benutzt. Das habe ich auch am Tag meiner Prüfung getan. Ich habe ja damals, wie Sie wissen, als Hilfskraft im Museum gearbeitet. Für neun Uhr morgens, also gute zwei Stunden vor der Prüfung, war eine Sitzung anberaumt für alle, die die Ausstellung über die Römer vorbereiteten. Die Sitzung war um halb elf zu Ende, so dass ich noch einmal einen Abschnitt aus dem Buch *Verstehen und Erklären* durchlesen wollte – aus demselben Buch, mit dem Blöchli gestorben ist, wenn ich so sagen darf. Ich hatte am Abend zuvor an dieser Stelle das Blatt als Lesezeichen hineingelegt. Um ungestört lesen zu können, habe ich mich im Museumsgarten mit dem Buch auf eine abgelegene Bank gesetzt und es da aufgeschlagen, wo ich das Blatt hineingelegt hatte.

Ich war so in den Text vertieft, dass ich gar nicht bemerkt habe, wie Rieder von hinten an mich herangetreten ist. Er hat mir über die Schulter geschaut und das Blatt mit der Greifendarstellung gesehen. Jedenfalls hat er sich plötzlich über mich gebeugt, gefragt, ob er sich das einmal genauer anschauen könne und schon die Hand danach ausgestreckt. Aber ich war so erschrocken und verärgert über sein Anschleichen, dass ich das Buch zugeschlagen habe mit der Bemerkung, das Blatt sei etwas Privates, das ich nicht aus der Hand geben würde. Rieder hat dann eine bösartige Bemerkung gemacht, die mich noch mehr gereizt hat. Und es wäre bestimmt zu einem Streit gekommen, wenn der Pförtner des Museums mich in diesem Moment nicht ans Telefon gerufen hätte.

Ich habe meine Sachen mit zur Pforte genommen, wo mir meine Mutter am Telefon gesagt hat, Blöchli wolle sofort das Buch zurückhaben, ich solle es ihm gleich in die Bibliothek bringen. Rieder ist mir gefolgt und hat das Gespräch mit angehört. Er wird wohl verstanden haben, worum es ging. Plötzlich ist er ganz freundlich geworden, hat sich bei mir für seine Indiskretion entschuldigt und gesagt, er müsse wegen des Ausstellungskataloges ebenfalls in die Bibliothek. Auf dem Weg dorthin haben wir von meiner Prüfung gesprochen, und mir ist wegen Blöchli richtig mulmig geworden. Der Anruf meiner Mutter hat mich noch zusätzlich nervös gemacht, so dass ich das Buch bei der Ausleihe abgegeben habe, ohne daran zu denken, dass das Blatt noch drinnen lag. Alles Weitere kennen Sie ja.«

»Sie werden doch versucht haben, ihr Blatt wiederzubekommen?«

»Ich habe erst am Abend wieder daran gedacht; der Tag war ja aufregend genug gewesen. Am nächsten Morgen waren in der Bibliothek bereits die Untersuchungen in vollem Gang. Das Buch war mit anderen Gegenständen vom Unfallort in einen besonderen Raum gebracht worden. Ich habe die Sache mit dem Blatt einem Polizeibeamten erklärt, der so freundlich war, mit mir zusammen nach dem Buch zu schauen. Er hat es vor meinen Augen durchgeblättert, aber das Blatt war nicht mehr drin. Daraufhin habe ich ihm das Blatt beschrieben, aber der Beamte sagte, ein solches Blatt sei am Unfallort nicht gefunden worden.«
»Das ist mehr als eigenartig«, sagte Lacurt nachdenklich. »Diese Geschichte ist bei der Einvernahme gar nicht zur Sprache gekommen.«
»Ich habe mit der Polizei auch gar nicht mehr darüber gesprochen. Der Inspektor, der mich befragt hat, wollte nur wissen, wo und wie lange ich mich in der Bibliothek aufgehalten habe. Meiner Mutter habe ich es erst gesagt, als sie mir erzählt hat, auf welche Weise Rieder sie bei der Vernehmung belastet hat.«
»Haben Sie nicht nachträglich daran gedacht, die ganze Geschichte der Kriminalpolizei zu berichten? Wahrscheinlich hat der Polizeibeamte, dem Sie Ihren Verlust gemeldet haben, keinen Bezug zu Blöchlis Tod hergestellt und deshalb die Sache niemandem mitgeteilt.«
»Meine Mutter und ich haben uns natürlich überlegt, ob wir den Verlust des Blattes und die ganzen Umstände der Polizei melden sollen«, erklärte Maximilian nach einem Zögern.
»Aber?«

»Es gibt zwei Gründe, es nicht zu tun. Der eine betrifft in erster Linie mich selbst. Ich möchte nicht, dass die Existenz dieses Blattes irgendwie publik wird – es ist etwas zu Persönliches, Privates, obwohl oder vielleicht gerade weil ich das Blatt nicht mehr habe. Der zweite Grund betrifft meine Mutter. Rieder hat mit Ihrem Brief meine Mutter verdächtigt. Wie steht nun meine Mutter da, wenn wir jetzt unsererseits gegen Rieder vorgehen, und das nicht mit einem Beweisstück, sondern mit einer ziemlich unglaubwürdig klingenden Geschichte? Das Blatt kann ich nicht vorzeigen, weil ich es nicht mehr habe, und ich kann nicht einmal beweisen, dass es überhaupt existiert, weil nur meine Mutter und ich es kennen.«

»Da kann ich Ihnen leider nicht widersprechen«, sagte Lacurt und versuchte, sich ins Gedächtnis zu rufen, was Rieder bei der Einvernahme damals ausgesagt hatte.

Als Maximilian zur Ausleihe gegangen war, um das Buch zurückzugeben, war Rieder angeblich zu den alten Zettelkästen gegangen, um die Signatur eines Buches herauszusuchen. Maximilians Schilderung zufolge hatte er außerdem ein ungewöhnliches Interesse an dieser Greifendarstellung gezeigt. Was also hatte Rieder in Wirklichkeit getan? Er hatte Maximilian zur Ausleihe begleitet und ihn bei der Rückgabe des Buches beobachtet … Dann war er seiner eigenen Aussage zufolge in das zweite Untergeschoss gegangen, was aber niemand bezeugen konnte …

Lacurt dachte fieberhaft weiter. Vorstellung reihte sich an Vorstellung, wie die Sequenz eines Films, immer schärfer und greller – bis zum tödlichen Ende.

Hatte er Geschehenes erahnt oder bloß mit einer Möglichkeit gespielt? Es war nicht auszumachen.
»Was geht Ihnen durch den Kopf?«, unterbrach Maximilian seine Gedanken.
»Ich musste an Rieder denken«, antwortete Lacurt. »Dieser Mann ist mir ein Rätsel. Ich kann immer noch nicht verstehen, warum er bei der Einvernahme Ihre Mutter so angegriffen hat.«
»Und ich erschrecke noch jetzt, wenn ich daran denke, wie er auf das Blatt gestarrt hat und es mir aus der Hand nehmen wollte.«
»Verständlich wird das alles nur, wenn man davon ausgeht, dass Rieder von der Existenz und der Bedeutung dieses Blattes gewusst hat. Er ist, als er das Blatt gesehen hat, offenbar auf etwas gestoßen, was er schon länger gesucht hat.«

7

Die Polizei wahrte im Fall Blöchli Stillschweigen. Kein Wort über die laufenden Ermittlungen drang an die Presse. Stattdessen warf eine andere Neuigkeit ihre Wellen: Die Statue der Diana, die echte, war in Paris wieder aufgetaucht.
Ein bekannter Freiburger Bankier, der sich aus Geschäftsgründen in der französischen Hauptstadt aufgehalten hatte, hatte sie dort ganz zufällig in einem Antiquitätengeschäft entdeckt. Da er sich als Laie seiner Sache nicht sicher war, hielt er sich dem Händler gegenüber zunächst bedeckt. Dieser hatte die Statue angeblich über einen

Zwischenhändler von einem Sammler in der Provence erworben und verlangte für sie einen hohen Preis. Der Bankier ließ einen Experten nach Paris kommen, der die Pariser Statue zweifelsfrei als die echte Diana identifizierte. Der Bankier und der Experte informierten nun den Händler, benachrichtigten die französische Polizei und verständigten auch die Schweizer Botschaft.

Ein Tauziehen um das Stück begann. Weitere Experten wurden geholt, die alle die Echtheit der Statue bestätigten. Der Antiquitätenhändler konnte den Namen des provenzalischen Sammlers nicht nennen, aus dessen Kollektion das Stück angeblich stammen sollte, sondern nur den Namen des Zwischenhändlers, ein gewisser Jean Fabergé, der sich dem Händler als Professor für Kunstgeschichte aus Aix-en-Provence vorgestellt hatte. Aber Nachforschungen ergaben, dass dort kein Professor dieses Namens lehrte. Ein langwieriges Hin und Her zwischen Experten, französischen und schweizerischen Stellen begann. Doch der in die Enge getriebene Händler, der nicht zum ersten Mal Schwierigkeiten mit der Justiz hatte, willigte schließlich ein, die Statue zu einem sehr viel geringeren Preis dem Bankier zu überlassen. Dieser übereignete sie wiederum dem Freiburger Museum.

In einem Zeitungskommentar stand, es bleibe zu fragen, auf welchen Wegen die echte Diana aus dem Museum verschwinden und die falsche in die Ausstellung gelangen konnte. Woher stammte die Kopie, wer hatte sie mit dem Original vertauscht? Es sei kaum denkbar, dass die Vertauschung ohne die Mithilfe eines

Museumsangestellten habe geschehen können. Grund genug für die Freiburger Polizei, Nachforschungen anzustellen.

Lacurt hatte die Zeitungsberichte hastig überflogen. Plötzlich hatte er das Gefühl, etwas übersehen zu haben. Er las den einen Artikel noch einmal, als ihm plötzlich dämmerte, was in ihm eine verschwommene Erinnerung geweckt hatte: der Name des angeblichen Kunstprofessors, Jean Fabergé. Hatte nicht der französische Kunstprofessor, der am Tag von Blöchlis Tod zusammen mit Mademoiselle Henkel in der Zeitschriftenabteilung gewesen war, diesen Namen angegeben? Merkwürdig, dieser Zusammenhang musste doch dem Kommissär oder Inspektor Juvet aufgefallen sein.

Lacurt kam noch eine andere Verbindung in den Sinn, die über die Familie de Greyff, genauer über Onkel Max, den *Griffon*, lief. Dieser hatte die Statue dem Museum vermacht. Bei ihm hatte der junge de Greyff die Greifendarstellung mit der Eintragung gefunden, für die sich dieser Rieder so sehr interessierte. Der wiederum hatte eine Stelle im Museum, und jemand aus dem Museum musste mit diesem Fabergé beim Raub der Diana zusammengearbeitet haben.

Aber auch der junge de Greyff hatte im Museum gearbeitet und die Ausstellung mit vorbereitet. Die Herkunft dieser – offenbar alten – Kopie der Diana war noch nicht geklärt. Die Vermutung lag nahe, dass diese Kopie im Besitz der de Greyff gewesen und vom jungen de Greyff bei der Vorbereitung der Ausstellung mit dem Original vertauscht worden war …

Lacurt stockte der Atem. Und wenn er mit dieser Vermutung Recht hatte, wenn der junge de Greyff wirklich am Raub der Diana beteiligt gewesen war?
Warum hörte Lacurt plötzlich die Fliegen summen? Natürlich, laut Wittgensteins Diktum hatte der Philosoph der Fliege den Ausweg aus dem Fliegenglas zu zeigen. Aber Wittgenstein hatte an Sprachfallen gedacht und nicht an Verstrickungen des Lebens, deren Lösung sich die Polizei vorbehielt. Und bestürzt fragte sich Lacurt, ob Rieder, der junge de Greyff oder er selbst der Gefangene im Fliegenglas war.

Wenige Tage später fuhr er mit Maximilian de Greyff durch die Freiburger Landschaft, vorbei an den von der Saane und ihren Nebenflüssen durchschnittenen Höhenzügen und Waldkuppen. Das sanft gewellte Gelände ging schließlich in die Voralpen über. Auf einer der obersten Wiesenterrassen lag Greifenried. Man konnte es schon von der Landstraße aus sehen, die sich unterhalb des Schlosses dem Voralpenkamm der Berra entlang ins Greyerzerland schlängelte.
Sie bogen in die kleine, zum Schloss hinaufführende Straße ein. Die gesamte Anlage war von einer Mauer umschlossen. Vor einem Rundtor mit eingelassenem Wappenstein und einem kleinen schützenden Walmdach hielten sie an.
Damals bei seiner Wanderung hatte Lacurt vor den beiden verschlossenen Torflügeln gestanden. Nun zog der Sohn des Hauses am Griff des eisernen Glockenstrangs. Im Hof wurden Schritte vernehmlich. Ein Guckfenster

ging auf, und dann öffnete sich die in den rechten Torflügel eingelassene Tür. De Greyff und Lacurt traten nacheinander ein und standen vor dem alten Albert, einem noch recht rüstigen, grauhaarigen Männchen mit einem Backenbart, der ihm eine Ähnlichkeit mit dem letzten österreichischen Kaiser gab.
Der Alte hieß seinen jungen Herrn höchst erfreut in einem wunderlichen Gemisch aus deutschen und französischen Brocken willkommen. Nicht weniger herzlich begrüßte er Lacurt.
Der alte Albert wohnte in einem Nebengebäude. Er verließ sie im Hof, nachdem sie ihm fest versprochen hatten, vor ihrer Rückfahrt noch eine kleine Mahlzeit unter der alten Linde einzunehmen – der warme Frühlingstag lud dazu ein.
Lacurt konnte nun zum ersten Mal das Schloss vom Hof aus betrachten. Es war eine rechtwinklige Anlage, die von zwei Flügeln in unterschiedlicher Bauweise gebildet wurde. Nach Osten stieß der ältere Teil mit den gotischen Bogenfenstern vor, in dem sich der Greifensaal befinden musste. Im rechten Winkel dazu war der Wohntrakt mit Fenstern aus der Übergangszeit von Spätgotik und Renaissance angefügt. Ein Treppenturm mit einem Renaissanceportal verband die beiden Gebäudeteile.
Sie hatten das Schloss betreten und stiegen eine Steintreppe empor, vorbei an Waffen und Rüstungsteilen. Dann standen sie vor einer Flügeltür. De Greyff sah Lacurt vielsagend an.
Die Tür knarrte und tat sich auf. Ein Greif von übermächtiger Größe, der ein Andreaskreuz in den Klauen hielt,

blickte sie an. Gebannt blieb Lacurt einen Augenblick stehen. Dann folgte er de Greyff in die Mitte des Saales.
Von den hellen Kalkmauern hob sich das dunkle Holzgetäfer des Gestühls ab. In der Mitte der gewölbten Decke hing ein riesiger, eiserner Leuchter. Und überall bunte Malereien und Zeichnungen, das Spiel von Sonnenlicht und Farbe.
»Ursprünglich soll der Greifensaal die Kapelle eines burgundischen Priorats gewesen sein«, sagte de Greyff in die andächtige Stille hinein. »Die Freiburger haben es in den Burgunderkriegen besetzt und zerstört; damals fiel ja das Land hier an Freiburg. Der Sage nach gab es sogar einen Zweikampf zwischen einem jungen Greyff, der die Freiburger Rotte anführte, und einem jungen ritterlichen Chorherrn, der ebenfalls den Greif im Schilde führte. In diesem Zweikampf, heißt es, empfing jeder der jungen Greife vom andern die tödliche Wunde, so dass sie im Greifenblut vereint gestorben sind.«
Lacurt, merkwürdig berührt von dieser Geschichte, sah zu den hohen Spitzfenstern empor und folgte mit den Augen den Bögen des gotischen Gewölbes, die in der Mitte des Saales auf einen Schlussstein zuliefen. Das deutete tatsächlich auf einen Sakralbau hin. Am Schlussstein hing ein mächtiger eiserner Leuchter, der wie ein Greif gearbeitet war, der die Flügel spreizt. Mit seinen Eisenbändern und -zacken schwebte er feierlich und drohend zugleich über ihren Köpfen.
»Die Schlossanlage«, fuhr de Greyff fort, »hat nach dem Umbau eine eigene Kapelle erhalten, die neben dem Tor an die Umfriedung angebaut ist. Der Greifensaal wäre als Privatkapelle zu groß gewesen, da er den ganzen Raum

des alten Bauteils einnimmt. So ist der frühere Sakralraum zum Rittersaal umgebaut worden – zu einem Rittersaal der ganz besonderen Art.«
Warm und zugleich streng wirkte der Raum. Neben der Eingangstür lag der für ganze Holzstöße geschaffene, offene Kamin, über dem das Bildnis des Erbauers Maximilian hing. Den unteren Teil der Wände bedeckte ein Halbgetäfer, in dessen Füllungen wie im Wagengespann eines Zirkus Löwen und Adler saßen, den Blick auf jenes Wesen gerichtet, das ihrer beider Gestalten vereinigte, auf den in der Mitte thronenden, alles überragenden Greif. Links und rechts vom Greif waren je ein Löwe und ein Adler mit einem Buch dargestellt.
»Die Symbole für die Evangelisten Markus und Johannes«, erklärte de Greyff. »Noch wie in der mittelalterlichen Malerei, obwohl wir im frühen sechzehnten Jahrhundert sind. Das lässt darauf schließen, dass der Greif in der Mitte auch als Christussymbol gesehen wurde, wie es für das Mittelalter bezeugt ist. Denn der Greif hat nach Dante eine Doppelnatur, er ist zugleich ein irdisches und ein überirdisches Wesen.«
Lacurt blickte auf die vielen Malereien oberhalb des Getäfers auf den weiß gekalkten Mauern. Das war offenbar ein ganzer Bilderbogen, eine fortlaufende Geschichte, die sich über die Wände hinzog.
»Unsere private Version von Alexanders Greifenfahrt«, bemerkte de Greyff.
»Das müssen Sie mir erklären.«
»Kennen Sie den Philosophen Kallisthenes von Olynth?«, fragte de Greyff.

Lacurt musste gestehen, noch nie etwas von ihm gehört zu haben.
»Er soll Alexander den Großen auf seinen Kriegszügen in Asien begleitet haben. Und er gilt als Verfasser der so genannten Alexandersage. Was Sie hier sehen, ist ein berühmtes, oft dargestelltes Teilstück daraus, eben die Greifenfahrt Alexanders des Großen.«
»Deuten Sie mir die Malereien«, forderte Lacurt de Greyff auf.
»Alexander glaubte, auf seinem Eroberungszug bis an das Ende der Welt gekommen zu sein. Da wollte er wissen, ob dort wirklich Himmel und Erde zusammenstoßen. Die Gegend war wüst und leer und nur von riesigen Vogeltieren bewohnt, den Greifen. Und nun kommt das, was der Beginn des Bilderzyklus auf der linken Seite der Löwenwand darstellt: Alexander lässt zwei dieser Vogeltiere durch seine Soldaten gefangen nehmen.«
Nun erst begriff Lacurt, warum dieser Heerführer auf seinem Feldherrnhügel keine Schlacht leitete, sondern einer Art Hühnertreiben zusah, bei der das seltsame Federvieh größer war als die Soldaten.
De Greyff wies nun auf das zweite Bild, das zwischen den beiden Fenstern der Löwenwand angebracht war. Zwei dieser Vogeltiere waren in einem Gehege eingesperrt. »Alexander befahl, den zwei Greifen drei Tage lang nichts zu fressen zu geben. Gleichzeitig ließ er ein hölzernes Gestell bauen und mit Ringen und Lederriemen versehen.«
»Ich verstehe«, bemerkte Lacurt, der einen Blick auf das nächste Bild geworfen hatte, »eine Art hölzerne Raumgondel.«

»So ist es«, bestätigte de Greyff, »und auf dem Bild rechts auf der Löwenwand sind die beiden Greife bereits vor das Himmelsgefährt gespannt, und Alexander schickt sich an, es zu besteigen. Dabei hält er zwei Lanzen in den Händen, auf deren Spitzen große Fleischstücke aufgespießt sind, die Lebern von zwei Pferden.«
Das nächste Bild war auf der Vorderwand angebracht, links von deren einzigem Fenster. Es zeigte nun die eigentliche Himmelfahrt. Wie in einem Kriegswagen stand Alexander aufrecht in seinem Gefährt und hielt die beiden Lanzen senkrecht nach oben. Die beiden Greife reckten ihre Hälse so weit wie möglich nach den aufgespießten Pferdelebern, ohne sie erreichen zu können.
»Sie verstehen, welche Kraft das Gefährt hebt?«, fragte de Greyff.
»Ja, die Fresslust der ausgehungerten Greife, die vergeblich zu den Fleischstücken hinaufzufliegen versuchen.«
Über dem Mittelfenster der Vorderwand war der Höhepunkt der Himmelfahrt dargestellt. Ein feuriger Bogen, aus dem Blitze schossen und aus dem ein gewaltiger Engel mit einem Flammenschwert auf Alexander hinuntersah, hinderte das Gefährt, das selbst Feuer zu fangen drohte, an der Weiterfahrt.
»Der Bogen ist das *coelum empyrium*, der Feuerhimmel der Alten, und der Engel hält Alexander davon ab, in die göttliche Sphäre einzudringen. Den Irdischen ist das Himmlische verwehrt, wie die Alexandersage lehrt. Das Mittelalter verstand die Parabel als Warnung vor menschlicher Vermessenheit.«

Die rechte Seite des Fensters zeigte wieder Alexander in voller Fahrt, nun aber in umgekehrter Richtung. Die Lanzen mit den Pferdelebern zeigten nach unten, die Greife schossen in die Tiefe.
Auf der anderen Wand, jener mit den Adlern, war zunächst die Landung zu sehen. Der Maler hatte die erste Bruchlandung der Geschichte illustriert. Das Gefährt lag zerbrochen am Boden, der große Alexander war hingestreckt, und die von ihren Riemen befreiten Greife erhoben sich mit den erbeuteten Pferdelebern in die Lüfte.
»Das Ende der Himmelfahrt ist von unserem Maler frei gestaltet«, bemerkte de Greyff, »und auf den letzten zwei Bildern sehen Sie nun unsere eigene Fortsetzung der Geschichte.«
Das Bild zwischen den beiden Fenstern der Adlerwand zeigte die Greife hoch in den Lüften, im Flug über Länder, Meere und Gebirge.
Das letzte Bild erschien Lacurt auf einmal vertraut. Was ihm hier entgegensah, war nichts anderes als die Landschaft um Schloss Greifenried mit ihrem Schilfteich. Auch das Schloss war angedeutet. Und neben dem Schilfteich – dem Ried – die beiden Greife, von denen der eine stolz den Kopf hob, während der andere aus dem Teich trank.
»Jetzt wissen Sie auch, woher Greifenried seinen Namen hat«, sagte de Greyff.
»Und das Ende der Alexandersage wird zum Anfang Ihrer Familiensaga«, fügte Lacurt hinzu.
Lacurt überließ sich noch eine Weile dem überwältigenden Eindruck der Malereien. Dann zog es ihn unwiderstehlich zum Greif auf dem Holzgetäfer der Vorderwand. Welche

Hoheit besaß doch dieses Fabeltier! Der Künstler hatte es verstanden, dem sitzenden Greif eine Stellung zu geben, die seine herrscherliche Größe hervorhob. Das Andreaskreuz, das er mit einer seiner Adlerklauen umfasste, zeigte die Farben des Hauses, hatte einen goldenen und einen schwarzen Balken, die durch goldene Schnüre zusammengehalten wurden. Wer immer der Maler gewesen war, er hatte eine Vorlage von höchster Qualität benützt: das unter so eigenartigen Umständen verschwundene Blatt.

In diesem Moment hörte er die Schritte de Greyffs hinter sich. »Darf ich Sie stören?«, stieß dieser aufgeregt hervor. »Ich … ich habe soeben festgestellt, dass die Füllung des zweiten Löwengetäfers bewegt worden ist.«

»Waren Sie das nicht selbst, um zu klären, was es mit der Eintragung *move secundum leonem* auf sich hat?«

»Ja. Aber danach habe ich die Füllung wieder genauso angebracht, wie sie vorher gewesen war.«

»Und jetzt?«

»Jetzt hat jemand an ihr herumhantiert, sie grob aus dem Rahmen gedrückt und nur notdürftig wieder befestigt.«

Lacurt lief zum Löwengetäfer. De Greyff, der ihm gefolgt war, deutete stumm auf die Stellen, wo man die noch frischen Spuren eines rücksichtslos eingesetzten Werkzeugs, wahrscheinlich eines Messers oder eines Schraubenziehers, sehen konnte.

»Es gibt nur eine Erklärung«, sagte de Greyff wie benommen. »Jener, der das Blatt hat, will nun auch den Schatz.«

Lacurt nickte stumm.

»Das wird mir zu viel«, entfuhr es de Greyff. »Gestern hat mich die Polizei verdächtigt, am Diebstahl der Diana beteiligt zu sein, die mein Großonkel dem Museum vermacht hat. Und heute muss ich feststellen, dass hier eingebrochen wird. Man will mir alles nehmen, meinen Besitz und meine Ehre.«

»Sie brauchen frische Luft«, sagte Lacurt und führte den blass gewordenen de Greyff zur Tür und die Treppe hinunter in den Hof.

Sie gingen ein paar Schritte. De Greyff holte tief Atem. Im Nebengebäude wurde ein Fenster aufgestoßen.

»Kann ich das Essen bringen?«, rief der alte Albert.

Unter der alten Linde stand ein Tisch, an dem sie Platz nahmen.

De Greyff hatte sich wieder einigermaßen gefasst. »Was haben Sie da gerade von der Polizei erzählt?«, fragte ihn Lacurt, der mit einem Schaudern daran dachte, welcher Verdacht ihm im Zusammenhang mit der gestohlenen Diana selbst schon gekommen war.

»Sie haben mich aufs Kommissariat bestellt und der Inspektor hat mich vernommen. Er hat mich gefragt, ob ich als Großneffe von Onkel Max nicht gewusst hätte, dass es irgendwo eine Kopie der Diana gebe. Er ist also davon ausgegangen, dass die Fäden des ganzen Diebstahls bei mir zusammenlaufen«, sagte de Greyff bitter.

»Das dürfen Sie nicht unbedingt so sehen«, versuchte ihn Lacurt zu beruhigen. »Wahrscheinlich wollte er nur wissen, ob Sie irgendwelche Hinweise zur Herkunft der Kopie geben können. Das muss doch noch lange nicht heißen, dass man Sie der Mittäterschaft verdächtigt.«

»Vielleicht haben Sie ja Recht«, gab de Greyff kleinlaut zu.

»Und Sie haben nie etwas von der Existenz dieser Kopie gewusst?«

»Ich kann Ihnen schwören, dass ich davon nicht die geringste Ahnung hatte. Und warum soll diese Kopie überhaupt etwas mit uns zu tun haben? Wir besaßen das Original, wir haben es dem Museum geschenkt, und das ist nun der Lohn.«

Unterdessen war der alte Albert mit einer Flasche Wein und zwei Gläsern zu ihnen getreten. »Wein, wie ihn der Herr Großonkel getrunken hat«, bemerkte Albert stolz. Lacurt erfuhr, dass der alte Albert immer noch jedes Jahr aus eigener Tasche ein Kästchen des von Onkel Max geschätzten roten Freiburger Staatsweines kaufte, um ihn bei Gelegenheit seinen Herrschaften aufzutischen.

Dann brachte Albert noch Brot, getrocknetes Fleisch und Käse und legte feierlich ein altes Jagdbesteck auf den Tisch. Lacurt war gerührt. *A bon serviteur tout honneur.* Er hob sein Glas und trank dem Alten zu, der es ihm mit einer würdigen Verbeugung dankte.

»Setzen Sie sich doch zu uns«, sagte de Greyff. Der Alte trippelte erfreut davon, um ein drittes Glas zu holen.

Lacurt wandte sich zu de Greyff: »Müssen Sie Albert nicht davon in Kenntnis setzen, dass eingebrochen worden ist?«

»Sie haben Recht«, antwortete de Greyff, »obwohl er allein nicht viel ausrichten kann. Er kann nicht jede Nacht aufbleiben. Und die Eingänge sind sehr schlecht gesichert, lauter alte Schlösser. Meine Mutter würde es wohl nicht zulassen, dass ich unter diesen Umständen nach Greifenried ziehe.« De Greyff seufzte.

»Ich könnte manchmal nach Greifenried fahren, hier vielleicht sogar die Nacht verbringen«, warf Lacurt ein.
De Greyff nahm den Vorschlag sogleich auf.
»Sie könnten die Räume von Onkel Max bewohnen.«
Der alte Albert gesellte sich zu ihnen und ließ die Erinnerungen aufleben. Als er beim Anstoßen feierlich seines alten Herrn gedachte und ihn dem jungen de Greyff als Vorbild empfahl, glänzten seine Augen.
Bevor sie sich verabschiedeten, teilte de Greyff Albert seine Befürchtungen mit. Der Alte hatte zwar einige zwielichtige Gestalten um das Schloss herumstreichen sehen, aber nichts von einem Eindringling bemerkt. Er versprach, wachsamer zu sein und wollte fortan auch die Innenräume des Schlosses und besonders den Greifensaal abschließen. Die Ankündigung, dass Lacurt regelmäßig das Schloss besuchen und manchmal auch hier übernachten werde, nahm er mit offensichtlichem Gefallen auf.
Als sie beim Abschied am Tor Albert die Hand drückten und dieser Lacurt inständig bat, doch recht bald wiederzukommen, gewann Lacurt den Eindruck, dass den Alten eine Sorge quälte, die er ihm jedoch nicht in der Gegenwart seines jungen Herrn vortragen wollte.

Lacurt schob seinen nächsten Besuch in Greifenried nicht lange hinaus. Die wenigen Verpflichtungen an der Universität ließen ihm dazu reichlich Zeit. Nach ein paar Tagen schon saß er kurz nach Mittag im Autobus, der ins Greyerzerland fuhr und den er an einer Haltestelle verließ, von der aus Schloss Greifenried bequem zu Fuß zu erreichen war.

Den alten Albert hatte er telefonisch benachrichtigt und ihm auch mitgeteilt, dass er noch am gleichen Abend mit dem letzten Autobus in die Stadt zurückkehren wolle.
Albert, der vom Schloss aus die Landstraße sehen konnte, stand schon am Tor, als Lacurt ankam. Freundlicher hätte sich Lacurt die Begrüßung durch den Alten nicht denken können. Der warme Nachmittag lockte zu einer Plauderei im Hof. Dann schloss Albert die Türe auf. Diesmal ging es nicht in den Greifensaal, sondern in den Wohntrakt. Albert zeigte Lacurt die Anordnung der Räume. Zuhinterst im ersten Stockwerk lagen Wohn- und Schlafzimmer von Onkel Max.
Lacurt hatte sich dessen Wohnzimmer wie den Raum eines im Ruhestand lebenden britischen Kolonialoffiziers vorgestellt. Das Löwenfell am Boden, das er als Erstes sah, bestätigte diesen Eindruck, den schon der Schrank mit den Jagdgewehren im Gang erweckt hatte. Aber von dem breiten, offenbar eigens angefertigten Bücherschrank ging etwas anderes aus, das sich auch durch die vielen Bilder, Stiche und Medaillons mitteilte, die in kunstvoll angeordneten Gruppen an den Wänden platziert waren. Viele der größeren Stiche zeigten Jagdszenen. Andere Gruppen setzten sich aus Veduten, Stimmungsbildern, Stillleben zusammen, die von einer ungewöhnlichen Sensibilität des Bewohners zeugten. Und in einer nicht sogleich sichtbaren Ecke war auf einem roten Samttuch das schlanke, aus Elfenbein geschnitzte Korpus eines gotischen Kruzifixes angebracht – ein ungemein feines Stück, in dem sich Leiden und Verklärung seltsam durchdrangen.

Lacurt zog es zum Bücherschrank. Das großformatige, reich gebundene Sammelwerk über die Jagd fiel ihm in die Augen, in dem de Greyff das Blatt mit der Eintragung gefunden hatte. Auf anderen Regalen standen schöne Literatur, Reisebücher, Historisches, darunter, wie Lacurt sofort sah, zahlreiche Raritäten. In der Mitte sprangen alte Lederbände ins Auge. Und in einem weniger augenfälligen Regal – Lacurt prüfte mit wachsendem Erstaunen die Buchrücken – waren philosophische, theologische und mystische Schriften in ausgesuchten Ausgaben versammelt. Ein passionierter Jäger – ein geheimer Mystiker? War der *Griffon*, wie sein Wappentier, ein Doppelwesen?

»Ich lasse Sie allein«, bemerkte Albert, als er sah, dass Lacurt von den Büchern nicht wegkam. Lacurt musste versprechen, vor seiner Rückkehr in die Stadt wieder eine kleine Mahlzeit unter der Linde einzunehmen.

Sie hatten gegessen und saßen schweigend beim Wein. Über den fernen Jurahöhen ging langsam die Sonne unter. Dahinter lag Frankreich, dort irgendwo, weit weg, war Jeanne. Ob sie wohl noch an ihn dachte?

Der Alte wurde unruhig und räusperte sich ständig.

»Sie sind doch ein guter Freund des jungen Herrn?«, brachte er schließlich hervor.

»Ich hoffe schon.«

»Sie … Sie denken auch vom alten Albert nicht schlecht?«

»Aber nein, Sie sind bestimmt so treu wie Gold.«

»Es geht da nämlich um etwas Wichtiges«, begann Albert. »Vor ein paar Tagen habe ich gehört, wie der junge Herr zu Ihnen gesagt hat, er wisse nichts von einer Kopie, es gebe in der Familie keine Kopie. Ich nehme an, er hat die Kopie von der Diana gemeint, die gestohlen und in Paris wieder gefunden worden ist, wie ich in der Zeitung gelesen habe.«

Lacurt nickte.

»Es gibt eine Kopie«, sagte Albert.

Lacurt starrte den Alten an.

»Es gibt eine Kopie«, wiederholte Albert, »die der alte Herr hat machen lassen, bevor er die Diana dem Museum geschenkt hat.«

»Und was ist aus ihr geworden?«

»Sie ist wohl in Praderschu geblieben.« Lacurt sah den Alten fragend an. »Praderschu ist ein kleines altes Landhaus, nicht weit vom Schiffenensee entfernt, auf der anderen Seite der Anhöhe. Praderschu hat früher der Familie gehört und war das persönliche Erbteil des alten Herrn. Er hat es bei seinem Tod den Schwestern von *Notre Dame du bon secours* vermacht. Diese französischen Schwestern haben dem Herrn in Afrika das Leben gerettet, als er in die Gefangenschaft von Eingeborenen geriet und nach der Flucht krank und völlig entkräftet auf ihrer Missionsstation ankam. Die Schwestern – sie haben eine kleine Niederlassung in Freiburg – haben ihn auch später einmal gepflegt, als er mit über sechzig an einer schweren Lungenentzündung erkrankt ist. Aus Dank dafür, dass sie ihm zweimal das Leben gerettet haben, hat er ihnen Praderschu vermacht. Als der alte Herr gestorben ist und das Haus geräumt wurde, ist die Kopie wohl mit den alten Sachen, die niemand haben wollte, dort auf dem Dachboden zurückgeblieben. Jedenfalls kann ich mich nicht erinnern, sie je wieder gesehen zu haben. Deswegen hat auch der junge Herr nichts von ihr gewusst. Und ich wollte ihm nicht in Ihrer Gegenwart widersprechen, da er ja bereits vor der Polizei seine Aussage gemacht hat. Aber Ihnen musste ich es einfach sagen«, schloss der Alte, »es gibt eine Kopie, und wer weiß, in wessen Hände sie gekommen ist.«

»Wissen Sie auch, warum der alte Herr diese anfertigen ließ?«, wollte Lacurt wissen.

»Er hat einmal mit einem französischen Gelehrten seine Sammlung inventarisiert, bis der eines Tages dann Verschiedenes gestohlen hat und damit verschwunden ist.«

»Das ist ja eine Geschichte«, rief Lacurt aus, als hätte ihn ein Stromschlag getroffen. »Das müssen Sie mir unbedingt erzählen.«

»Wenn Sie wollen«, willigte der Alte ein. Albert sann vor sich hin. »Mein Herr«, begann er, »hat in seinen jungen Jahren und auch später viele römische Altertümer in der Gegend um Murten und Avenches gefunden. Und immer, wenn er etwas Neues ausgegraben hatte, hat er in seinen Büchern nachgeschlagen und zu jedem Stück einen Zettel geschrieben. Einmal ist er von einer Reise nach Paris mit einem jungen Mann zurückgekommen, den er uns als einen Kenner römischer Altertümer vorgestellt hat. Der sollte ihm helfen, ein Inventar seiner ganzen Sammlung zu erstellen. Jean Labergerie hat er geheißen – ich habe seinen Namen nicht vergessen, obwohl das nun an die dreißig Jahre her sind. Dieser Labergerie war zwar ein schöner Mann, aber ein schlechter Kerl. Er war viel hin-

ter den Mädchen her, aber auch hinter den Sachen, die dem Herrn gehört haben. Irgendwann hat mein Herr Verdacht geschöpft und seine besten Stücke und Wertsachen eingeschlossen. Und eines Morgens war der Franzose spurlos verschwunden. Wir mussten feststellen, dass er verschiedene kleinere Stücke gestohlen und auch den Schreibtisch des Herrn aufgebrochen hatte. Er hat dort allerdings keine Wertsachen gefunden, sondern ein kleines, in Leder gebundenes Büchlein, das dem Herrn jedoch viel bedeutete, weil er dort seine Funde eingetragen hatte sowie andere wichtige Sachen.
Das Museum sollte ursprünglich die Sammlung erst nach dem Tod meines Herrn erhalten. Als er aber gemerkt hat, dass er seine Sammlung mit einem Dieb zusammen inventarisiert hatte, hat er befürchtet, dass der eines Tages wiederkommen und ihn ein zweites Mal bestehlen würde. So hat er bald darauf seine Sammlung dem Museum übergeben. Sein bestes und liebstes Stück war die Diana, die Göttin der Jagd; er war ja selber ein leidenschaftlicher Jäger, vor allem in seinen jungen Jahren. Er hat sich die Diana oft angeschaut, und bevor er sie dem Museum geschenkt hat, hat er sie nachmachen lassen. Aber irgendwie hat ihm die Kopie die echte Diana wohl nicht ersetzen können. Jedenfalls hat er sie in eine Ecke gestellt und dann wollte er sie überhaupt nicht mehr sehen. Ich habe sie in ein Papier wickeln und verschnüren müssen. Er hat dann nur noch einen Zettel drangehängt, und ich musste sie auf den Dachboden bringen, an die dunkelste Stelle, hat er noch gesagt. Ich habe sie hinter dem alten Zeug verstaut, das dort herumlag. Es ist nie wieder von ihr gesprochen

worden, der Herr hat sie vergessen, und auch ich habe nicht mehr an sie gedacht, bis ich vor kurzem den Bericht in der Zeitung gelesen habe.«

Sie schwiegen eine Weile. Dann fragte Lacurt:

»Wer war eigentlich der älteste Sohn, ihr alter Herr oder der Großvater des jungen Herrn?«

»Mein alter Herr war der Erstgeborene, darum trug er auch den Namen Maximilian«, antwortete Albert. »Sein Bruder André, der Großvater von Maximilian – André ist der zweite Name, der oft in der Familie gewählt wurde, wegen dem Kreuz des Andreas im Wappen – war ein paar Jahre jünger. Er war Arzt und Offizier und ist bei der Grenzbesetzung im letzten Krieg bei einer Grippeepidemie gestorben.«

»Dann war also der alte Herr das Haupt der Familie?«

»Das war er, und er ist es bis zu seinem Tod geblieben.«

Der Alte stockte. Er wollte wohl nicht von dem Zerwürfnis zwischen Onkel Max und Maximilians Vater sprechen.

»Wenn er geheiratet und einen Sohn gehabt hätte, wäre dieser der Erbe von Greifenried gewesen«, bohrte Lacurt weiter.

»So wäre es gewesen«, erwiderte Albert.

»Aber er ist Junggeselle geblieben.«

Albert antwortete nicht mehr.

»Hat es in seinem Leben nie eine große Liebe gegeben?«, wagte Lacurt zu fragen.

»Er hat geliebt, und mehr als andere«, entfuhr es dem Alten. »Aber das …« Er verstummte und wehrte erschrocken ab, als ob er sich auf ein verbotenes Gebiet

vorgewagt hätte. Für einen Augenblick sah er Lacurt sogar beinahe feindselig an.
Lacurt nippte bedächtig an seinem Glas und gab sich den Anschein, als hätte er die letzten Worte des Alten gar nicht recht zur Kenntnis genommen. Diesen Punkt durfte er im Augenblick nicht weiter berühren, wenn er sich nicht die Freundschaft des alten Albert verscherzen wollte.

8

Die hübsche Federzeichnung aus dem späten achtzehnten Jahrhundert zeigte ein kleines, aber herrschaftliches Landhaus. Es trug ein Mansarddach, und Rankenwerk umspann die Fensterstöcke. In einem großen, ummauerten Garten mit vielen Beeten spielten zwei Damen in langen Röcken anmutig eine Art Federball. Das Bild, das Lacurt in einem Band über die Burgen und Schlösser des Kantons Freiburg gefunden hatte, stellte Praderschu dar, und es sollte das Landleben zur Zeit des Ancien Régime veranschaulichen. Was mochte in Praderschu von dieser ländlichen Idylle übrig geblieben sein?
Lacurt wusste, dass er keine Ruhe finden würde, bevor er Praderschu nicht gesehen hatte – wenn möglich, auch von innen. So schickte er sich ins Unvermeidliche, ließ seine Forschungsarbeit liegen und brach an einem der nächsten Tage auf.
Von der Bahnstation, die seinem Ziel am nächsten lag, führte ihn sein Weg zunächst durch ein kleines Bauerndorf, in dem man französisch sprach. Dann folgte die Land-

straße einem bewaldeten Höhenzug, an dessen Ende Praderschu lag. Die Ortschaft nach Praderschu trug einen deutschen Namen. Praderschu lag auf der Grenze zwischen dem französisch- und dem deutschsprachigen Teil des Kantons Freiburg. Das erklärte auch den wunderlichen Ortsnamen, der sich vom französischen Flurnamen *praz dessous*, ›untere Wiese‹ herleitete, den die deutschsprachigen Ansiedler auf ihre Weise umgebildet hatten.

Nach dem Bauerndorf war die Landstraße nur noch wenig befahren, und am Fuße des Höhenzugs marschierte Lacurt zwischen einsamen Wäldern, Wiesen und Feldern. Auf einer Waldlichtung erblickte er eine verwitterte Kapelle, die ihrem neugotischen Stil nach aus dem neunzehnten Jahrhundert stammen mochte, aber wohl von niemandem mehr aufgesucht wurde. Bald trat der Wald zurück, und Lacurt sah auf ein leicht abfallendes Wiesengelände, auf dem ein einzelnes Anwesen stand. Das musste Praderschu sein.

Das Haus bot die gleiche Ansicht wie auf der Federzeichnung des achtzehnten Jahrhunderts. Aber an den graubraunen Hauswänden fehlten die Ranken, und der immer noch von einer Mauer umfriedete Garten sah verwildert aus. An das kleine, aber wohlgestaltete Herrenhaus war ein unförmiger Anbau angefügt.

Die schmucklosen Vorhänge schienen anzudeuten, dass das Haus immer noch bewohnt war. Aber alle Fenster waren geschlossen, und niemand zeigte sich.

Der Garten lag auf der Südseite des Hauses, das Haus selbst war nicht von den Gartenmauern umschlossen. Die Landstraße bot eine freie Sicht auf die Vorderfront und die Haustür. Über ein Stück Wiese führte ein schon halb überwucherter Kiesweg zum Eingang. Auf einem über der Haustür angebrachten ovalen Stein mit dem Wappen der de Greyff stand *Fondation de Greyff*. Lacurt war stehen geblieben und sah am Haus empor. Barg der Dachboden noch irgendwelche Erinnerungsstücke? Dort war die Kopie der Diana aufbewahrt worden, von der der alte Albert gesprochen hatte.

Die geschlossene Haustür hatte etwas Abweisendes und Verlockendes zugleich. Sollte er anklopfen und nachsehen, ob sie offen oder verschlossen war? Oder sollte er versuchen, zunächst etwas über das Haus und seine jetzigen Bewohner zu erfahren? Eine knappe halbe Wegstunde entfernt lag das deutschsprachige Dorf, zu dem Praderschu gehörte. Dort gab es sicher ein Gasthaus, in dem er sich nach dem Schicksal dieses Hauses erkundigen konnte. Sein Hungergefühl bestärkte ihn in diesem Entschluss.

Lacurt erreichte das Dorf schneller als vermutet und stieß in dessen Mitte auf ein Gasthaus. Er trat ein und bestellte das Tagesmenü. Als die meisten anderen Gäste schon gegangen waren und der ältere Wirt ihm den Kaffee servierte, fragte er ihn nach dem Haus.

»Wollen Sie es kaufen?«, kam prompt die Gegenfrage.

»Vielleicht.«

»Sind Sie Architekt?«

»Nein, ich arbeite an der Universität.«

»Dann sind Sie also Professor?«

»Ja.« Was tats, dass er nicht ganz bei der Wahrheit blieb. Der Wirt schien ohnehin zufrieden, das Richtige getroffen zu haben und wollte nun seine eigene Wichtigkeit als Auskunftsperson unter Beweis stellen. Bereitwillig ging er auf Lacurts Fragen ein.

Als das Haus den Ordensschwestern vermacht worden war, so erzählte ihm der Wirt, erweiterten diese es um den Anbau und richteten darin ein Kinderheim ein, in dem kranke französische Kinder zur Erholung weilten. Später benutzte die Kongregation das Haus einige Jahre als Altersheim für ihre Schwestern. Dann bekam die Kongregation Schwierigkeiten. Die alten Schwestern starben, und die wenigen jüngeren zogen wieder fort. So kam es, dass seit ein paar Jahren nur noch eine einzige ältere Schwester das Haus bewohnte. Die Vorgängerin der jetzigen Schwester hatte noch manchmal als Krankenschwester im Dorf geholfen. Dann war plötzlich ihre Nachfolgerin gekommen, die keine Krankendienste mehr übernahm und sehr zurückgezogen lebte, auch tage- und wochenlang weg war, irgendwo bei anderen Schwestern in der Westschweiz, wie es hieß, oder auch in Frankreich, in ihrem Mutterhaus.

»Die Schwestern haben sich aber wohl noch nicht entschieden, das Haus zu verkaufen«, schloss der Wirt seinen Bericht. »Ein Bauunternehmer wollte es kaufen. Aber er hat von der Kongregation eine Absage erhalten. Und die jetzige Schwester weist jeden Besucher ab. Sie ist überhaupt sehr unfreundlich.«

Das war alles, was der Wirt zu sagen wusste. Lacurt zahlte und brach auf. Nach dem reichhaltigen Mittagessen behagte ihm der Rückweg nach Praderschu nicht besonders, denn die Straße stieg an und die Sonne brannte.

Wie schon am Vormittag deutete nichts darauf hin, dass Praderschu zurzeit bewohnt war. Lacurt ging am Haus vorbei und suchte sich eine geschützte Stelle, von der er Haus und Garten überblicken konnte, ohne selbst gesehen zu werden. Die Schwester, von der der Wirt gesprochen hatte, würde doch irgendwann in den Garten gehen oder zumindest ein Fenster öffnen, wenn sie da war. Möglich war natürlich auch, dass sie einen Mittagsschlaf hielt. Aber da sie sich auch am Vormittag nicht gezeigt hatte, konnte er wohl eher davon ausgehen, dass sie wieder einmal verreist war.

Nach einer Viertelstunde näherte sich Lacurt dem Haus ein weiteres Mal. Immer noch rührte sich nichts, war nichts zu hören. Die Haustür war sein nächstes Ziel. Lacurt benützte nicht den Kiesweg, sondern ging über die Wiese, wo seine Schritte nicht zu hören waren. Sachte drückte er die Türklinke nieder. Die Tür war verschlossen. Einen Augenblick blieb er unschlüssig stehen. Dann schlich er um das Haus herum. Der Anbau war im rechten Winkel an das alte Haus angefügt. Dort, wo die Gebäude aneinander stießen, entdeckte er eine kleine Tür, die in den Altbau führte. Diesmal hatte er Glück, die Tür ließ sich öffnen. War die Schwester doch irgendwo im Haus? Oder hatte sie beim Fortgehen einfach vergessen, diese Nebentür abzusperren?

Lacurt öffnete die Tür einen Spalt breit und wartete einige Minuten. Kein Geräusch ließ sich vernehmen, im Haus herrschte Totenstille. Er trat in den dunklen Gang, horchte erneut und stieg dann eine schmale, abgewetzte Steintreppe empor.

Die nächste Tür, die nur angelehnt war, führte ihn in das eigentliche Treppenhaus. Feuchte, kühle Luft schlug ihm entgegen. Das Treppenhaus war eng und kahl, von den Wänden blätterte die weiße Farbe ab. Nur das zierliche schmiedeeiserne Treppengeländer erinnerte an bessere Zeiten. Sein Ziel war der Dachboden. So stieg er so leise wie möglich in den ersten Stock. Ein Gang, in dem wie ein Fremdkörper ein schwarzes Telefon hing, führte zu verschiedenen Zimmern. Das waren offenbar die alten Herrschaftsräume gewesen. Aber Lacurt stieg unverzüglich die Holztreppe hinauf, auf der er zu den Mansardenzimmern und weiter oben zu einer verriegelten, einfachen Holztür gelangte. Dahinter musste der Dachboden sein. Vorsichtig schob er den Türriegel zurück.
Nur ein spärlicher Lichtstrahl, der durch eine Luke drang, erhellte notdürftig den pyramidenförmigen Raum. Lacurt nahm zuerst das Balkenwerk des Dachstuhls wahr. Dann fand er sich allmählich in dem Durcheinander zurecht, das in dem Raum herrschte: zerbrochene Sitzmöbel, eine alte Kommode auf der einen Seite, ein Schrank auf der anderen, Kisten, Schachteln, eine zerschlissene Kleiderbüste, die einst wohl Madames Sonntagsstaat getragen hatte.
Alberts Worte noch im Ohr, suchte er zuerst die hinteren Winkel ab. Er fand mehrere Pakete und Schachteln, die verschnürt und beschriftet waren. Offenbar handelte es sich um den als wertlos erachteten Teil eines aufgelösten Inventars, der dort einfach liegen geblieben war. Einige Schachteln waren aufgerissen, als hätte jemand deren Inhalt durchwühlt.

Die Schubladen der Kommode waren teils leer, teils lagen von den Motten zerfressene Kleidungsstücke darin. In der untersten Schublade fand er eine verblasste Offiziersmütze, von der die offenbar wertvollen Knöpfe und Abzeichen abgerissen waren.
Als Lacurt sich bückte, um die Schublade zuzuschieben, fiel sein Blick auf eine Paketschnur mit einem angehängten Zettel, der von der Kommode halb verdeckt am Boden lag. Er ging mit seinem Fund zum Licht. ›Kopie der Diana‹, stand in gut leserlicher Kurrentschrift darauf.
Lacurt prüfte Schnur und Zettel genauer. Der Zettel gab nichts weiter her, seine Rückseite war unbeschriftet. Den Schnurenden jedoch war deutlich anzusehen, dass sie erst vor kurzem durchgeschnitten worden waren.
Was suchte er hier also noch? Ohne konkrete Vorstellung fasste er den großen Schrank auf der anderen Seite ins Auge. Die Schnur mit dem Zettel deponierte er unterdessen auf der Kommode. Als er zu dem Schrank hinübergehen wollte, stieß er mit dem Kopf gegen einen der niedrigen Dachbalken, prallte ärgerlich zurück und warf die Kleiderbüste um, die mit einem dumpfen Ton zu Boden fiel und zerbrach.
Lacurt zuckte zusammen. Wenn jemand im Haus war, musste er den Lärm gehört haben. Er horchte angestrengt. Nichts schien sich zu regen.
Im Schrankschloss steckte ein Schlüssel. Mit einem Knarren ging die Schranktür auf. Abgetragene Kleider hingen darin. Im oberen Schrankfach lagerten leere bemalte Blechbüchsen, eine Schachtel mit Knöpfen und die Reste einer Hausapotheke. Auf dem Schrankboden fanden sich

ein Paar Halbstiefel und ein Schuhspanner von altertümlicher Form. Gerade als er diesen näher betrachten wollte, ließ ihn ein Geräusch von der Tür her auffahren.
Im Türrahmen stand eine Klosterfrau in dunkler Ordenstracht. Sie hatte sich vorgebeugt, fixierte ihn mit einem stechenden Blick und hielt sich sprungbereit, die Hände wie Klauen vorgestreckt. Wie ein Raubvogel schien sie sich auf Lacurt stürzen zu wollen, der instinktiv zurückwich und eine Abwehrstellung einnahm.
Dann geschah das Unerwartete. Die Nonne stürzte plötzlich mit einem gellenden Geschrei »Polizei, Einbrecher, Dieb« die Treppe hinunter. Lacurt hörte, wie sie unten im Gang den Telefonhörer an sich riss. Dann drangen schrill ausgestoßene, endlos wiederholte Wortfetzen zu ihm hinauf: »Polizei, kommen Sie, kommen Sie sofort … ein Einbrecher, ein Dieb … ich halte ihn … ich schließe ihn ein … ja, in Praderschu, in Praderschu … ich halte ihn …«
Lacurt lief es eiskalt über den Rücken. Nichts wie fort von hier. Er stürzte zur Tür und sprang die Treppe hinunter, vorbei an der Klosterfrau, die wild gestikulierend immer noch in den Telefonhörer hineinschrie, so dass sie ihn gar nicht zu sehen schien. Lacurt benützte denselben Weg nach draußen, den er hereingekommen war. Ums Haus herum hastete er zur Straße. Aber wie aus dem Boden gewachsen stand plötzlich ein dicker Polizist vor ihm, der schwitzend von seinem Rad gestiegen war: »Halt! Bleiben Sie stehen! Was ist das für ein Geschrei?« Lacurt wollte etwas antworten, als im Haus ein Fenster aufgerissen wurde. »Er ist ein Einbrecher, ein Dieb!«, schrie die Klosterfrau zu ihnen hinüber. Dann hörte Lacurt, wie das

Fenster zugeschlagen wurde. Nun würde die Schwester kommen und ihn anzeigen. Lacurt stand schweißgebadet vor dem Polizisten und hörte sein Herz klopfen. Aber die Schwester kam nicht.

»Was ist hier vorgefallen?«, fragte der Polizist, der sich mit einem großen Schnupftuch die schweißbedeckte Stirn wischte.

Lacurt versuchte eine möglichst einfache Erklärung zu geben. Er sei durch die Gegend gewandert und auf das Haus gestoßen. Alte Herrenhäuser hätten es ihm schon immer angetan. Er habe gemeint, es stünde leer, und wollte es besichtigen. Plötzlich sei die alte Schwester erschienen und habe wie wild nach der Polizei gerufen.

»Das habe ich gehört, als ich vorbeigeradelt bin«, bemerkte der Polizist. »Die Schwester hat so fürchterlich geschrien, dass ich mich schleunigst davongemacht habe.«

»Und dann sind Sie mir in die Arme gelaufen«, warf der Polizist in einem heiteren Tonfall ein. Dieser mit einem mächtigen Schnurrbart und einer nicht minder mächtigen Leibesfülle gesegnete Ordnungshüter schien ein gutmütigeres Wesen zu sein als jene Vertreterin christlicher Nächstenliebe.

»Ja, leider«, seufzte Lacurt.

»Die alte Schwester liebt die Besucher nicht, und auch nicht den Kontakt«, bemerkte der Polizist. »Die hat Haare auf den Zähnen.«

Dann begann, mitten auf der Landstraße, ein kleines Verhör:

»Sie wollten sich also nur das Haus ansehen?«

»Ja.«
»Mitgenommen haben Sie nichts?«
»Nein.«
»Waren Sie überhaupt in den Zimmern?«
»Nein.«
»Wer sind Sie eigentlich?«
Lacurt nannte seinen Namen und fügte hinzu, dass er an der Universität arbeite. Für den Polizisten schien der Fall damit erledigt zu sein.
»Ich muss mir nur noch Ihren Namen notieren«, sagte der Polizist, »für den Fall, dass die Schwester Anzeige erstattet, was ich jedoch nicht glaube. Wenn Sie mir bitte Ihren Ausweis zeigen würden.«
Der Polizist zog einen Notizblock aus der Brusttasche und schrieb in Großbuchstaben Lacurts Namen und Adresse auf.
»Sie sind nicht der Erste, der sich für das alte Haus interessiert und von der Schwester so eine Abfuhr bekommen hat. Die Kongregation hat mit ihr einen veritablen Drachen hergeschickt, um ihr Gebäude zu schützen. Aber so furios wie heute war sie noch nie. Ich würde Ihnen raten, sich hier lieber nicht mehr so schnell blicken zu lassen.«
»Dazu habe ich auch nicht mehr die geringste Lust, das dürfen Sie mir glauben«, erwiderte Lacurt aufrichtig.
»Also, dann Adieu«, sagte der Polizist, »und dringen Sie in Zukunft nicht einfach so in alte Häuser ein. Da gibt es immer Gespenster oder eben Hausdrachen.«
Der Polizist schwang sich lachend auf sein Rad und fuhr davon.
Da war er ja noch einmal glimpflich davongekommen, dachte Lacurt. Erst als der Polizist außer Sichtweite war,

fiel ihm ein, dass er ja noch mit dessen Kollegen rechnen musste, die von der Ordensschwester telefonisch alarmiert worden waren.
Lacurt suchte so unauffällig wie möglich das Weite. Er verließ die Landstraße und folgte einem Feldweg, der gleich auf der anderen Straßenseite begann und zu einer wild wachsenden Baum- und Sträucherhecke führte. Sein Rückzug war nicht schlecht geplant, stellte er bald mit Befriedigung fest. Denn längs der Hecke führte ein Pfad zum Wald, von dem aus man Praderschu und die Landstraße überblicken konnte, ohne selbst gesehen zu werden. Aber weit und breit war keine Spur von einer Polizeistreife zu erblicken, und das Haus lag wieder so still und anscheinend verlassen da, wie er es am Morgen vorgefunden hatte.
Lacurt war am Waldrand angelangt. Der Fußweg längs der Hecke ging in einen Waldpfad über, an dessen Ende in der Lichtung die Kapelle schimmerte, die er am Morgen von der Landstraße aus schon gesehen hatte. Er vermutete, dass die Kapelle zu Praderschu gehörte und möglicherweise ebenfalls Erinnerungen an die Familie de Greyff barg. Aber er hatte im Moment keine Lust, erneut in alte Gemäuer einzudringen.
Also wählte er den Holzweg, der zur Höhe der Waldkuppe führen musste. Er schritt kräftig aus und atmete tief durch, sog die Harzgerüche ein und lauschte den Vogelstimmen, und als ein Eichhörnchen vor ihm sein munteres Versteckspiel trieb, fühlte er sich von jedem Druck befreit. Nachdem er die Höhe überschritten und einen Weg gefunden hatte, der zum Gelände am Schiffenensee

hinunterführte, wusste er sich auf dem Heimweg nach Freiburg.

Das Ergebnis des Tages war die Schnur mit dem angehängten Zettel, die er auf dem Dachboden gefunden und dummerweise dort liegen gelassen hatte. Aber eines war nun gewiss: Die Kopie der Diana hatte bis vor nicht allzu langer Zeit auf dem Dachboden gelegen. Aber wer, das war die nächste Frage, hatte die Diana mitgenommen? Stand diese Person in einer Beziehung zu dieser unfreundlichen Schwester, hatte sie es vielleicht gar selbst getan? Oder hatte jemand unbemerkt auf den Dachboden gelangen und das Stück stehlen können?

Wer immer diese Person war, der junge de Greyff konnte es wohl nicht gewesen sein. Sollte er also versuchen, Maximilian zu entlasten? Dazu musste er der Kriminalpolizei seine Entdeckung mitteilen. Aber welches Beweismaterial konnte er der Polizei vorlegen? Würden Schnur und Etikette noch dort sein? Welche Blamage, Herr Privatdozent, so mit leeren Händen dazustehen, nachdem man als Eindringling erwischt worden war! Er konnte förmlich den Kommissär vor sich sehen, der ihn spöttisch angrinste.

Dann dachte er an den Polizisten, mit dem er es zu tun gehabt hatte. Der hatte zwar seinen Namen notiert, sah aber nicht so aus, als ob er ein eifriger Schreiber von Rapporten wäre. Wahrscheinlich würde er die Sache nicht einmal weiterleiten, und die Kriminalpolizei und der Kommissär würden nichts davon erfahren.

Blieb die Frage, warum keine Polizeistreife gekommen war. Hatte der Dorfpolizist sie abgefangen und mit einer

beruhigenden Erklärung wieder nach Hause geschickt? Oder hatte sich die alte Schwester in ihrer Aufregung verwählt? Aber sie schien doch mit jemandem gesprochen zu haben … Welche Folgen hatte es für ihn, wenn die Polizei über den Dorfpolizisten herausfand, dass er der Einbrecher gewesen war?
Sich melden oder abwarten, aufhören oder weitermachen, das war also die Frage. Dieser Tag würde nicht unbedingt als der glorreichste in seine persönlichen Annalen eingehen. Nein, ein Held war er wahrlich nicht, schon eher ein Hasenfuß, der sich von einer rabiaten Klosterfrau in die Flucht schlagen ließ – und ein Trottel, der geradewegs einem Polizisten in die Arme lief. Im Moment jedenfalls verspürte er nicht die geringste Lust, sich durch ein weiteres Abenteuer zu beweisen, dass er doch ein ganzer Kerl war.

9

Die Tage vergingen, aber es kam weder eine Vorladung von der Polizei noch eine Anzeige wegen Einbruchs in Praderschu. So beschloss Lacurt, sich endlich wieder seiner lange vernachlässigten Forschungsarbeit zu widmen. Doch die merkwürdige Geschichte um das Erbe der de Greyff, die Sache mit der Kopie der Diana sowie die immer noch ungeklärten Umstände von Blöchlis Tod ließen ihn nicht mehr los. Das eine hing mit dem anderen zusammen, das spürte er immer deutlicher. Aber auf welche Weise?
Immer öfter zog es ihn in die kunsthistorische Abteilung der Bibliothek, wo er einerseits nachprüfen wollte, ob es

nicht doch irgendwo in den Druckgrafiken eine ähnliche Greifendarstellung wie jene gab, die Maximilian am Prüfungstag abhanden gekommen war. Außerdem hoffte er, dort Mademoiselle Henkel anzutreffen, die ein so merkwürdiges Interesse für die Ahnenbilder in Greifenried gezeigt hatte.

In der ersten Zeit hatte er weder in der einen noch in der anderen Hinsicht Glück. Er fand zwar Gefallen daran, die wunderschönen Kunstbände mit den Drucken des ausgehenden fünfzehnten und frühen sechzehnten Jahrhunderts durchzublättern. Insbesondere sah er sich die Werke jener Künstler an, die wie Dürer für Kaiser Maximilian I. gearbeitet hatten. Er stieß auf die prächtigsten und wunderlichsten Greifendarstellungen, aber eine sitzende Greifenfigur mit dem Andreaskreuz, wie Maximilian sie ihm beschrieben und wie er sie in getreuer, wenn auch naiver Abbildung in Greifenried gesehen hatte, fand er nicht.

Mademoiselle Henkel begegnete er erst nach vielen Tagen, als er schon nahe daran war, aufzugeben. In der Hoffnung, ihr endlich über den Weg zu laufen, hatte er sich wieder einmal in einen Band über die Porträtmalerei des sechzehnten Jahrhunderts vertieft, als sie tatsächlich neben ihn trat. »Nanu«, bemerkte sie kokett, »seit wann befassen sich Philosophen mit Porträtmalerei?«

»Ich weiß, Mademoiselle, das ist Ihr Spezialgebiet«, antwortete Lacurt zunächst etwas verlegen. Aber dann kam ihm der rettende Einfall: »Ich arbeite zurzeit an der historischen Entstehung von Individualität. Und da wollte ich wissen, ob die Porträtmalerei etwas über die

Individualitätsentwicklung im fünfzehnten und sechzehnten Jahrhundert aussagt, ob man Vergleiche ziehen kann zur Philosophie der Renaissance und des Humanismus.«

Mademoiselle Henkels Augen begannen zu leuchten: »Das ist genau mein Thema. Ich untersuche die Privatporträts dieser Zeit, weniger die großen, die man schon kennt, als vielmehr die kleinen, die noch kaum erforscht sind. Es sind kleinformatige Bilder, die man auch auf Reisen mitnehmen konnte, und auf denen die Auftraggeber Personen malen ließen, die ihnen wichtig waren. Das könnte für Ihr Thema durchaus interessant sein. Wir stehen damit nämlich am Beginn des für den Privatgebrauch bestimmten Porträts, auf dem man eine Person als Individuum festhalten wollte. Wenn Sie wollen, kann ich Ihnen gerne einmal die vielen Aufnahmen zeigen, die ich von solchen Bildern gemacht habe. Kommen Sie doch einfach mal bei mir vorbei.« Sie zwinkerte ihm zu und Lacurt nickte ganz verblüfft. Er hatte nicht damit gerechnet, dass seine Flunkerei ihm, abgesehen von einem kunsthistorischen Vortrag, auch noch den Zugang zu Mademoiselles Privatsphäre öffnen würde. Außerdem war sie wirklich hübsch.

Ihre kleine Wohnung lag nicht weit von der Bibliothek entfernt. Das Zimmer, in das sie Lacurt führte, war halb Wohnraum, halb Studierzimmer. Lacurt sah sich verstohlen um. Doch er konnte nichts Verdächtiges darin entdecken.

Mademoiselle Henkel schlug einen Ordner auf, in dem in Klarsichthüllen Fotografien von Porträts lagen. »Da, wie schon gesagt, solche Porträts auch auf Reisen mitgenommen wurden, hat man für sie oft Behälter aus Holz gemacht, wie Sie hier einen sehen«, erklärte sie. Dann wies sie auf zwei nebeneinander eingeordnete Fotografien: »Oft hat man auch die Rückseite des Bildes bemalt oder beschriftet, wie bei dieser Holztafel, deren Vorder- und Rückseite hier abgebildet sind.« Und ganz beiläufig fügte sie hinzu: »Deshalb nehme ich alte Porträts immer von den Wänden, um nachzuschauen, ob etwas auf der Rückseite steht.«

Mit offenem Mund starrte Lacurt sie an. Das also war die Erklärung für ihr sonderbares Benehmen, das sie in Greifenried an den Tag gelegt hatte. Die Erklärung klang so plausibel und setzte all seinen Spekulationen und Verdächtigungen ein solches Ende, dass es Lacurt förmlich die Sprache verschlug.

»Ich weiß, ich rede zu viel«, sagte Mademoiselle Henkel, als sie sein Gesicht sah, »aber das ist nun mal mein Steckenpferd.«

»Nein, nein«, erwiderte Lacurt, »was Sie sagen, ist für mich sehr aufschlussreich.«

»Das Interessanteste für Sie müssten die Charakterzüge der Personen sein, an denen man ihre Individualität ablesen kann, auch wenn zu dieser Zeit das Typische des Standes immer noch vorherrscht«, begann Mademoiselle Henkel von neuem. »Aber das muss ich Ihnen an Einzelbeispielen zeigen.«

Nun brachte sie einen Ordner nach dem anderen, um ihm die verschiedensten Arten und Unterarten, Typen und Richtungen von Porträts vor Augen zu führen. Als sie sich mit einem neuen Ordner neben ihm aufs Sofa setzte, verschob sich ihr kurzer Rock nach oben. Lacurt blickte auf ihre Oberschenkel. Ihre Haut verströmte den Duft eines exotischen Parfums. Im Zimmer war es warm. Warum zog sie ihren Rock nicht zurecht, schlug sie die Beine nicht übereinander? Vor seinen Augen verwischten sich die Umrisse ihres Körpers, wuchsen ins Maßlose, und auf einmal spürte er nur noch ein irrsinniges Verlangen, sich blindlings in ihren Schoß fallen zu lassen. Er war nahe daran, einfach den Arm um sie zu legen und sie an sich zu ziehen. Im letzten Moment warf er einen demonstrativen Blick auf seine Armbanduhr, erhob sich und schickte sich an zu gehen. »Ich danke Ihnen sehr, Mademoiselle, das war sehr aufschlussreich. Ich habe viel von Ihnen gelernt.«

Als er schon an der Tür stand, schien Mademoiselle Henkel plötzlich noch etwas einzufallen. »Ach ja, das ist es, was ich Ihnen noch unbedingt zeigen muss, eine Fotografie, die ich noch nicht eingeordnet habe.« Sie nahm ein Bild vom Regal und hielt es ihm hin. »Sehen Sie, das ist ein sehr schönes Beispiel für einen solchen Holzbehälter. Und das Bedeutsamste, gerade für Ihr Thema, ist die Inschrift. Lesen Sie!«

Lacurt las die in einem Kreis angeordneten Großbuchstaben: SUA CUIQUE PERSONA. »Ich habe einige Zeit gebraucht, bis ich das richtig deuten konnte«, sagte Mademoiselle Henkel. »Ihnen als Philosoph dürfte das nicht schwer fallen.«

Er gestand, es nicht auf Anhieb zu verstehen, denn einfach ›jedem seine Person‹ könne es wohl nicht bedeuten.

»Gehen Sie doch einfach mal von der ursprünglichen Bedeutung von *persona* aus«, riet sie ihm.
»Bei den Römern meinte es die Maske eines Schauspielers, und damit die Rolle, die einer spielt«, antwortete er nach einigem Nachdenken.
»Ja, und damit haben Sie es«, sagte sie triumphierend. »Jedem seine Maske, jedem seine Rolle. Darum ist im Inneren des Kreises auch eine Maske gezeichnet. Behalten Sie das Blatt, als Erinnerung.«
Verdammt noch mal, schoss es Lacurt durch den Kopf, als er die Treppe hinunterging. Hatte ihn diese Frau die ganze Zeit hinters Licht geführt, sich am Ende gar über ihn lustig gemacht? Jedem seine Maske, jedem seine Rolle! Er starrte wütend auf die Fotografie. Aber das verwirrte ihn nur noch mehr. Die Maske, die er da sah, zeigte das gleiche vieldeutige Lächeln, mit dem ihn Mademoiselle Henkel verabschiedet hatte.

Lacurt, du brauchst dringend frische Luft, damit du wieder einen klaren Kopf bekommst, sagte er zu sich selbst. Als er an seinen Besuch in Praderschu zurückdachte, fiel ihm ein, dass er damals die Kapelle gar nicht in Augenschein genommen hatte, die dort in der Waldlichtung lag.
Um die Mittagszeit nahm er den Zug nach Murten, stieg wieder an derselben Bahnstation wie damals aus und machte sich zu Fuß auf den Weg, den er nun schon kannte. Als er sich dem Waldabhang näherte, wo die Straße mehrere unübersichtliche Windungen machte, sah er plötzlich einen Mann auf sich zukommen. Der Fremde trug eine dunkle Baskenmütze und eine grüne Jacke. Der

Mann schien, ebenso überrascht wie Lacurt, einen Moment lang zu zögern, bevor er, den Blick stur geradeaus gerichtet, mit zügigen Schritten wortlos an Lacurt vorbeiging, der ihn höflich grüßte.

Was für ein unfreundlicher Zeitgenosse, dachte Lacurt und setzte leicht verdrossen seinen Weg fort. Das Farbenspiel von Wäldern und Feldern ließ ihn die unliebsame Begegnung bald vergessen. Er beschleunigte seinen Schritt, bis er das helle Grün der Waldlichtung vor sich sah, in der die Kapelle stand. Er vergewisserte sich, dass ihn niemand beobachtete und ging den halb überwucherten Feldweg zur Kapelle hinauf.

Sein erster Eindruck hatte ihn nicht getäuscht. Die Kapelle war ein neugotischer Bau aus dem neunzehnten Jahrhundert. Lacurt ging um das schmucklose Gebäude herum. Es gab nichts Besonderes zu sehen. Ein Pfad führte links hinter der Kapelle zum Wald. Auf ihm konnte man den Wald durchqueren und dann längs der Busch- und Baumhecke nach Praderschu gelangen.

Die Tür der Kapelle war unverschlossen. Es gab auch keinen Grund, diesen einsam gelegenen Kirchenraum abzuschließen. Alle wertvollen Gegenstände waren entfernt worden; der Altar stand völlig schmucklos da. Hier hatte wohl schon seit Jahren niemand mehr Einkehr gehalten, und offenbar sah sich keine Kirchenbehörde genötigt, den Kampf gegen die Feuchtigkeit aufzunehmen, die sich an den Wänden ausbreitete. Die Kapelle mochte den Schwestern von Praderschu gehören; jedenfalls bot sie dasselbe verwahrloste Bild wie die Gebäude weiter unten. Auf die einstigen Besitzer des Herrenhauses wies nur eine

Inschrift hin, die an eine Baronin de Greyff als Stifterin der Kirchenfenster erinnerte.

Hinter dem Altar entdeckte Lacurt einen hölzernen Beichtstuhl, der vermutlich erst viel später angebracht worden war, wohl für die Schwestern und die französischen Kinder, die dort regelmäßig hatten beichten müssen. Seine eigene erste Beichte fiel ihm ein und die Faszination, die von jenem hölzernen Sichtgitter ausgegangen war, hinter dem der Pfarrer gesessen und seinen Sünden gelauscht hatte. Etwas trieb ihn, die mittlere Tür des Beichtstuhls zu öffnen, durch die er als Kind schon immer verstohlen einen Blick hineingeworfen hatte. Der kleine Raum zeigte die übliche Ausstattung: vergitterte Sprechfensterchen an den beiden Seitenwänden, und an der Rückwand die Sitzbank für den Priester, die die Form eines Kastens hatte. Mechanisch klappte Lacurt die Sitzbank auf – und fuhr erschrocken zurück. Die leere Haube einer Klosterfrau starrte ihm entgegen. Darunter lagen, nachlässig gefaltet, die übrigen Bestandteile einer Nonnentracht.

Lacurt starrte ungläubig auf die Kleidungsstücke, von denen ein säuerlicher Schweißgeruch auszugehen schien. Angewidert klappte er die Sitzbank wieder zu, schloss die Tür des Beichtstuhls und hastete ins Freie, dem Waldrand entgegen. Im Schatten einer hohen Tanne hielt er inne und blickte verwirrt auf die Kapelle zurück.

Was um alles in der Welt hatte die Nonnentracht dort zu bedeuten? Was war dort geschehen? Schaudernd sah er sich um, prüfte unwillkürlich den Waldboden und versuchte den grässlichen Gedanken zu verscheuchen, der ihm in den Sinn gekommen war. Aber ein Mörder hätte doch die Kleider seines Opfers nicht einfach in die Sitzbank gestopft … Lacurt schlich um die Lichtung herum. Nein, er konnte keine Stelle entdecken, die nach einem frisch geschaufelten Grab aussah.

Dann bedrängten ihn jene Vorstellungen, die ihn schon im Beichtstuhl überfallen hatten: Bilder von nackter Sinnlichkeit, aneinander gepresster Leiber. Szenen aus Boccaccios *Decamerone* standen ihm vor Augen, wo Nonnen gierig zu einem sich stumm stellenden Mann in den Beichtstuhl drängten. Aber lag es nicht einfach am Beichtstuhl, dass ihm die Gedanken kamen, die der Beichtspiegel die unkeuschen nannte?

Es gab auch eine andere Erklärung, die viel plausibler war. Konnte nicht eine Schwester dort ihre Nonnenkleider abgelegt und den Schritt zurück in die Welt getan haben? Der Wirt im Dorf unten hatte ja von jüngeren Schwestern berichtet, die Praderschu verlassen hatten. Wenn die alten Schwestern jener glichen, der Lacurt begegnet war, dann musste das Leben in Praderschu doch die Hölle gewesen sein. Wahrscheinlich hatte eine junge Schwester in ihrer Verzweiflung unter dem Ordenskleid ein weltliches Kleid angezogen und ihr weniges Geld zu sich gesteckt; dann war sie unter einem Vorwand zur Kapelle gegangen, um sich dort im Beichtstuhl ihres Ordenskleides zu entledigen und für immer zu verschwinden.

Auf dem langen Heimweg konnte Lacurt seine Gedanken noch leidlich im Zaum halten. Aber in der Nacht plagten ihn die absonderlichsten Träume.

In der folgenden Zeit fuhr Lacurt immer häufiger nach Schloss Greifenried. Er hatte einen Bannkreis betreten, der ihn nicht mehr losließ. Stundenlang saß er im Greifensaal und vertiefte sich in jene Bücher, die noch aus dem Besitz des Ahnherrn Maximilian stammten. Er verlor sich in der *Occulta philosophia* des Agrippa von Nettesheim, der von 1523 bis 1524 in Freiburg als Stadtphysikus gewirkt und zu dem Maximilian offenbar in einer nahen Beziehung gestanden hatte. Er folgte den Unterstreichungen, die Maximilian in naturkundlichen, astrologischen und alchimistischen Werken angebracht hatte. Er folgte den Lichtstrahlen, welche die wandernde Sonne auf das Getäfer und die Wände des Greifensaals warf. Aber die Bücher gaben keinen Schlüssel her, und Getäfer und Wände verrieten kein Versteck.

Wenn Lacurt in den Hof ging und sich unter die Linde setzte, gesellte sich nach kurzer Zeit meistens der alte Albert zu ihm. Er sprach am liebsten von seinem verstorbenen alten Herrn, kommentierte dazwischen aber auch die neuen Zeiten.

»Verdächtige Leute streichen um das Schloss herum«, begann er an einem Nachmittag. »Gestern, als ich vom Dorf zurückgekommen bin, habe ich einen jungen Mann gesehen, der sich am Schloss der Mauerpforte zu schaffen gemacht hat. Als er mich kommen sehen hat, ist er weggerannt. Dummerweise sind meine Augen nicht mehr die besten, so dass ich nicht gesehen habe, wer das war.«

»Kennen Sie den jungen Rieder?«, fragte ihn Lacurt.

»Ja«, erwiderte Albert nach einigem Zögern. Er schätzte es offenbar nicht, dass Lacurt Rieders Namen ge-

nannt hatte und blickte ihn misstrauisch von der Seite an.
»Könnte der es gewesen sein?«, hakte Lacurt unbeirrt nach.
Der alte Albert wurde still und nachdenklich. »Ich habe Rieder in den letzten Jahren nur noch wenig gesehen«, murmelte er nach einer Weile, »aber der könnte es schon gewesen sein.«
Er seufzte und schüttelte sorgenvoll den Kopf.
»Vor einigen Tagen ist noch etwas anderes passiert. Ein Mann hat an der Pforte geläutet. Er hat gefragt, ob es im Schloss Antiquitäten zu kaufen gebe. Als ich nein gesagt habe, hat er keine weiteren Fragen gestellt, mich aber von oben bis unten gemustert und sich dann ganz schnell verabschiedet. Den würde ich sofort wieder erkennen mit seiner dunklen Baskenmütze und seiner grünen Jacke.«
»Eine Baskenmütze und eine grüne Jacke?«, fragte Lacurt gespannt zurück.
»Und graue Haare hat er gehabt«, fügte Albert ergänzend hinzu.
Die Beschreibung passte genau auf den unfreundlichen Mann, dem Lacurt auf dem Weg zur Kapelle von Praderschu begegnet war.
»Haben Sie eine Ahnung, wer er sein könnte?«, fragte Lacurt erwartungsvoll.
»Er ist mir nicht nur verdächtig, sondern auch irgendwie bekannt vorgekommen, aber ich weiß beim besten Willen nicht, wer es ist.«
Seltsam, dachte Lacurt, auch ihm war dieser Mann

irgendwie bekannt vorgekommen, ohne dass er sagen konnte, an wen er ihn erinnerte.
Der junge Mann, der sich an der Mauerpforte zu schaffen gemacht hatte, war also möglicherweise Rieder gewesen – Rieder, über den der alte Albert offenbar nicht gern reden wollte. Der angebliche Antiquitätenhändler hingegen war mit Sicherheit derselbe Mann, dem er auf der Landstraße nach Praderschu begegnet war.
Lacurt musste an den vermeintlichen Kunstprofessor denken, der dem Antiquitätengeschäft in Paris die echte Diana verkauft und sich unter dem Namen Jean Fabergé an der Freiburger Kantons- und Universitätsbibliothek herumgetrieben hatte, einer der Verdächtigen auch im Fall Blöchli, der nach wie vor ungeklärt war. Konnte dieser Mann nicht der Fremde sein, dem Lacurt begegnet war und der in Greifenried als Antiquitätenhändler vorstellig geworden war? Madame de Greyff hatte diesen angeblichen Kunstprofessor in der Zeitschriftenabteilung gesehen. Vielleicht konnte sie ihm sagen, ob es sich um denselben Mann handelte.
Unwillkürlich zeichnete er mit dem Fuß ein Dreieck auf den Boden. Darunter erschien plötzlich das helle Gesicht des jungen Maximilian. Er schritt unter diesem Dreieck hervor wie durch eine Ehrenpforte. Die Ehrenpforte des Maximilian. Wie nur war er auf diese sonderbare Gedankenverbindung gekommen?
Lacurt hatte vor dem Gespräch mit dem alten Albert im Wohnzimmer des Onkel Max eine kleine, bebilderte Schrift mit dem Titel *Der Greif. Eine Geschichte des Buchdrucker-Wappentieres* gelesen. Der Greif hatte ja

seit der Erfindung des Buchdrucks auch als Druckerzeichen gedient, und ein Vertreter der Kunst Gutenbergs hatte Onkel Max die kleine Schrift geschenkt. In dieser Schrift war er auf einen Greif mit dem Wahlspruch ›Halt Maß‹, dem Wahlspruch des Kannenordens, gestoßen, unter dem als Erklärung gestanden hatte: ›Albrecht Dürer: Kaiserlicher Greif von der Ehrenpforte des Kaisers Maximilian, 1515‹. Die Wörter ›Ehrenpforte des Kaisers Maximilian‹ aber waren unterstrichen gewesen, und am Rand hatte ein Ausrufezeichen gestanden.

Von den Tagen her, in denen Lacurt das grafische Werk Dürers und der anderen Künstler um Maximilian studiert hatte, war ihm eine vage Vorstellung von dieser Ehrenpforte geblieben. Warum hatte sie für Onkel Max eine solche Bedeutung? Hatte er, Lacurt, diese Ehrenpforte zu wenig beachtet? Er beschloss, am nächsten Tag in die Kantons- und Universitätsbibliothek zu gehen und sich diese Ehrenpforte einmal genau anzusehen.

Lacurt fand sich früher als gewöhnlich in der Bibliothek ein. Er suchte sogleich die kunsthistorische Abteilung auf und holte sich das größte Buch über das grafische Werk Albrecht Dürers. Im Abbildungsverzeichnis fand er die Seite, auf der die Ehrenpforte des Maximilian zu finden war.

Der architektonische Aufbau der aus den vielfältigsten Darstellungen zusammengesetzten Pforte erleichterte ihm seine Aufgabe und er musste nicht allzu lange suchen. An einer markanten Stelle saß ein Greif, der genau demjenigen im Greifensaal zu entsprechen schien. Die

Figur war im Kleinstformat abgebildet. Lacurt nahm die Lupe hervor, die er vorsorglich eingesteckt hatte. Die Vergrößerung ließ deutlich die Einzelheiten hervortreten. Alles stimmte überein! Das, und nur das, konnte das Blatt sein, das der junge Maximilian und er selbst bisher vergeblich gesucht hatten.

Lacurt prägte sich die Seitenzahl ein, schloss das Buch und stellte es ins Regal zurück. Dann suchte er Madame de Greyff in ihrem Büro auf. Sie erriet schon an seinem Gesichtsausdruck, dass ihm etwas geglückt war. Ja, er wolle ihrem Sohn etwas zeigen, bestätigte Lacurt. Madame de Greyff drang nicht weiter in ihn ein, sondern griff zum Telefon. In einer Viertelstunde werde ihr Sohn da sein.

»Da ist noch etwas, Madame«, sagte er. »Erinnern Sie sich noch an diesen angeblichen französischen Kunstprofessor – der damals auch im Zusammenhang mit Blöchlis Tod gesucht wurde? Können Sie mir beschreiben, wie der ausgesehen hat?«

»Nicht sehr genau, aber ich glaube, er war mittelgroß, hatte graues Haar und ausgeprägte, nicht unschöne Gesichtszüge. Er hat – aber das war wohl nur mein Eindruck – irgendwie abweisend und unruhig gewirkt, wie jemand, der immer auf dem Sprung ist, nicht wie ein Professor, der in erster Linie an seine Bücher denkt.«

»Können Sie sich an seine Kleidung erinnern?«

»Eher unauffällig, vielleicht grau, wie sein Gesicht, wahrscheinlich ein grauer Straßenanzug. Mir ist nichts Besonderes aufgefallen.«

»Keine dunkle Baskenmütze und eine grüne Jacke?«

»Nein.«
Maximilian betrat das Büro und bestürmte Lacurt sogleich mit Fragen, aber dieser ging nicht auf sie ein, sondern drückte Madame de Greyff die Hand und zog ihren Sohn mit sich in die kunsthistorische Abteilung.
Maximilian verfolgte jede seiner Bewegungen. »Dürer«, murmelte er, als Lacurt nach dem großen Buch griff. Lacurt legte das Buch auf einen Tisch und schlug die Seite auf, die er sich gemerkt hatte.
»Was ist das?«, fragte de Greyff.
»Die Ehrenpforte des Kaisers Maximilian«, antwortete Lacurt. »Sie misst im Original etwa drei auf drei Meter, hat also die Größe einer richtigen Pforte und setzt sich aus fast zweihundert einzelnen Holzschnitten zusammen. Jedes Blatt enthält eine in sich geschlossene Darstellung, die immer einen Bezug zu Kaiser Maximilian hat, ein Bauelement der Pforte oder ein Herrschaftszeichen ist. Hier« – Lacurt blätterte eine Seite um – »sehen Sie in Originalgröße die Abbildung eines einzelnen Blattes. Kommt Ihnen das Format bekannt vor?«
»Das ist genau die Größe des Holzschnitts, der mir abhanden gekommen ist«, erwiderte Maximilian aufgeregt.
»Und jetzt«, Lacurt blätterte wieder eine Seite zurück, »sehen Sie die Einzelstücke zum Gesamtbild der Ehrenpforte vereinigt. Die Einzelstücke haben hier wegen der verkleinerten Wiedergabe kaum noch Briefmarkengröße. Wenn Sie genau hinschauen, werden Sie jedoch eines finden, das Ihnen bekannt vorkommen dürfte.«
Maximilian starrte auf das Bild der Ehrenpforte. »Hier sind Greife.« Er wies auf zwei Einzeldarstellungen am

oberen Pfortenrand, von denen die eine die Inschrift ›Halt Maß‹ trug, die Devise des Kannenordens. »Und hier sind neben den Türpfosten in Nischen wieder Greife zu sehen ... Und das hier« – Maximilian legte seinen Finger auf eine Stelle und verzehrte förmlich mit seinen Augen das Wesen, das in einer Nische saß – »das ist genau der Greif, den ich besessen habe.«

Lacurt reichte ihm die Lupe. »Damit können Sie die Einzelheiten besser erkennen.«

»Alles ist genauso wie auf meinem Blatt«, flüsterte Maximilian, »die Sitzhaltung, der Kopf, die Flügel, die Art, wie er mit den Klauen das Andreaskreuz hält ... Es ist das Blatt!«

»Das habe ich mir auch gedacht, als ich es gesehen habe«, sagte Lacurt, »die Ähnlichkeit mit dem Bild in Greifenried ist unverkennbar.«

»Dann stammt der verschwundene Holzschnitt also von Dürer«, seufzte de Greyff.

Lacurt hatte vor lauter Freude über seine Entdeckung nicht daran gedacht, dass die Identifizierung des Blattes seinem jungen Freund schmerzlich die Größe seines Verlustes vor Augen führen musste.

Doch Maximilian wollte vor allem wissen, wie Lacurt darauf gekommen war. Lacurt berichtete von der Abbildung und der Unterstreichung, die er in der Schrift von Onkel Max gefunden hatte.

»Onkel Max wird also gewusst haben, dass der Holzschnitt von der Ehrenpforte des Kaisers Maximilian stammt«, bemerkte Maximilian nach einer Pause. »Ich hatte also Recht mit der Annahme, dass er die Bedeutung dieses Blattes gekannt hat. Er wird folglich auch gewusst haben, wo und wie der Greifenschatz zu finden ist. Wir müssen nur den Sinn der Eintragung herausfinden.«

Das, dachte Lacurt, nachdem sie sich freundschaftlich getrennt hatten, war wirklich die nächste Aufgabe. Vor ihr aber stand er ebenso ratlos wie am Anfang seiner Bemühungen. Er hatte nur die Überzeugung gewonnen, dass es diesen Greifenschatz wirklich gab, und dass sie nicht die Einzigen waren, die nach ihm suchten.

10

Wenige Tage später traf eine Nachricht ein, die Lacurt noch fester an Schloss Greifenried band. Der alte Albert hatte – »wegen seines Wassers«, wie er sagte – dringend einen Arzt aufsuchen müssen, der schnell erkannte, dass nur eine Operation helfen konnte. Also hatte der alte Kastellan widerwillig das Schloss verlassen und sich ins Spital begeben.

Greifenried stand folglich ohne Hüter da, schutzlos jedem Eindringling preisgegeben. Wer längere Zeit um das Schlossgebäude herumstrich, würde bald merken, dass es leer stand. Lacurt wusste, was dies bedeutete.

Sollte er de Greyff über die Vorgänge um das Schloss aufklären? Der alte Albert hatte es offenbar nicht getan. Er wollte wohl den letzten Spross des Geschlechts, dem er sein Leben lang gedient hatte, von jeder Gefahr fern halten. Lacurt fühlte, dass er nicht das Recht hatte, die Ab-

sicht des Alten zu durchkreuzen, und im Grunde dachte er genauso.
Blieb die Möglichkeit, polizeilichen Schutz anzufordern. Aber das konnten nur die Besitzer tun. Was würden sie damit erreichen? Kaum mehr, als dass irgendeine Polizeidienststelle versprechen würde, Schloss Greifenried im Auge zu behalten.

Häufig fuhren nun Lacurt und de Greyff mit dessen kleinem Wagen nach Greifenried. Maximilian kehrte in der Regel abends zu seiner Mutter zurück, Lacurt hingegen blieb meistens über Nacht. Öfters nahm er auch allein den Autobus nach Greifenried.
Manchmal ging er ins Dorf hinunter, um sich für mehrere Tage das Nötige zu besorgen. Dort gab es ein modernes Lebensmittelgeschäft, in dem er gewöhnlich seine Einkäufe machte. An diesem Tag nahm er einen anderen Weg zurück und kam dabei im alten Dorfkern an einem kleinen Laden vorbei, der alles Mögliche anzubieten schien. Erstaunt, dass es hier noch einen dieser Kramerläden gab, wie er sie aus Kindertagen kannte, trat er ein. Eine Türglocke ertönte und aus dem Inneren schlug ihm der Duft von Bohnerwachs entgegen. Eine Minute verstrich, bis eine alte, gehbehinderte Frau erschien und ihn nach seinen Wünschen fragte. Streichhölzer konnte er gebrauchen, fiel ihm ein, während er seinen Blick durch den voll gestopften Laden streifen ließ. Da entdeckte er, gleich neben der altmodischen Registrierkasse, eine Schachtel, in der noch Schreibfedern und Federhalter lagen, wie er sie in seiner Schulzeit benützt hatte. »Haben

Sie auch Briefpapier?«, fragte er, einer plötzlichen Eingebung folgend.
»Normales oder was Besseres?«, fragte die alte Frau zurück.
»Zeigen Sie mir, was Sie haben«, entschied Lacurt.
Die Frau humpelte zu einem Regal und kam mit einer Schachtel wieder. »Da haben wir was ganz Besonderes«, sagte sie stolz und hob den Deckel hoch. Es schien wirklich ein gutes Papier zu sein. Alt wahrscheinlich, aber noch längst nicht vergilbt.
Lacurt nahm ein Blatt heraus und hielt es gegen das Licht. Das Wasserzeichen war unverkennbar: derselbe Greif, den er damals beim Kommissär gesehen hatte.
»Wir haben das Papier früher für den alten Herrn de Greyff bestellt, den Schlossherrn von Greifenried. Es ist ein Restposten, der heute kaum noch verkauft wird.«
»Aber manchmal verlangt es doch noch jemand?«
»Dann und wann.«
»Wer kauft so etwas heute noch?«
»So genau weiß ich das auch nicht. Es hat schon länger keiner mehr danach gefragt.«
»Der Rieder auch nicht?«
»Welcher Rieder?«
»Der in Freiburg im Museum arbeitet.«
Im gleichen Augenblick spürte Lacurt das Misstrauen und die Feindseligkeit der Frau.
»Nehmen Sie es jetzt?«, fragte sie unwirsch, statt ihm eine Antwort zu geben.
Er entschied sich dafür, die Hälfte zu nehmen, zahlte und ging.

Als er schon draußen stand, drehte er sich verstohlen um. Das Namensschild über der Tür lautete anders als Rieder. Aber Rieders Mutter hatte ja einen anderen Mädchennamen getragen. War die Ladenbesitzerin vielleicht eine nahe Verwandte?

Sonnige und immer wärmere Tage kamen. Wenn Lacurt in Greifenried weilte, zog es ihn ins Freie, zu Höhen und Waldstellen, von denen aus er Gegend und Schloss überblicken konnte. Er prägte sich das Bild der alten Schlossmauern ein, als müsste er es für immer in seinem Inneren festhalten.

Auf einem Waldweg begegnete er an einem Nachmittag einem Mann, den er unter ganz anderen Umständen kennen gelernt hatte und den er in seiner Freizeitkleidung nicht sofort wieder erkannte: Inspektor Juvet. Auch Juvet hatte Lacurt zunächst wie einen Fremden gemustert, bevor sie einander höflich begrüßten.

»Bewachen Sie für die Familie de Greyff das Schloss, solange der alte Albert im Spital liegt?«, fragte ihn der Inspektor.

Lacurt war von der Frage einigermaßen überrascht. Nach einem Zögern erklärte er, dass er sich im Einvernehmen mit der Familie öfters im Schloss aufhalte.

»Das habe ich schon gemerkt«, sagte Juvet.

»Sie werden mir doch nicht nachspionieren«, entfuhr es Lacurt.

»Nein«, entgegnete Juvet lachend. »Ich wohne dort unten im Dorf, und da habe ich gesehen, wie Sie manchmal den Bus nehmen.«

»Übrigens«, fuhr der Inspektor ernster fort, »habe ich auch festgestellt, dass sich Leute um das Schloss herumtreiben, die dort nichts zu suchen haben.«
»Das weiß ich«, erwiderte Lacurt.
»Ich zeige ihnen für alle Fälle das Haus, in dem ich wohne.« Der Inspektor wies auf ein neues Einfamilienhaus am Rande des Dorfes, das man von oben sehen konnte. Dann reichte er Lacurt ein Kärtchen, auf dem seine private Telefonnummer stand. »Sie können mich jederzeit anrufen, falls Sie Hilfe brauchen.«
Lacurt steckte das Kärtchen mit einem verlegenen Dank ein. Dann verabschiedete sich der Inspektor freundlich und wollte schon gehen, doch Lacurt hielt ihn zurück.
»Erinnern Sie sich noch an das Blatt mit dem mehrdeutigen lateinischen Spruch, das einen Greif als Wasserzeichen hat?«
»Das Blatt, das wir Ihnen auf dem Kommissariat vorgelegt haben?«
»Ich habe zufällig herausbekommen, dass es diese Papiersorte unten in dem kleinen Laden im alten Dorfkern zu kaufen gibt.«
Und Lacurt erzählte ihm von seiner merkwürdigen Begegnung mit der alten Ladenbesitzerin.
»Das ist ein wertvoller Hinweis, dem wir nachgehen werden. Haben Sie vielen Dank.«

Der Tag war heiß gewesen. Als Lacurt schlafen gehen wollte, entlud sich ein heftiges Gewitter. An Schlaf war nicht zu denken, solange die Blitze um das Schloss zuckten und der Donner die alten Scheiben erbeben ließ. Erst

kurz vor Mitternacht legte er sich auf das große Empirebett, das in Onkel Max' Schlafzimmer stand.
Im Halbschlaf glaubte er einmal ein Motorengeräusch zu hören. Das Geräusch verstummte wieder. Lacurt hatte einen beängstigenden Traum. Feuerzungen trieben ihn durch die Schlossräume, er wurde von Raum zu Raum gejagt, in einem Kreis, aus dem es kein Entrinnen gab.
Dann, noch halb im Traum, hörte er eine Türe knarren. Mit einem Schlag war er hellwach.
Er richtete sich auf. Sein Zimmer lag im Dunkeln, nur durch das Fenster zeichnete sich ein schwacher Lichtschein ab. Aber plötzlich hatte er den Eindruck, dass das Licht vor dem Fenster mal heller, mal dunkler wurde.
Mit einem Ruck sprang er auf und sah hinaus. Undeutlich nahm er den Schlosshof wahr, auf dem die gewohnte Stille herrschte. Dann durchbrach ein Lichtschein die Finsternis der zur rechten Seite liegenden Mauer, hinter der sich der Greifensaal befand. Lacurts Herz schlug schneller. Angespannt schaute er hin. Der Lichtschein kam wieder, erhellte eines der Fenster, bestrahlte eine Wand. Dann hörte das Licht zu wandern auf und warf einen Widerschein von der Ostwand des Greifensaals.
Es war kein Zweifel möglich. Jemand war in den Greifensaal eingedrungen und machte sich dort mit einer Taschenlampe oder Blendlaterne zu schaffen.
Lacurt holte die große Mauserpistole von Onkel Max aus dem Nachttisch, lud und entsicherte sie. Dann griff er nach der Taschenlampe. Leise öffnete er die Zimmertür und schlich durch den dunklen Gang. Seine nackten Füße waren

auf den Steinfliesen nicht zu hören. Er wusste, wie er zu gehen hatte, um nirgendwo anzustoßen. Die Tür zum Greifensaal war halb geöffnet, ein matter Lichtschimmer drang heraus. Vorsichtig schaute Lacurt durch den Türspalt. Das Licht kam von einer Taschenlampe, die so auf eine Sitzbank an der Ostwand gestellt war, dass sie das mittlere Getäfer mit der großen Greifendarstellung beleuchtete. Vor dem Getäfer, mit dem Rücken zu Lacurt, machte sich ein Mann zu schaffen. Mit seinen Händen, an denen er Handschuhe trug, tastete er sorgfältig das Getäfer ab.

Lautlos schob sich Lacurt durch die Türöffnung. Er hielt die Taschenlampe so von sich weg, dass ihr Lichtschein ihn nicht unmittelbar zur Zielscheibe machen würde, und richtete die schwere Pistole auf den Eindringling. Im gleichen Augenblick, in dem er die Lampe anschaltete und den Lichtstrahl auf den Mann fallen ließ, brüllte er: »Stehen bleiben!«

Der Unbekannte drehte sich blitzartig um und starrte auf seinen Gegner. Wollte er angreifen oder fliehen? Er schien unentschieden. Schließlich griff er nach seiner Taschenlampe, blendete Lacurt und blieb unbeweglich stehen. Es war Rieder.

Stundenlang, so schien es Lacurt, standen sie einander reglos gegenüber. Plötzlich glitt ein sonderbares Lächeln über Rieders Gesicht, und er tat etwas, das Lacurt völlig verblüffte. Mit einer langsamen Bewegung setzte er sich auf den Ehrensitz unter dem Greif, stellte die Taschenlampe neben sich, legte die Arme auf die Lehnen und schaute Lacurt herausfordernd an – wie ein Herrscher, der seinem Widersacher Audienz gewährt.

Lacurt lockerte seine Hand mit der Pistole und ging ein paar Schritte auf Rieder zu.
»Was haben Sie hier zu suchen?«
»Das ist meine Sache.«
»Was suchen Sie hier?«, wiederholte Lacurt seine Frage.
»Das Meinige«, stieß Rieder hervor.
»Was soll das heißen?«
»Mein Eigentum, was mir zusteht.«
»Sie sind verrückt«, entfuhr es Lacurt.
»Sie haben Recht, ich bin verrückt«, griff Rieder Lacurts Äußerung auf, »verrückt« – er sprach das Wort mit einer seltsamen Trennung aus – »verrückt worden, auf die Seite geschoben, abgeschoben worden von der feinen Familie de Greyff.«
Er machte eine Pause und fixierte Lacurt: »Wissen Sie, wie man mich da unten gehänselt hat, im Dorf, als Bub? *Dr Griiffarieder.*« Er sprach das Wort in Dialektform aus, spitz und hämisch, auf eine Weise, die Lacurt durch Mark und Bein fuhr. »Und warum? Weil man mich für den Bastard des edlen Herrn de Greyff hält, des *Griffon*, der meine Mutter geschwängert hat, als sie in seinem Haus als Magd gedient hat. Der Greifenrieder … eigentlich ein de Greyff und kein Rieder. Aber verstoßen von der einen, und nicht angenommen von der anderen Seite.«
Lacurt hatte diese ungeheuerliche Behauptung stumm gemacht. Er spürte die Wunden, die diesem Menschen zugefügt worden waren. Aber Rieder ließ ihm keine Zeit für mitleidige Gefühle. Fast triumphierend fuhr er fort:

»Ich bin gespalten wie ein Greif. Und ich werde beweisen, dass ich der wirkliche Greif bin. Wer den Greif hat, ist der Greif.«

Die letzten Worte hatte Rieder mehr zu sich selbst gesprochen. Er war damit der Frage zuvorgekommen, die Lacurt schon auf der Zunge gelegen hatte.

Rieder nahm seine Taschenlampe und suchte mit dem Lichtstrahl die Wand des Greifensaals ab, bis er das letzte Bild der Alexandersage fand:

»Sehen Sie dort die zwei Greife, die in Greifenried gelandet sind? Der eine trinkt ruhig aus dem Teich – das ist der legitime Sohn des Hauses, Ihr Schützling. Warum kommt er nicht selbst, um sein Gut zu schützen? Der andere hebt stolz den Kopf, späht nach Beute – das bin ich, der Bastard, der Verstoßene, der sich sein Recht erkämpfen muss.«

»Immundus«, flüsterte Lacurt.

»Immundus«, nahm Rieder gequält und gleichzeitig wie abwesend das Wort auf, als merkte er nicht, was er tat. *»Immundus mundus*, aus unrein wird rein.«

Wieder ließ Rieder den Lichtstrahl wandern, hinüber zum Kamin, zum Bild des Ahnherrn, bis der Brennpunkt des Lichtstrahls genau den Greifenpokal traf, dessen Silberfarbe aufleuchtete. »Das ist die wahre Legitimation eines de Greyff«, stieß er hervor. »Ich kann nicht ruhen, bis der Greif mein ist … Denn ich bin der Sohn des *Griffon*, Blut von seinem Blut. Eher sterbe ich, als dass ich vom Greif lasse, und wenn ich ihn mit blutigen Händen aus den Trümmern dieses Hauses holen muss.«

Sein Tonfall war immer drohender geworden. Jetzt erhob sich Rieder, richtete sich auf und schleuderte Lacurt die Worte entgegen:
»Schießen Sie auf mich oder lassen Sie mich gehen! Aber kommen Sie mir nicht zu nahe. Denn der Greif hat böse Klauen.«
Lacurt stand wie gebannt in der Mitte des Saales. Rieder ging langsam in einem Bogen um ihn herum und zur Tür. Als er sich abwandte, setzte Lacurt ihm mit einem Sprung nach. Aber Rieder hatte schon die Tür hinter sich zugeworfen.
Sollte er ihm nach? Im Gang hingen Waffen und dort gab es Verstecke, hinter denen Rieder ihm auflauern konnte. Lacurt blieb unschlüssig stehen, bis er hörte, wie unten die Haustür geöffnet und wieder geschlossen wurde. Nun machte er im Gang Licht und ging vorsichtig die Treppe hinunter. Als er an der Haustür horchte, vernahm er das Geräusch sich entfernender Schritte. Dann knarrte das Hoftor.
Lacurt trat ins Freie. Der Schlosshof lag verlassen da. Er spürte weder Lust noch Kraft, Rieder zu verfolgen. Kurz darauf heulte ein Motor auf. Ein Wagen fuhr davon. Es war dasselbe Motorengeräusch, das er beim Einschlafen vernommen hatte.
Lacurt begann am ganzen Leibe zu zittern. Von nun an war er, das spürte er, in ein Drama einbezogen, in dem es nicht mehr nur um die de Greyff ging. *Immundus – mundus.* Rieder hatte sich damit als jener zu erkennen gegeben, der das Blatt mit dem Greifenzeichen geschrieben hatte. Seine Drohungen kamen Lacurt in den Sinn.

Rieder würde vor nichts zurückschrecken, um an das zu kommen, was er das Seinige nannte.
Lacurt stand in der offenen Haustüre, ihm war elend und unheimlich zu Mute, und zugleich fror er nun in der Kühle der Nacht. Mechanisch langte er nach den Schlüsseln. Die Schlüssel wurden an einem verdeckten Ort aufbewahrt, wo Lacurt sie am Abend nach dem Schließen gewohnheitsmäßig hingehängt hatte. Sie hingen immer noch dort. Das bedeutete, dass Rieder einen Dietrich oder sonst ein Werkzeug besaß, mit dem er Tor und Tür aufschließen konnte. Die alten Schlösser boten also keine Sicherheit mehr. Trotzdem nahm Lacurt die Schlüssel vom Haken, um Hoftor und Haustür wie gewohnt zu schließen. Vor die Haustür schob er eine eisenbeschlagene Truhe, die in der Nähe stand.
Er konnte nicht in sein Zimmer zurückkehren, ohne zuvor einen Blick in den Greifensaal zu werfen. Er starrte auf die Stelle, wo Rieder gesessen hatte. Eine seltsame Kraft war von ihm ausgegangen, die Lacurt gebannt hatte. War Rieder wahnsinnig geworden? Welcher zerrissene, gequälte Geist tobte in ihm? Gespalten wie ein Greif …
Lacurt hatte unwillkürlich den übergroßen Greif im Blick, und er erschrak. Hatte dieser nächtliche Besuch genügt, das andere Bild vom Greif in ihm aufsteigen zu lassen, das Bild des besitzgierigen, menschenverschlingenden Ungeheuers, das der Greif den mittelalterlichen Beschreibungen und Abbildungen zufolge auch war? Aber war der Greifenrieder – wenn das mit diesem Spitznamen Gemeinte stimmte – nicht auf seine Weise im Recht? Lacurt

sah das weiche, freundliche Gesicht des jungen Maximilian de Greyff vor sich. Handelte er richtig, wenn er sich nur auf dessen Seite schlug?
Lacurt blickte wieder auf das große Greifengetäfer, das Rieder abgetastet hatte. Was hatte er dort gesucht? Er hatte es deutlich zu verstehen gegeben: den Greif, das heißt den Greifenpokal, das Wahrzeichen des Geschlechts und damit seine Legitimation.
Lacurt musste wieder an Maximilian denken. Da hatten zwei verfeindete Menschen – zwei Blutsverwandte? – ihr ganzes Leben an etwas gehängt, das es vielleicht gar nicht gab. Und er, Lacurt, hatte tage- und wochenlang demselben Phantom nachgejagt. War er der dritte Narr in diesem Geisterspiel? War dieser Greif ein dreifacher Schatten ihrer selbst, ein Hirngespinst?
Lacurt fröstelte immer noch. Er ging ins Schlafzimmer zurück, legte sich auf das Bett und deckte sich zu. Jener Onkel Max, in dessen Bett er da lag, war seine Leitfigur gewesen. Aber entpuppte sich dieser Mann, den er so bewundert hatte, am Ende als ein schäbiger, verantwortungsloser Lump? War der *Griffon* nichts als ein Schürzenjäger gewesen, der die Landmädchen geschwängert hatte, die in seinen Diensten standen? Doch der Ton, in dem der alte Albert damals von seinem Herrn und dessen Liebe gesprochen hatte, passte nicht zu einer solchen Vorstellung.
Draußen begannen schon die Vögel zu zwitschern. Nein, der Schlaf würde nicht mehr kommen. Lacurt stand auf, zog sich die wärmsten Sachen über und schob die gesicherte Pistole in seinen Gürtel. Dann ging er nach unten,

rückte die Truhe zur Seite, trat ins Freie, verschloss die Haustür, ging über den Hof, verriegelte das Hoftor, und stapfte den Berg hinauf.
Unter einer Wettertanne, die er schon oft aufgesucht hatte, weil sie einen freien Blick auf Greifenried bot, ließ er sich nieder. Er blickte auf das Schloss und zum Weiher – zum Ried –, wo das Schilf unbeweglich im Morgengrauen stand. Was immer auch geschehen mochte, hier würden keine ungeheuren Greifenvögel landen. Lacurt versuchte, das sanfte Bild des Schilfes in sich aufzunehmen. Sein Kopf sank vornüber.
Auf einmal fühlte sich Lacurt in die Lüfte emporgehoben. Er schaukelte in einem wild bewegten Riesenkorb, über dem links und rechts die Köpfe zweier übergroßer Adler zuckten, die sich mit ihren Schnäbeln zu zerhacken versuchten. Plötzlich ermattete der eine und gab dem Gegner seinen Hals preis. Das Gefährt neigte sich ruckartig zur Seite, und Lacurt stürzte in die Tiefe.
Benommen erhob er sich vom Boden. Die schwere Pistole drückte schmerzhaft gegen seine Rippen. Er wusste nicht, wie lange er geschlafen hatte. Er wusste nur, dass er sich aus dieser bösen Geschichte befreien musste.
Gestern war Freitag gewesen, also war es jetzt Samstag in der Frühe. An diesem Wochenende mochte er nichts mehr unternehmen. Aber am Montag würde er alles Inspektor Juvet melden und ihm das Weitere überlassen. Da wurde ihm schmerzlich bewusst, dass er wieder nichts in Händen hielt. Rieder hatte keine Fingerabdrücke hinterlassen, er hatte Handschuhe getragen. War alles nur ein Albtraum gewesen?

11 Sonntagmorgen. Trotz allem, was geschehen war, hatte Lacurt das Schloss nicht verlassen. Am Samstagvormittag war er zwar ins Dorf hinuntergegangen, mit der Absicht, den Autobus zu nehmen und heimzufahren. Aber dann hatte er stattdessen im Dorfladen Einkäufe gemacht und war wieder nach Greifenried emporgestiegen.

Eine gemächliche Wanderung durch die entlegensten Waldwinkel hatte ihm die ersehnte Ruhe gebracht und in der vergangenen Nacht hatte er tief und gut geschlafen. Nun saß er im obersten Stockwerk des Treppenturmes, schaute über das besonnte Land und hörte die Kirchenglocken der umliegenden Dörfer läuten.

Ein Auto hatte offenbar die Zufahrtsstraße nach Greifenried genommen. Gespannt blickte er auf die Wegbiegung, in der es jeden Augenblick auftauchen musste. Er hatte sich nicht getäuscht. Es war der kleine dunkelrote Wagen der de Greyff.

Lacurt eilte nach unten und zum Tor. Vor ihm standen Madame de Greyff und Maximilian, beide in Sonntagskleidern.

»Wir haben Sie in Freiburg nicht erreicht und uns schon gedacht, dass wir Sie hier antreffen würden«, begann Madame de Greyff. »Allerdings hat mir mein Sohn nicht erlaubt, unseren Besuch telefonisch anzukündigen. Es sollte eine Überraschung sein.«

»Die Ihnen auch geglückt ist«, erwiderte Lacurt mit einem Lachen.

»Übrigens«, warf Madame de Greyff ein, »soll ich Sie grüßen lassen, von Jeanne. Ein Bekannter von uns hat sie in Paris getroffen.«
»Und, und … geht es ihr gut?«, stotterte Lacurt verlegen, der sich nicht erinnern konnte, jemals mit Madame de Greyff über Jeanne gesprochen zu haben.
»Soweit ich weiß, geht es ihr gut«, erwiderte diese und sah ihn befremdet an. Dann blickte sie verstohlen zu ihrem Sohn, und Lacurt kam es vor, als ob dieser leicht errötet sei.
Ein Lebenszeichen von Jeanne, wenn auch nur ein Gruß! War das ein Grund zur Hoffnung oder war es ein Abschiedsgruß? Er hatte das Gefühl, dass Madame de Greyff ihm etwas vorenthielt.
»Wir wollen zum Kloster Hauterive und dort die Messe besuchen«, hörte er sie sagen. »Und wir möchten Sie einladen, mitzukommen. Danach könnten wir zusammen essen gehen.«
Sie war wieder da, stärker denn je, die Unruhe um Jeanne. Wenn er in der Nähe von Madame de Greyff bleiben würde, konnte er sie vielleicht später danach fragen. Also sagte er ohne Umschweife zu.
Die de Greyff waren, wie manche Freiburger Aristokraten, traditionsgebundene Katholiken, die es mit ihrer Sonntagspflicht sehr genau nahmen und die alte lateinische Messe bevorzugten, wie sie im Kloster Hauterive von den Zisterziensermönchen noch gesungen wurde.
Das in einer tiefen Schleife der Saane gelegene Hauterive mit der romanischen Kirche und dem barocken Klosterbau hatte es Lacurt schon immer angetan. Einmal, als er

in Dissertationsnöten gesteckt hatte, hatte er sich für ein paar Tage in das Kloster zurückgezogen, in dessen Gästehaus Zimmer vermietet wurden. Hauterive hatte er auch zusammen mit Jeanne besucht, war mit ihr am Fluss gewesen und hatte mit ihr die umliegenden Wälder durchstreift.

So kam es, dass Lacurt an sehr verschiedene Zeiten und Lebensumstände denken musste, als er neben Madame de Greyff und ihrem Sohn mit den wenigen Besuchern in der Kirche von Hauterive stand.

Vorne stimmte der Priester mit mächtiger Stimme die Lesung aus dem Evangelium an. *Sequentia sancti Evangelii secundum Ioannem*, hallte es durch den Kirchenraum.

Das *secundum Ioannem* klang in ihm nach. Es erinnerte ihn an etwas. Was konnte es nur sein? Natürlich, es war die verwandte Formel der Eintragung auf dem Blatt, die Wendung *secundum leonem.* Die verwandte Formel? Lacurt stutzte, begann zu überlegen. Gab es zwischen den beiden Formeln nicht einen Bezug? Johannes ... der Löwe ... etwas stimmte nicht und stimmte doch ... Aber warum diese Verbindung? Den verschiedenen Evangelisten, fiel Lacurt ein, waren Tiere als Symbolfiguren zugeordnet. Und der Löwe ... der gehörte nicht zu Johannes – dessen Symbolfigur war der Adler – der gehörte zu ... zu Markus. Der Markuslöwe! Fast hätte Lacurt das Wort herausgeschrien. Er musste wenigstens einen Laut ausgestoßen haben, denn Madame de Greyff sah ihn von der Seite fragend an.

Lacurt riss sich zusammen, doch er hörte nicht mehr, was vorgetragen wurde. Der Markuslöwe. Das hieß doch, dass

man das *move secundum leonem* als *move secundum Marcum* lesen konnte. So gelesen, sprach der Satz die Aufforderung aus, etwas gemäß oder nach Markus zu bewegen. Und diese Deutung – Lacurt griff sich an den Kopf – lag ja im Greifensaal so nahe. Denn links neben dem großen mittleren Getäfer mit dem Greifenbild war ein geflügelter Löwe mit einem Buch abgebildet, der als Abschluss der auf den Greifen zuschreitenden Löwen nichts anderes darstellte als eben den Evangelisten Markus. Das musste die richtige Deutung sein!
Aber wenn das der Deutungsweg war – wie war er zu gehen? Die Aufforderung, etwas nach Markus zu bewegen, ergab nur dann einen Sinn, wenn sie sich auf eine bestimmte Stelle des Markusevangeliums bezog. Er entsann sich, dass nach der Inschrift *move secundum leonem* auf dem Blatt eine Ziffer stand, die er bisher nicht zu deuten vermocht hatte: Nach dem Wurmloch kam ein Dreckhäufchen oder ein Punkt und die Zahl 46. Diese hatten Maximilian und er zunächst als Teil einer – wie sich herausgestellt hatte, unmöglichen – Jahreszahl gelesen. Wenn es sich also um die Angabe einer Textstelle aus dem Markusevangelium handelte? Dann, überlegte Lacurt, gab die Anordnung nur einen Sinn, wenn man das Dreckhäufchen als Punkt oder Komma las, und die Zahl 46 als Angabe des Verses. Das, was vor dem Punkt oder Komma gestanden hatte, dort, wo der Wurm sein Loch gefressen hatte, war folglich die Angabe des Kapitels. Doch diese Zahl fehlte.
Hatte dieser Wurm gerade dort sein Loch bohren müssen, damit er jetzt wieder vor dem Nichts stand? Oder war es

möglich, herauszufinden, um welches Kapitel es sich handelte, falls seine Deutung überhaupt zutraf? Hätte ich nur eine Bibel zur Hand, seufzte Lacurt, während die Leute um ihn andächtig der Predigt zuhörten. Dann gebot er seinen Grübeleien Einhalt, aber das wollte ihm nicht gelingen. Noch vor dem Ende der Messe schlich er sich mit einer Geste der Entschuldigung leise davon.

Madame de Greyff und Maximilian entdeckten ihn wenig später auf dem Vorplatz, wo er eifrig in einer Bibel blätterte, die er sich an der Klosterpforte ausgeliehen hatte. Doch glücklich sah er dabei nicht aus. »Keine Stelle ergibt einen Sinn. Es war bloß ein verrückter Einfall«, flüsterte er tonlos.

»Sie hatten eine Idee, wie man die Eintragung auf dem Blatt deuten könnte?«, fragte Maximilian zaghaft.

Lacurt nickte kaum merklich. Er sah nur die graubraune Felswand, die sich jenseits des Flusses hinter dem Kloster erhob. Madame de Greyff nahm ihm sanft die Bibel aus der Hand. Es war eine moderne französische Ausgabe. Um Lacurt abzulenken, sagte sie:

»Ich erinnere mich noch gut daran, wie mein Großvater uns an den Sonntagen aus seiner alten Bibel vorgelesen hat. Es war eine große lateinische Bibel. Er hat daraus immer zuerst auf Lateinisch rezitiert, bevor er uns die Stelle übersetzt hat.«

»Mein Gott, natürlich!« Lacurt schlug sich an die Stirn. Warum hatte er daran nicht gedacht? Wenn sich die Zahl auf dem Blatt auf eine Bibelstelle bezog, so folgte sie der Verszählung der lateinischen Vulgata, daran war kein Zweifel möglich. Und diese, das wusste Lacurt, wich an manchen Stellen von der Zählung der modernen Ausgaben ab. Hatte nicht an einer der Stellen, die in Frage kamen, der Vermerk gestanden, der Text sei verändert worden?

Lacurt wandte sich mit leuchtenden Augen an Madame de Greyff: »Eigentlich müsste ich Ihnen um den Hals fallen. Sie haben mir den entscheidenden Hinweis gegeben.«

»Heißt das, dass wir in der Vulgata nachschauen sollten?«, fragte Maximilian erwartungsvoll.

Lacurt nickte. »Genau das sollten wir tun.«

»Dann werde ich jetzt eine besorgen«, stieß Maximilian hervor und stürmte zur Klosterpforte.

Es dauerte eine geraume Weile, bis er wieder erschien, aber er hielt triumphierend eine große alte Bibel in der Hand. »Ich habe meine ganze Beredsamkeit aufbringen und meinen Ausweis hinterlegen müssen, um diese alte Ausgabe zu bekommen.«

Lacurt hatte in der Zwischenzeit in der französischen Bibel die Stelle gesucht und auch gefunden, wo ihm der Vermerk aufgefallen war. Er schlug nun die gleiche Stelle in der Vulgata nach. Immer wieder schaute er hin. Nein, es war nicht eine Täuschung seiner in der Mittagsonne flimmernden Augen, die ihn nun plötzlich einen Vers unter einer anderen Nummer sehen ließ. Es war wirklich die Zahl 46, die in der lateinischen Ausgabe vor diesem Vers stand. Und dieser Vers enthielt das, was Lacurt insgeheim erhofft hatte, nämlich eine Aufforderung zu einer Tat, die – Lacurts Herz schien auszusetzen, schlug dann aber umso heftiger – im Greifensaal einen genauen Sinn ergab.

»Ich habe es gefunden«, sagte Lacurt in einem Tonfall, dem man nicht anmerken sollte, wie aufgeregt er war. Dann sah er Maximilian in die Augen: »Heute werden wir den Greif finden oder nie.«
Maximilian schoss vor lauter Aufregung die Röte ins Gesicht.
»Wir fahren sofort nach Greifenried«, entschied Lacurt.
Maximilian übernahm es, die beiden Bibeln zurückzubringen.
»Geben Sie das dem Pförtner«, sagte Lacurt und drückte ihm einen Geldschein in die Hand.

Auf der Fahrt hatten sie wenig miteinander gesprochen. Ein Fieber schien alle ergriffen zu haben, und der junge de Greyff war schnell gefahren. Jetzt, da sie im Schlosshof standen, sahen er und seine Mutter Lacurt erwartungsvoll an.
»Auf in den Greifensaal«, sagte dieser nur.
Als sie das Schloss betraten, verschloss Lacurt von innen die Tür und schob die Truhe davor. »Ungebetene Besucher können wir im Moment nicht brauchen«, murmelte er dabei vor sich hin.
Sie stiegen zum Greifensaal empor. Lacurt ging zum Ehrensitz, von dessen Rückwand der mächtige Greif beherrschend in den Saal sah.
»Ich muss auf die Sitzbank steigen«, sagte er zu Maximilian, ohne eine Antwort abzuwarten. Schon war er oben.
Madame de Greyff hielt sich im Hintergrund, Maximilian jedoch stellte sich so vor die Sitzbank, dass er jede Bewegung Lacurts genau verfolgen konnte.

Lacurt stand prüfend vor dem Greif. In Augenhöhe hatte er dessen Adlerkopf vor sich. Sein Blick bohrte sich in das Greifenauge. Dann fuhr er mit der Hand darüber, tastete daran herum und folgte nun mit einem Finger dem Pupillenrand.
»Ist dort etwas Besonderes, sind Sie auf etwas gestoßen?«, fragte Maximilian aufgeregt.
»Hier, wo die Pupille ist, ist ein rundes Loch aus dem Getäfer gesägt … Die Pupille besteht aus einem Rundholz, das in das Holzbrett eingesetzt ist … Das passt«, stieß Lacurt hervor.
Lacurt begann, ganz vorsichtig mit den Fingernägeln an der Pupille herumzukratzen. Teilchen lösten sich und fielen auf die Sitzbank herunter. Maximilian bückte sich. »Das scheinen Wachsreste zu sein.«
»Ja«, ergänzte Lacurt, »damit ist die Mitte der Pupille überzogen worden … Hier ist eine Unebenheit … eine Vertiefung … ein Loch, als hätte man hineingebohrt.« Lacurt blies die letzten Wachsreste weg. Nach einer weiteren Prüfung der Stelle erklärte er: »Ich brauche jetzt ein Werkzeug, mit dem ich hineinbohren, und an dem ich zugleich ziehen kann … so etwas wie einen Korkenzieher, nur feiner.«
Maximilian sah Lacurt ratlos an, der seinerseits fieberhaft in seinem Gedächtnis zu suchen begann. Hatte er nicht irgendwo ein geeignetes Instrument gesehen? Da fiel ihm ein, dass in derselben Schublade, in der die Pistole von Onkel Max lag, sich auch ein Universalbesteck mit Schraubenziehern, Bohrern, Ahlen und dergleichen befand.
Er rannte in das Zimmer und kehrte mit dem Universalbesteck zurück. Er hatte sich auch die Pistole in den Gür-

tel geschoben, aber niemand schien sich daran zu stoßen. Unter den verschiedenen Einzelteilen, die man in den Griff des Bestecks einsetzen konnte, wählte er einen Bohrer. Er machte ihn am Griff fest, setzte das Werkzeug in der Mitte der Pupille an und begann es zu drehen. Mit jeder Drehung bohrte sich die Schraube tiefer in das Holz. Lacurt kam eine Vermutung, die zur Gewissheit wurde, als er merkte, wie genau die Schraube am Ende im Holz festsaß. »Schon Ihr Großonkel hat hier dasselbe Werkzeug benutzt«, bemerkte er zu Maximilian.
Dann richtete er sich auf, holte tief Atem. »Jetzt kommt die Stunde der Wahrheit. *Si oculus tuus scandalizat te, ejice eum.* Wenn dich dein Auge ärgert, dann reiß es aus.«
Mutter und Sohn verfolgten atemlos, wie Lacurt vorsichtig am Griff seines Werkzeugs zog. Zunächst geschah nichts. Dann setzte Lacurt beide Hände an den Werkzeuggriff. Holz knirschte, Lacurt zog wieder und wieder, und es gelang ihm, die Pupille ruckweise vom übrigen Auge zu lösen. Die Pupille entpuppte sich als ein starker Bolzen, der sich aus dem Getäfer herausziehen ließ und am Ende um mehr als eine Handbreite herausragte.
Der hervorstehende Bolzen ließ sich nun wie ein Holzstab fassen. Lacurt versuchte, den Bolzen in verschiedene Richtungen zu bewegen. Als er ihn nach unten zog, verschob sich plötzlich die breite Holzfüllung, auf der der Greif abgebildet war. Lacurt zog wieder, diesmal kräftiger. Das Brett glitt in dem Holzrahmen, der es einfasste, ein gutes Stück nach unten. Am oberen Rand des Bretts wurde die Mauer dahinter sichtbar.

Mit jedem Zug bewegte sich nun das Brett weiter nach unten. In der Wand erschien ein eingesetzter Balken mit einem Loch, in dem der Bolzen gesessen hatte. Die nächsten Bewegungen legten ein weiteres Stück der Mauer frei. Dann wurde der obere Teil eines Sandsteinquaders sichtbar, in den ein Kreuz eingeritzt war. Eine Rille zog sich vom Kreuz nach unten, die immer breiter wurde.

»Eine Nische«, flüsterte Lacurt den Umstehenden zu, als sich bei der nächsten Bewegung unter dem Sandsteinquader ein Hohlraum auftat.

Das Brett war jetzt so weit nach unten verschoben, dass Lacurt seine Hände auf den oberen Rand legen und es nach unten drücken konnte. Ein anhaltender, gleichmäßiger Druck, und das Brett versank hinter der Lehne der Sitzbank, bis der hervorstehende Bolzen das Niedergleiten stoppte.

»Der Greif ... der Greif ... der Greif!« Dreimal stieß Maximilian das gleiche Wort hervor, zuerst laut und dann immer leiser. Hinter dem verschobenen Brett war eine aus Sandsteinquadern gefügte Nische zum Vorschein gekommen, wie Lacurt vorausgesagt hatte. Und in dieser Nische stand ein hoher Pokal, der wie ein Greif aussah – er hatte die gleiche Form, die an der gegenüberliegenden Wand auf dem Bildnis des Ahnherrn Maximilian zu sehen war.

Was sie lange gesucht hatten, ohne zu wissen, ob sie dabei einem Phantom oder etwas Wirklichem nachjagten, stand nun leibhaftig vor ihren Augen.

Lacurt stieg von der Sitzbank herunter und trat hinter Maximilian und seine Mutter.

Die Zeit stand still. In der Nische schimmerte der Greif. Licht umflutete seine Konturen. Er strahlte im Brennpunkt des Saales. Der matte Glanz des gedunkelten Silbers schien sich allen Gestalten mitteilen zu wollen. Es war, als schritten die Löwen zur Linken und die Adler zur Rechten auf ihren geheimen, wiedergekehrten Herrscher zu.

Lacurt besah sich nun die Nische genauer. Das in Stein gehauene Kreuz über der Nische ließ darauf schließen, dass sie ursprünglich einem religiösen Zweck gedient hatte. Der Greifensaal, so wollte es die Überlieferung, und darauf deuteten auch die hohen Fenster hin, war ursprünglich die Kapelle eines Priorats gewesen. Das Schloss war nach den Burgunderkriegen auf den Ruinen dieses Priorats erbaut worden. So ließ sich die Entstehung dieses geheimen Ortes leicht erklären. Als beim Umbau zum Greifensaal in der ehemaligen Kapelle das Gestühl und das Halbgetäfer eingebaut worden waren, war die Nische verdeckt und zugleich als Versteck angelegt worden.

»Darf ich?«, fragte Maximilian de Greyff voller Ehrfurcht und deutete auf den Pokal.

»Nur zu, er gehört Ihnen«, antwortete Lacurt.

Vorsichtig hob Maximilian den Pokal mit beiden Händen aus der Nische. Erst jetzt bemerkten sie die Kette, die neben dem Pokal in der Nische auf einem dunkelroten Samttuch lag. Es war die Halskette der Ritter vom Kannenorden, wie sie der Ahnherr Maximilian auf dem Gemälde trug.

Maximilian setzte den Pokal auf die Bank. Auf dem Bild hatte man die Form des Pokals nicht klar erkennen können. Nun war zu sehen, dass am Greif zwischen den Flü-

geln ein Scharnier angebracht war. Sein oberer Teil, der Adlerkopf, bildete den Deckel des Pokals, sein unterer Teil, der Löwenleib, das eigentliche Trinkgefäß.
Maximilian warf einen fragenden Blick auf Lacurt.
»Öffnen Sie ihn ruhig«, ermunterte ihn dieser.
Maximilian klappte vorsichtig den Deckel hoch.
Im Bauch des Löwen lagen drei verschnürte Leinensäckchen. Alle ahnten, was die Säckchen enthielten, aber niemand sagte etwas.
Maximilian band die Säckchen auf und sie warfen, einer nach dem andern, einen scheuen Blick hinein. »Das Gold deines Großonkels, das wir verloren glaubten«, flüsterte Madame de Greyff ihrem Sohn zu.
Eines der Säckchen enthielt Steine von einer Beschaffenheit und Farbe, wie sie noch keiner von ihnen gesehen hatte. Lacurt erinnerte sich, dass Onkel Max als Geologe in Südafrika gearbeitet hatte. Er äußerte die Vermutung, dass es sich um rohe Diamanten handeln könnte.
»Dann wären sie wertvoller als das Gold«, bemerkte Maximilian. Sohn und Mutter sahen sich an. Sie ahnten, was dieser Fund für sie bedeutete.
»Wir sollten jetzt an die nächsten Schritte denken«, brach Lacurt das Schweigen. »Der Pokal samt Inhalt muss an einen sicheren Ort gebracht werden.«
Der junge de Greyff deutete auf die Nische.
»Hier ist er nicht mehr sicher«, sagte Lacurt entschieden. »Im Greifensaal ist bereits nach ihm gesucht worden. Hier wird man weiter suchen. Ich weiß, was ich sage.«
Lacurt hatte die letzten Worte mit großem Nachdruck ausgesprochen, aber weder Madame de Greyff noch

Maximilian verlangten nach einer Erklärung, sondern überlegten stattdessen, ob sie den Greif in ihre Freiburger Wohnung mitnehmen sollten. Lacurt sah, wie schon der bloße Gedanke daran Madame de Greyff beunruhigte, und so machte er den Vorschlag, den Greif im Safe einer Bank zu verwahren. Aber die de Greyff hatten keine persönliche Beziehung zu einem Freiburger Bankier, und irgendeinem Bankangestellten, auf dessen Redlichkeit und Diskretion sie nicht zählen konnten, wollten sie das Erbstück nicht in Verwahrung geben.
Schließlich schien Madame de Greyff ein Gedanke zu kommen. Sie sah Lacurt an.
»Könnten Sie nicht den Greifenpokal in Ihrer Heimat in Graubünden verwahren, bis …« – sie atmete tief durch – »bis hier alles geklärt ist?«
Maximilian stimmte ihr zu und Lacurt musste nicht lange überlegen. Ein Jugendfreund von ihm leitete in seinem Heimatort eine Bankfiliale. Ihm konnte er voll und ganz vertrauen. Dort, so erklärte er Mutter und Sohn, wäre der Greif in Sicherheit.
Nun, da sich Lacurt für die sichere Aufbewahrung des Fundes verantwortlich fühlte, wollte er jede Gefahr ausschließen. Er beschloss, noch am selben Tag mit dem Greif direkt nach Graubünden zu reisen. Um jede unliebsame Begegnung zu vermeiden, sollte ihn Maximilian mit dem Auto nach Bern fahren, wo er den Zug nach Zürich und weiter nach Chur nehmen wollte.
Die Säckchen wurden verschnürt und wieder in den Löwenleib des Pokals gelegt. Im Haus fanden sie einen alten kleinen Lederkoffer, in dem sie den Greif sorgfältig

verstauten, so dass er keinen Schaden nehmen konnte. Sie entschieden, auch die Halskette zu ihm in den Koffer zu legen.

»Fällt Ihnen nichts auf?«, fragte Lacurt Maximilian, der die Kette in seinen Händen hielt.

Maximilian stutzte: »Etwas scheint zu fehlen.«

»Es fehlt der Anhänger der Kette«, ergänzte Lacurt. Er wies auf das Bildnis des Ahnherrn, wo an der Kette ein in Silber getriebener Greif mit der Devise *Por bon amor* hing.

Obwohl sie noch einmal genau nachsahen, konnten sie den Anhänger nirgends entdecken.

»Seltsam«, murmelte Lacurt. Niemand fand für das Fehlen des Anhängers eine Erklärung.

Als der Koffer wohl verschlossen war und Lacurt ihn prüfend anhob, sah Madame de Greyff etwas betreten an ihm herunter:

»Ich glaube, die Pistole von Onkel Max sollten Sie besser hier lassen.«

Lachend zog Lacurt das schwere Ding aus seinem Gürtel. »Sie haben völlig Recht. Ist auch viel bequemer so.« Doch dann fügte er, wieder ernst geworden, hinzu: »Aber eigentlich wäre es mir doch lieber, wenn ich sie bei dieser Mission dabeihätte.«

Auch dafür fanden sie schließlich eine Lösung. Lacurt steckte sie in eine unauffällige Jagdtasche von Onkel Max, die er sich über die Schulter hängte.

Die Autofahrt nach Bern verlief ohne Zwischenfälle. Lacurt hatte sich mit Koffer und Tasche auf die Rückbank gesetzt, und Madame de Greyff hatte vorne neben ihrem Sohn

Platz genommen. Eine jungenhafte Unbekümmertheit hatte Maximilian ergriffen, die auch Lacurt erfasste.

»Meister«, begann Maximilian, »Sie müssen mir noch erklären, wie Sie darauf gekommen sind, was die Eintragung auf dem Blatt zu bedeuten hatte.«

»Verstehen und Erklären, das war *Ihr* Prüfungsthema«, mahnte ihn Lacurt.

»Aber Meister, ich bin Ihr Schüler«, drängte Maximilian.

»Es steht geschrieben«, zitierte Lacurt mit derselben Stimme wie im Greifensaal: »*Si oculus tuus scandalizat te, ejice eum.* ›Wenn dich dein Auge ärgert, dann reiß es aus.‹ Ich habe Ihnen die Lösung doch schon längst genannt.«

»Ich habe schon begriffen, dass das die Lösung ist«, stöhnte Maximilian, »aber ich verstehe nicht, wie Sie auf die Lösung gekommen sind.«

»Es handelt sich um Kapitel 9, Vers 46 des Markusevangeliums – sofern man die Zählung der Vulgata zu Grunde legt«, erklärte Lacurt. »Eine der Zahlen müsste Ihnen bekannt vorkommen.«

»Natürlich, die Zahl 46, sie stand auf dem Blatt hinter dem Wurmloch. Dann war also damit keine Jahreszahl, sondern eine Verszahl aus der Bibel gemeint.«

»So ist es.«

»Aber wie sind Sie darauf gekommen, die Zahl als Verszahl zu lesen?«

Lacurt erzählte, wie ihm die Idee beim Anstimmen des Evangeliums gekommen war.

»Es lag eigentlich nahe, das *move secundum leonem* auf den Löwen zu beziehen, der dem Greif am nächsten steht

und den Evangelisten Markus darstellt«, bemerkte Maximilian. »Wir hatten die Lösung ständig vor Augen, ohne sie zu sehen.«
Lehrer und Schüler waren sich einig, dass ihnen der geheime Einklang der Zeichen und Figuren nicht aufgegangen war.
»Eines ist mir noch nicht klar«, begann Maximilian wieder. »Sie hatten nur die Verszahl, aber nicht das Kapitel – die Kapitelzahl hat wahrscheinlich dort gestanden, wo jetzt das Wurmloch ist. Wir haben ja gesehen, wie Sie das Markusevangelium durchgeblättert haben. Aber woher haben Sie gewusst, welcher Vers 46 der richtige war?«
»Es gibt im ganzen Markusevangelium nur wenige Kapitel – fünf, wenn ich mich recht erinnere –, die so lang sind, dass darin ein Vers 46 vorkommt«, antwortete Lacurt. »Und für die richtige Wahl unter diesen wenigen gab es zumindest zwei Kriterien.«
»Welche?«, fragte Maximilian gespannt.
»Verstehen und Erklären«, sagte Lacurt gelassen. »Darauf müssten Sie eigentlich selber kommen.«
»Er muss auf die Straße achten«, warf Madame de Greyff ein.
»Nun gut«, willigte Lacurt ein. »Die zwei Kriterien, die ein Vers erfüllen musste, um in Frage zu kommen, waren die folgenden: Erstens musste sich der Vers in irgendeiner Form auf die Greifendarstellung, das heißt auf das Getäfer mit dem Greif beziehen lassen. Zweitens musste er eine Handlungsanweisung enthalten – etwas, das man am Getäfer machen musste.«

»Und mit diesen Kriterien sind Sie zunächst in eine Aporie geraten, um nicht zu sagen gescheitert, wenn ich mich recht erinnere«, bemerkte Maximilian.
»Sie haben Recht«, nahm Lacurt die Bemerkung auf. »Die Stellen mit der Verszahl 46, die ich in der modernen Ausgabe fand, erfüllten die zwei Kriterien in keiner Weise. Sie ließen sich nicht auf den Greif beziehen, und sie enthielten keine Handlungsanweisung. Ich war am Ende meiner Weisheit, stand vor einer Wand.«
»Dann«, fuhr Lacurt nach einer Pause fort, »haben Sie, Madame, erzählt, dass Ihr Großvater die Bibel auf Lateinisch gelesen habe. Da habe ich gewusst, dass ich die Vulgata heranziehen musste, und im neunten Kapitel, wo in der modernen Ausgabe ein Vers mit der Zahl 46 fehlt, fand ich in der Vulgata unter dieser Nummer den Vers vom Ausreißen des Auges, der beide Kriterien erfüllte. Die Fortsetzung kennen Sie.«

Als Lacurt in Bern den Zug bestieg, hatte er das Glück, ein leeres Abteil zu finden. Bei der Abfahrt winkte er Mutter und Sohn mit der rechten Hand zu, während seine Linke immer noch krampfhaft den Griff des kleinen Lederkoffers umschlossen hielt.
Lacurt setzte sich so, dass er den Lederkoffer links zwischen sich und dem Fenster und die Tasche mit der Pistole rechts neben sich hatte. Seine Linke ruhte auf dem Lederkoffer. Hier lag er verborgen, der Greifenschatz, der selbst ein silberner Greif war. Gefunden und beschützt durch ihn, Lacurt, den Hüter des Grals. Morgen würde der

Greif in einem sicheren Banksafe ruhen, bis er ihn dem Erben zurückgeben konnte.
Ein bisher nie gekanntes Hochgefühl überkam Lacurt. Er atmete tief durch, seine Brust weitete sich.
Da ließ ihn der scharfe Befehlston einer Männerstimme heftig zusammenzucken. Er fuhr mit der Hand in die Tasche, griff nach der Pistole. Fast hätte er sie herausgerissen. Aber es war nur ein mürrischer Schaffner, der die Fahrkarte verlangte. »Du eingebildeter Narr«, murmelte Lacurt zu sich selbst, als er danach kramte.

12

Hinter dem ehemaligen Stadtpalais der Familie de Montenach, das zu einem Appartementhaus umgebaut worden war, lag ein alter, in Terrassen ansteigender Garten. Durch das regelmäßig angeordnete, ausgewaschene Mauerwerk zog sich eine steinerne Treppe nach oben. Auf der obersten Terrasse hatte sich als letztes Überbleibsel vergangener Herrlichkeit eine knorrige, von Wind und Regen zerzauste Weide gehalten. Sonst war dort, wo früher Buchsbaumhecken und Rosenbeete gewesen sein mochten, einfacher Rasen, den der Concierge des Hauses mähte und an seine Kaninchen verfütterte. In diesem Haus befand sich zur Gartenseite hin Lacurts kleine Wohnung, wohin er vor wenigen Tagen nach erfüllter Mission aus Graubünden zurückgekehrt war.
Es dämmerte schon, als er aus dem Fenster sah. Dunkle Gewitterwolken türmten sich am Himmel. Der Concierge Bächler, ein wohl beleibter Sechziger, mit dem sich Lacurt

ganz gut verstand, versuchte in aller Eile, das Heu auf der Wiese, die an den Garten grenzte, einzubringen. Stammte Bächler nicht aus demselben Dorf wie Rieder?
Lacurt ging in den Garten hinaus. Die Schäferhündin des Concierge, die ihrem Herrn an Leibesfülle nicht nachstand, begrüßte ihn mit freudigem Gebell. Lacurt stieg die Gartenterrassen empor, ging durch das zur Wiese führende Gartentor und trat zu dem schwer atmenden und schwitzenden Bächler, der eine Pause eingelegt hatte und sich auf seinen Rechen stützte.
»Sieht ganz so aus, als ob es gleich losgehen würde«, bemerkte Lacurt mit einem Blick in den Himmel und nahm ohne ein weiteres Wort die Heugabel in die Hand, die aufrecht im Boden steckte.
»Vielleicht schaffen wir es noch«, rief Bächler seinem freiwilligen Helfer zu und griff wieder zu seinem Rechen.
Lacurt hatte auf seinen Graubündner Bergen gelernt, wie das Heu einer abfallenden Wiese einzubringen war. Er als der Jüngere und Gewandtere trug auch die vollen Heublachen auf seinem Rücken nach unten. Als die Blitze durch den schwarzen Himmel zuckten und die ersten schweren Regentropfen fielen, war alles Heu in dem kleinen Schober neben dem Haus untergebracht.
Bächler wischte sich den Schweiß von der Stirn. »Das war Hilfe zur rechten Zeit und gute Arbeit.« »Die mir einen großen Durst gemacht hat«, schloss Lacurt. »Ich hätte Bier«, erwiderte Bächler. »Und ich eine gute Flasche Veltliner«, fügte Lacurt hinzu.
Sie beschlossen, die Getränke zu holen und sich in dem ebenerdigen, gewölbten Raum zu treffen, den Bächler für

solche Zwecke mit einem alten Holztisch und Sitzbänken ausgestattet hatte.
Bächler sah mit Behagen auf die Literflasche Veltliner, die Lacurt entkorkte, nachdem sie ihren ersten Durst mit Bier gestillt hatten. Lacurt wusste, was nun kommen würde.
»Ihr Landsmann Capaul hat auch gern Veltliner getrunken.« Capaul war Bächlers bester Kamerad in der ›Union instrumentale‹ gewesen, der Blasmusik der Freiburger Arbeiterschaft. Lacurt hörte sich Bächlers Erinnerungen an gemeinsame Fahrten und Feste an, als vernehme er sie zum ersten Mal.
»Ja, die alten Zeiten …« Bächler war rührselig geworden. Der Gegenwart konnte er nicht viel Gutes abgewinnen. Er erzählte Lacurt von einem Mieter, der wegen Zahlungsunfähigkeit aus dem Haus geworfen worden war. Weitere Missetaten, die im Viertel begangen worden waren, folgten, und so kam die Rede auch auf das Museum und die Geschichte von der gestohlenen und wieder gefundenen Diana. Der Fall war immer noch nicht aufgeklärt.
»Die Polizei nimmt an, dass der Dieb einen Komplizen im Museum gehabt hat«, bemerkte Lacurt. »Ein junger Mann, ein Bekannter von mir, der dort arbeitet, ist verdächtigt worden«, fügte er noch hinzu, bevor er das Gespräch in die gewünschte Richtung lenkte: »Kennen Sie eigentlich den Rieder? Stammt der nicht aus Ihrem Dorf?«
»*Dr Griiffarieder?*«, entfuhr es Bächler. Dann schien er sich darauf zu besinnen, dass sein Gegenüber ja nicht aus demselben Dorf kam. Aber Lacurt nagelte ihn sofort fest: »Ja, der Greifenrieder. Seine Mutter, die an der Univer-

sität als Putzfrau arbeitet, die müssten Sie doch eigentlich auch noch kennen?«

Bächler brummte nur unwirsch etwas vor sich hin.

»Sein Vater ist wohl sehr früh gestorben?«, fragte Lacurt unbeirrt weiter.

Bächler wurde blass. »Ich habe ihn damals zusammengelesen«, sagte er leise.

»Ein Unfall?«, fragte Lacurt nach einer Pause ebenso leise zurück.

»Ja, beim Militär. Er ist von einem Minenwerfer zerrissen worden … Sie wissen, was ein Rohrkrepierer ist?«

Lacurt nickte. Er hatte in der Rekrutenschule von diesen fürchterlichen Unfällen gehört. Wenn eine Mine nicht zündete, das Versagen nicht bemerkt und eine zweite Mine ins Rohr gelegt wurde, brachte diese die erste zum Explodieren …

»Ich war als Sanitäter beim gleichen Bataillon.«

Bächler nahm das Glas und trank einen großen Schluck. Dann erfuhr Lacurt, dass Rieder nur wenige Wochen zuvor geheiratet hatte.

»Wir haben damals alle gestaunt, im Dorf, dass die hübsche Agnes plötzlich den Rieder genommen hat, den sie vorher immer hat abblitzen lassen. Und einige Monate später war dann das Kind da. Das Kind war anders als die Rieders. Die Agnes hat oben auf Schloss Greifenried gedient. Und dann hat jemand angefangen, das Kind den Greifenrieder zu nennen. Böse Gerüchte sind aufgekommen. Aber … ich kann es auch nicht leugnen, der Bub ist dermaßen aus der Art geschlagen, dass auch die Rieders ihn nie als einen der ihren angenommen haben.«

»Und die Mutter?«
»Die Mutter hat immer so getan, als ob sie das Geschwätz nicht hören würde. Sie hat nie über die Sache gesprochen und sich immer mehr abgesondert. Dann, als das Wenige, das sie von den Rieders geerbt hatte, verbraucht war, hat sie mal hier und mal dort gearbeitet. Als sie dann die Stelle als Putzfrau an der Universität bekommen hat, ist sie in die Stadt gezogen. Der Junge war gescheiter als alle anderen, wahrscheinlich war das der Grund, warum er sich mit ihnen nicht vertragen hat. Seine Schulkameraden haben ihn gehänselt, die älteren haben ihn verprügelt … Die Mutter ist auch deshalb in die Stadt gezogen, damit er aufs Gymnasium gehen und studieren konnte. Er ist jetzt sehr hochtrabend. Einige im Dorf bewundern ihn, andere, vor allem die Rieders, mit denen er nichts mehr zu tun haben will, die verachten ihn heute noch mehr als damals.«
Lacurt war genug mit dörflichen Verhältnissen vertraut, um sich das alles sehr genau vorstellen zu können.
Er schenkte sich und Bächler ein letztes halbes Glas ein.
»So, jetzt ist die Flasche leer«, sagte Bächler lakonisch. »Ich muss noch nach meinen Kaninchen sehen, ob sie das Gewitter gut überstanden haben.«
Sie leerten beide ihre Gläser in einem Zug.

Der alte Albert hatte die Operation leidlich überstanden. Aber eine Durchblutungsstörung hatte einen weiteren Eingriff notwendig gemacht. Er durfte das Spital noch nicht verlassen.
Lacurts Besuch – es war nicht sein erster – hatte er mit aufrichtiger Freude begrüßt. Ja, in Greifenried gehe alles

gut. Er, Albert, würde es so wieder vorfinden, wie er es verlassen habe. Von dem entdeckten Greifenschatz und von Rieders nächtlichem Besuch erzählte er vorläufig noch nichts.

»Sie haben doch Vertrauen zu mir, Albert«, sagte er stattdessen.

Der Alte nickte ohne Umschweife.

»Würden Sie mir auch etwas über Ihren alten Herrn anvertrauen, das sie niemandem sonst sagen würden?«

»Kommt darauf an«, antwortete Albert und sah ihn neugierig an.

»Es geht um die Ehre des alten Herrn«, begann Lacurt vorsichtig.

»Die lasse ich von niemandem antasten, auch nicht von Ihnen«, brummte Albert mit einem bedrohlichen Unterton.

»Eben wegen seiner Ehre muss ich jedoch eine alte Geschichte aufrühren.«

Albert war still geworden und sah Lacurt erwartungsvoll an.

»Es geht um den Rieder – den Greifenrieder.«

Der Alte zuckte ärgerlich zusammen. Dann machte er eine heftige, abwehrende Handbewegung.

»Rieder glaubt, dass er … der Sohn von Maximilian de Greyff ist«, sagte Lacurt.

»Das ist er nicht«, fuhr Albert auf. Er sah Lacurt abweisend an. »Der Mann ist verrückt.«

»Verrückte können gefährlich werden, sehr gefährlich. Rieder schreckt vor nichts zurück. Es wäre besser, wenn er die Wahrheit erfahren würde.«

Albert wand sich gequält in seinem Bett.

»Der alte Herr konnte nie so etwas tun ... Er hat der Agnes sogar Geld zukommen lassen, als sie in Not gewesen ist.«

Lacurt erwiderte nichts. Albert stöhnte. Auch er hatte gemerkt, wie unterschiedlich eine solche Handlung ausgelegt werden konnte.

»Man erzählt, der alte Herr sei nicht nur ein großer Jäger gewesen ...«, begann Lacurt vorsichtig wieder.

Der Alte hatte den Wink verstanden. »Die Frauen sind *ihm* nachgelaufen«, bemerkte er vorwurfsvoll. »Aber das waren immer Damen aus der Gesellschaft. Er hat sich nie mit Bauernmädchen eingelassen.«

»Also hat er doch viele Frauen geliebt?«

»Er hat nur *eine* Frau geliebt«, erwiderte Albert empört. Er wandte sich von Lacurt ab und starrte gegen die Wand. Er hatte offenbar zu viel gesagt. Ein minutenlanges Schweigen folgte.

»Albert«, sagte Lacurt leise und suchte die Hand des Alten, »ich habe Ihnen kein Geheimnis entlocken wollen. Sie sind Ihrem Herrn nicht untreu geworden. Aber Sie könnten helfen, ein Unglück zu verhindern. Lebt diese Frau noch?«

Der Alte blickte immer noch geradeaus, an Lacurt vorbei. Dann wandte er Lacurt langsam wieder sein Gesicht zu: »Ja, sie lebt noch.«

»Wo?«

»In Freiburg.«

»Sie müssen mir ihren Namen nennen. Ich verspreche Ihnen, dass ich das Geheimnis Ihres Herrn nicht preisgeben werde.«

»Sie versprechen es?«

»Ja.«

Der Alte schien einen heftigen Kampf mit sich auszufechten. Als Lacurt schon glaubte, dass er für immer schweigen würde, sagte er einfach:

»Hélène d'Altenach.«

Die Augen des alten Dieners hatten sich mit Tränen gefüllt.

Unweit von Freiburg lag hinter den Wohnblöcken einer in wenigen Jahren aus dem Boden gestampften Siedlung ein altes Herrenhaus. Es war unversehrt erhalten geblieben und ragte wie ein Findling in die neue Zeit hinein. Regelmäßig hatte Lacurt bei Spaziergängen einen Umweg gemacht, um dieses ländliche und zugleich herrschaftliche Anwesen aus dem frühen achtzehnten Jahrhundert aus der Nähe betrachten zu können. Das Haus stand an einem Abhang, und so konnte man vom erhöht vorbeiführenden Weg in den Garten blicken. Auf einer einfachen Wiese waren in regelmäßiger Form Rosenbeete angelegt, die von Buchsbaumhecken eingefasst wurden. An der Südseite des Hauses waren eine Sonnenuhr, ein gekröntes Wappen und eine Jahreszahl angebracht. Hinter der hohen, zum Garten führenden Glastür ließ sich die Herrlichkeit eines mit Louis-Quatorze-Möbeln bestückten französischen Salons erahnen.

An diesem Tag sollte Lacurt dieses Haus betreten. Er war auf vier Uhr nachmittags zur Herrin des Hauses, Baronin Hélène d'Altenach, geladen. Madame de Greyff hatte der Dame, die eine ferne Verwandte war und respektvoll Tante Hélène genannt wurde, Lacurts Wunsch über-

mittelt, sie besuchen zu dürfen. Die alte Baronin hatte sich ohne Umstände bereit erklärt, ihn zu empfangen.
Trotzdem war Lacurt seiner selbst nicht ganz sicher, als er pünktlich durch das eiserne Gartentor schritt. Er wünschte sich die Ruhe der mächtigen Platanen, welche die Eingangsseite des Hauses schützten. Neben der Tür hing noch der ursprüngliche Klingelzug, und vorsichtig und langsam zog Lacurt an dem gedrechselten Griff.
Eine ältere, schwarz gekleidete Frau öffnete. War das die Baronin? Lacurt verneigte sich stumm.
»Madame la Baronne erwartet Sie im Salon«, sagte die Frau freundlich und geleitete Lacurt durch die Halle. Sie öffnete eine Flügeltür, hinter der der Salon lag. Eine Dame in einem hellen Spitzenkleid mit schneeweißen Haaren erhob sich und kam Lacurt entgegen. Sie begrüßten sich, und die Baronin lud ihn mit einer Handbewegung zum Sitzen ein.
Lacurt war von der Schönheit der klaren, fast durchsichtigen Gesichtszüge und der hoheitsvollen, kaum gebeugten Gestalt bezaubert. Er genoss das Formen- und Farbenspiel des Raumes, in dem noch etwas vom Glanz des fernen Sonnenkönigs zu leuchten schien. Unter den Ahnenbildern fiel ihm das Porträt einer höchst anmutigen jungen Frau auf. Genauso graziös musste die Herrin des Hauses in ihrer Jugend ausgesehen haben.
»Tee oder Sherry?«
Die Frage riss Lacurt aus seiner Träumerei. Sie entschieden sich für Sherry. Die ältere Frau, die Lacurt in den Salon geleitet hatte, holte eine Karaffe und Gläser.
»Sie sind mir kein Unbekannter«, begann die Baronin.

»Madame de Greyff hat mir erzählt, dass Sie schon viel für sie und ihren Sohn getan haben.«
Lacurt wusste darauf nichts zu erwidern.
»Sie hat mir auch berichtet, dass Sie in Greifenried nach dem Rechten sehen, seit der alte Albert im Spital ist.«
Lacurt nickte.
»Außerdem hat sie angedeutet, dass Sie in Greifenried etwas sehr Wertvolles gefunden haben.«
War diese Frau in alle Geheimnisse eingeweiht? Lacurt wusste nicht, was er antworten sollte.
»Wollen Sie mir nicht sagen, was Sie gefunden haben?«
Die alte Frau lächelte ihn überlegen an: »Wenn Sie das gefunden haben, was ich meine, dann haben Sie nicht alles gefunden.«
Was bedeutete diese rätselhafte Anspielung? Lacurt dachte einen Augenblick nach, bevor er langsam und leise sagte: »Die Kette war da, aber der Anhänger mit der Inschrift fehlt.«
Die Baronin senkte die Augen. Lacurt glaubte zu sehen, wie ihre Hände zitterten.
»Wer hat Ihnen meinen Namen genannt?«, flüsterte sie ohne aufzublicken.
Was sollte er antworten? Dieser Frau gegenüber konnte er nicht lügen. »Der alte Albert.«
Ein schmerzliches Zucken ging um ihren Mund, aber sie erwiderte nichts. Ein langes Schweigen folgte, bis die Baronin ihn schließlich aufforderte zu erzählen, wie er den Pokal und die Kette gefunden hatte.
Lacurt berichtete vom Blatt mit der Eintragung, das der junge Maximilian gefunden hatte, von der vergeblichen

Suche und seinem plötzlichen Einfall. Die Geschichte mit Rieder ließ er vorläufig aus. Erstaunt hörte sie ihm zu. Nun konnte Lacurt seine Fragen nicht mehr zurückhalten: »Sie wussten also um das Versteck und den Schatz?«

Die Baronin nickte. »Maximilian hatte vorgesorgt. Sein Großneffe sollte spätestens nach meinem Tod den Schatz erhalten. Es gibt Geheimnisse, die man lieber mit ins Grab nehmen würde. Aber ich werde zu alt ...«

»Also hätte ich besser nicht danach gesucht«, sagte Lacurt enttäuscht.

»Vielleicht ist es besser so«, erwiderte die alte Dame vielsagend und schwieg.

»Darf ich erfahren, wie Maximilian de Greyff das Versteck gefunden hat?«

Onkel Max hatte das Blatt mit der Eintragung unter alten Familienpapieren gefunden. Aber er hatte schon vorher geahnt, wo der Greifenpokal versteckt war. Dann hatte er das kleine Bohrloch im Greifenauge entdeckt, das er später sorgfältig mit Wachs verdeckte. Die Bedeutung der Eintragung war ihm allerdings erst aufgegangen, als er das Versteck bereits gefunden hatte. »Er war ein Spurenleser, Sie sind ein Schriftgelehrter«, schloss sie ihren Bericht.

Verstehen und Erklären, dachte Lacurt. Onkel Max und er waren auf verschiedenen Wegen zum gleichen Ziel gelangt.

»Ich glaube, dass nicht nur der junge Maximilian und ich die Bedeutung dieses Blattes erahnt haben«, warf Lacurt ein. Er berichtete von Rieder. Sie hörte mit stummer Empörung zu.

»Und jetzt wollen Sie von mir wissen, ob Maximilian de Greyff einen illegitimen Sohn hat? Sind Sie deshalb zu mir gekommen?«
»Ich habe gehofft, dass Sie mir helfen würden, Rieder zur Einsicht zu bringen. Wir könnten ein Unglück verhindern, wenn wir ihm nur begreiflich machen könnten, dass er nicht der Sohn von Maximilian de Greyff ist.«
Ein Schweigen folgte, das nicht aufzuhören schien. Lacurt wagte nicht aufzublicken. Plötzlich hörte er die Baronin sagen:
»Es gibt keinen Sohn Maximilians.«
Eine unendliche Trauer lag in diesem Satz.
Erhob sich nun die Frau, um ihn zu verabschieden? Sie schien unschlüssig. Lacurt wollte sich ebenfalls erheben. Dann bedeutete sie ihm mit einem stummen Zeichen, dass er sitzen bleiben solle. Sie war plötzlich wie verwandelt, als trete sie in einen Lichtkreis.
Sie ging langsam, fast feierlich zu einem reich eingelegten, von Säulen getragenen Schrank. Als sie die Türen öffnete, erkannte Lacurt an den vielen innen eingebauten Kästchen, dass es sich um einen jener seltenen Kabinettschränke handelte, für die Freiburg berühmt war. Inmitten der Kästchen war eine weitere kleine Tür angebracht. Der Schrank schien immer Geheimeres zu bergen, denn hinter dieser Tür zeigten sich wiederum Kästchen kleineren Ausmaßes. Die Baronin nahm eines dieser Kästchen heraus und fuhr mit der Hand in die Öffnung. Eine Leiste sprang auf, die Lacurt für ein bloßes Zierstück gehalten hatte. Nun ließ sich ein Geheimfach herausziehen, dem

Madame d'Altenach einen flachen Gegenstand entnahm, der in ein rotes Samttuch eingeschlagen war.
Sie trug den Gegenstand wie eine kostbare Reliquie in ihrer offenen Hand. Als sie vor Lacurt stand, schlug sie das Samttuch zurück. Lacurt blickte gebannt auf ein kunstvoll gearbeitetes silbernes Schmuckstück.
»Sie wissen, was das ist?«, fragte Madame d'Altenach leise.
Lacurt erkannte sogleich die in Silber getriebene Greifengestalt mit der Inschrift. Oft genug hatte er sie auf dem Bild des Ahnherrn betrachtet.
»Es ist der Anhänger der Kette, der Anhänger, der nicht mehr im Versteck war.« Lacurt las die Inschrift: *Por bon amor.*
Madame d'Altenach setzte sich wieder. Sie hielt den Greif mit der Inschrift noch immer in der Hand.
»Nur *ein* Mann konnte mir dieses Geschenk machen.«
»Maximilian.«
Lacurt sah in ein leuchtendes Augenpaar.
»Er war mein Alles, mein Verlobter, mein Geliebter – und auch mein Kind.«
Lacurt lag eine Frage auf der Zunge. Aber die Baronin kam ihm zuvor:
»Nein, wir waren nicht verheiratet, auch nicht heimlich. Und nach den Gesetzen der katholischen Kirche hätte er mich nicht heiraten können.«
»Aber …«, wieder hielt Lacurt seine Frage zurück.
»Nein, wir waren kein Geschwisterpaar, und Maximilian, mein Verlobter, hatte alles, um eine Frau glücklich zu machen.«

»Ich … ich verstehe nicht«, gestand Lacurt.
»Maximilian … Etwas Schreckliches ist ihm widerfahren … Und danach …« Die Baronin brach mitten im Satz ab.
Allmählich verstand Lacurt. »Ist es in Afrika geschehen?«, fragte er leise zurück.
Die Baronin nickte.
»Es ist auf seiner letzten Erkundungsreise geschehen. Er stieß von Süden aus ins Innere Afrikas vor, Abessynien zu. Er geriet in eine lange Gefangenschaft, aus der er schließlich fliehen konnte. Das wissen Sie wahrscheinlich, weil alle es wussten. Aber nur zwei Personen wissen, was die Eingeborenen ihm bei der Gefangennahme angetan haben – bitte sprechen Sie es nicht aus.«
»Die andere Person, die es weiß, ist sein alter Diener Albert?«
Die Baronin nickte wieder.
»Aber … Maximilian stand doch in einem ganz anderen Ruf.«
»Was ist schon der Ruf«, wehrte die Baronin ab. »Etwas, das aufkommt und weitergetragen wird – man muss es nur richtig inszenieren. Und Maximilian war vorher der Mann gewesen, den die Frauen umschwärmten.«
»Und Sie waren seine Verlobte?«
»Wir kannten und mochten uns von jung auf. Und dann wussten wir plötzlich, dass wir füreinander bestimmt waren. Wir haben uns heimlich verlobt. Maximilian wollte erst um meine Hand anhalten, wenn er es zu etwas gebracht hatte. Es war sein Stolz, als gemachter Mann vor meine Eltern zu treten … Als ein reicher Mann von Welt ist er nach seiner Genesung auch zurückgekehrt,

nach außen hin. Aber innerlich … Sie werden das wohl nachempfinden können.«

Lacurt sah auf den Anhänger, den sie immer noch in ihren Händen hielt.

»Sie haben ihn gerettet.«

»Ich habe ihn geliebt und getan, was mir das Beste schien – Gott weiß, ob es gut war. Ich glaubte, der Welt vortäuschen zu müssen, dass er immer noch derselbe sei. Ich habe ihn dazu gebracht, dass er sich mit der gleichen Sicherheit wie früher in der Gesellschaft zeigte. Ich war mit ihm zusammen, so dass man mich für seine Geliebte hielt – und ich galt damals als die schönste und stolzeste Frau von Freiburg. Bewunderung, Neid und Eifersucht legten ihm die anderen Frauen zu Füßen. Alle wollten diesen reichen Mann von Welt besitzen, der sich so souverän nähern und entziehen konnte.

Das war das Theater, das ich mit ihm vor der Welt gespielt habe, und die Welt ist auf das Spiel eingegangen. Er übernahm seine Rolle am Anfang zögernd, mit ungläubigem Staunen über den Erfolg, bis er sich in jeder Lage zurechtfand. Aber wenn wir allein waren, hielt ich ein verletztes und verletzliches Kind in meinen Armen, das lange nicht glauben konnte, dass eine Frau wirklich zu ihm stand.

Man erwartete, dass wir heiraten würden. Auch dazu war ich bereit. Niemandem wäre es in den Sinn gekommen, uns eine peinliche Frage zu stellen.

Aber er wollte nicht. Er war auf einmal wieder auf neue Weise ganz er selbst. Er vertraute mir uneingeschränkt. Er gab mir zu verstehen, dass er mir jede Freiheit ließ.

Vor Gott stand ich schon in der Ehe mit ihm. Ich wäre mir selbst untreu geworden, wenn ich mich von ihm losgesagt hätte. Und kein anderer Mann hätte seinen Platz einnehmen können.

So gingen wir jahrzehntelang unseren Weg. Wir blieben eins, aber unser Leben verlief getrennt. Er zog sich nach Greifenried zurück. Er jagte nicht mehr, er ging den Weg nach innen. Wir sahen uns weniger, tauschten über lange Zeiten nur noch Botschaften aus. Er starb allein. War er mir entfremdet? Nein. Wir hatten eine Einheit gefunden, die jenseits von Raum und Zeit liegt. Und als er mir nach seinem Tod dieses Geschenk zukommen ließ, da wusste ich, dass er mir für meine Liebe danken wollte.«

»Por bon amor«, hörte Lacurt sich selber sagen, als er die alte Frau den Anhänger küssen sah.

»Kein Mensch hat je erfahren, was ich Ihnen anvertraut habe. Helfen Sie diesem Rieder. Maximilian hatte eine so gütige Hand. Es war das Einzige, das er nicht regeln konnte.«

13

Lacurt hatte mehrmals versucht, Rieder in seiner Wohnung zu erreichen. Vergeblich. So beschloss er, Rieder an seinem Arbeitsort aufzusuchen, um ein Gespräch mit ihm herbeizuführen. Als er sich im Museum nach ihm erkundigte, wurde ihm gesagt, dass Rieder Ferien genommen habe und nach Frankreich verreist sei.

Enttäuscht verließ Lacurt das Museum. An der Tür hing ein Plakat, auf dem eine Wanderausstellung alter und

moderner romanischer Bücher angekündigt wurde. Lacurt war darum gebeten worden, anlässlich der Eröffnung an einem Podiumsgespräch teilzunehmen. Auf dem Plakat stand deshalb auch sein Name.
»Ich wollte Ihnen schnell sagen«, hörte er plötzlich eine freundliche Stimme, »dass die Ausstellung um zwei Wochen verschoben worden ist.« Der Konservator, der mit ihm das Podiumsgespräch vereinbart hatte, war ihm nachgeeilt. Er begründete die plötzliche Verschiebung mit dem unerwarteten Erfolg, der der Wan derausstellung an ihrem derzeitigen Ort beschieden war.
Warum hatte ihn beim Lesen seines eigenen Namens auf der Ankündigung ein ungutes Gefühl beschlichen? Nicht die Teilnahme am Podiumsgespräch war ihm unangenehm. Es war, wurde ihm plötzlich bewusst, der Umstand, dass Rieder die Ankündigung sicherlich auch gelesen hatte. Also wusste Rieder, an welchem Abend er, Lacurt, auf einem Podium sitzen würde ... Aber Rieder war ja zum betreffenden Zeitpunkt – am Freitagabend der kommenden Woche – noch in den Ferien ...
Vermutungen und Verknüpfungen gingen Lacurt durch den Kopf. Aber wahrscheinlich waren das alles nur verrückte Gedanken, der Unmut darüber, dass Rieder unerreichbar war.

Am darauf folgenden Sonntag war Lacurt bei Madame de Greyff zum Tee eingeladen. Sie würden nur zu zweit sein, hatte ihm Madame de Greyff gesagt, da Maximilian für ein paar Tage nach Paris gefahren war.

Sie plauderten sehr angenehm, bis im Flur das Telefon klingelte. Da Madame de Greyff die Salontür offen ließ, konnte Lacurt das Gespräch mit anhören.
Es war offenbar jemand aus Paris, der zum ferneren Bekanntenkreis von Madame de Greyff gehörte und eine wichtige Person zu sein schien. Höflichkeiten wurden ausgetauscht. Dann drehte sich das Gespräch um Maximilian. Die Pausen von Madame de Greyff wurden länger, der Ton ihrer Stimme immer wärmer. Lacurt erriet, dass sie Gutes und Vorteilhaftes über ihren Sohn vernahm. Dann ging die Rede auf eine andere Person über, eine Frau. Madame de Greyff gab zu verstehen, dass sie diese Frau kannte und schätzte. Lacurt wartete mit wachsender Ungeduld, dass endlich der Name der Frau fallen würde. Warum spielte Madame de Greyff die Verhaltene? Da hörte er sie plötzlich sagen: »Sie sähen es also gerne, wenn Jeanne meinen Sohn heiraten würde?«
Bis Madame de Greyff das Gespräch beendet hatte und in den Salon zurückkehrte, hatte Lacurt äußerlich seine Fassung einigermaßen wiedergewonnen. So konnte er scheinbar unbetroffen zuhören, als Madame de Greyff ihm mitteilte, jener Verwandte von Jeanne habe angerufen, der ihr die Familiengeschichte in Auftrag gegeben hatte, derentwegen sie nach Freiburg gekommen war. Er vermochte sogar freundlich zu nicken, obwohl ihm ein Stich durchs Herz ging, als sie ihm bedeutungsvoll sagte, dass Maximilian und Jeanne sich in Paris getroffen hätten und beide sich gut verstünden. Schließlich fügte sie hinzu: »Ich glaube, Maximilian war schon in Jeanne verliebt, als sie noch hier in Freiburg war.«

Lacurt hielt sich mühsam zurück. Sobald die Höflichkeit es erlaubte, brach er auf. Madame de Greyff hielt ihn nicht zurück. Auch sie, die Mutter, wollte nun mit ihren Gedanken allein sein.

Auf dem Heimweg rang Lacurt mit seiner Verzweiflung. Vieles meinte er endlich zu verstehen. Er begriff, warum Maximilian an jenem Sonntag rot geworden war, als seine Mutter Lacurt die Grüße von Jeanne bestellt hatte. Dann musste er an Jeannes Abschiedsworte denken. Vielleicht werde sie nicht mehr nach Freiburg zurückkehren, vielleicht jedoch für immer. Wie, wenn sich diese Worte nicht auf ihn, sondern auf eine mögliche Verbindung mit dem jungen de Greyff bezogen? Diesen Gedanken hatte ihr wohl jener reiche Verwandte eingeflößt, dem offenbar standesgemäße Familienverbindungen ebenso ein Anliegen waren wie eine rühmliche Familiengeschichte.

Das war also der Lohn dafür, dass er Madame de Greyff von ihrem Wahn befreit und für Maximilian den Greifenpokal gefunden hatte. Böse Gedanken kamen ihm in den Sinn. Der Greifenpokal war in seiner Hand. Wer den Greif hat, ist der Greif. Waren das nicht Rieders Worte gewesen, dem sich Lacurt mit einem Mal viel näher fühlte als Maximilian?

Wie eifersüchtig du doch bist, Lacurt! Er hörte Jeannes Stimme, die so ironisch, so beschwingt und zugleich so ernst sein konnte. Ihr Gesicht stand ihm vor Augen, er sah, wie sie ihren Kopf schalkhaft nach ihm drehte. War es denn möglich, dass Jeanne in einem von ihrem Verwandten inszenierten Spiel mitspielte?

Por bon amor. Die gute, die wahre Liebe, gut und zu jedem Opfer bereit … »Helfen Sie diesem Rieder«, hatte ihm Hélène d'Altenach beim Abschied gesagt. Er hatte einen Auftrag zu erfüllen. Plötzlich spürte er in sich wieder ein anderes Gesetz.

Wieder sah er Jeannes Gesicht vor sich, diesmal nachdenklich und in sich gekehrt. Wo hatte er diese Haltung an ihr gesehen? In einer Vorlesungsstunde. War das nicht damals, als er das Herzstück von Platons *Symposion* vortrug, das Gespräch zwischen Sokrates und der Seherin Diotima? *Es geht die Rede, dass diejenigen lieben, die ihre eigene Hälfte suchen.* Das war eine Anspielung auf den Mythos des Aristophanes von den entzweigeschnittenen und sich wieder findenden Doppelmenschen. Vierfüßige und vierarmige Wesen waren die Menschen ursprünglich gewesen, übermütige Kraftnaturen, die gegen den Himmel anstürmten. Um ihren Übermut zu dämpfen, schnitt Zeus sie entzwei. Und nun suchte jeder die Vereinigung mit seiner abgespaltenen Hälfte. So hatte er bisher auch seine Liebe zu Jeanne gesehen. In ihr glaubte er, seine andere Hälfte gefunden zu haben, mit ihr hatte er sich eins und ganz gefühlt. Und nun würde sie ihm genommen werden. Er würde sich zerrissen fühlen wie nie zuvor. Was blieb ihm noch, wo fand er einen Halt?

Da fielen ihm die Worte ein, die Diotima zu Sokrates sagte. Nicht das Halbsein oder das Ganzsein sei es, was am Ende in der Liebe zähle. Das Gute würden wir letztlich in der Liebe suchen, und darum müsse uns dank der Liebe das Gute zugehörig und zu Eigen werden.

Eine andere Vorlesung kam ihm in den Sinn, in der er versucht hatte, seinen Hörern die kühne Lehre des Aristoteles von der wahren Selbstliebe aus der Nikomachischen Ethik nahe zu bringen. Das war doch das große Paradox, auf das diese Lehre hinauslief: dass nicht jener sich selbst wahrhaft liebt, der möglichst viele Güter, ein Maximum an Geld und Genuss für sich haben will, sondern vielmehr jener, der nach guten und großmütigen Taten strebt – nach jenen Taten, durch die er das Beste in sich und damit sein wahres Selbst verwirklicht.

Als Dozent hatte Lacurt diese Lehren mit dem Pathos der Überzeugung vorgetragen. Die Zerreißprobe des heutigen Nachmittags war in seinen Vorlesungen nicht vorgesehen gewesen. Noch weniger hatte er daran gedacht, dass sie von Jeanne kommen würde, von jener Zuhörerin, derentwegen er sich als profunder Liebestheoretiker so gerne in Pose gesetzt hatte – und mit Erfolg, wie er bis vor kurzem noch angenommen hatte.

Und nun hatte dieses mit angehörte Telefongespräch genügt, um ihn völlig aus dem Gleis zu werfen und zu einem eifersüchtigen Jungen zu machen, der nach Rache schrie. Er war im Begriff, vor sich selbst lächerlich zu werden. Er hatte doch geglaubt, was er vorgetragen hatte! Stellte die heutige Erfahrung dies alles in Frage? Nein! Eine Enttäuschung war eine Enttäuschung, Schmerz war Schmerz, quälender, bohrender, vielleicht unerträglicher Schmerz, aber trotzdem kein Argument, das solche Lehren außer Kraft setzte.

Wenn Jeanne ihm nicht treu war, so blieb ihm zumindest die Treue zu sich selbst. Und die hing von ihm ab, von ihm ganz allein.

Der strahlende Frühsommermorgen hatte es endlich vermocht, Lacurt ins Freie zu locken. Was nützte es, wenn er sich noch länger in seiner Wohnung einschloss und in Selbstmitleid versank?
Wie jeden Mittwoch waren vor dem Rathausplatz bunte Verkaufsstände aufgestellt. Er schlenderte zu den Ständen in der Reichengasse. Die angebotenen Blumen strahlten im Sonnenlicht, dass es Lacurt beinahe wehtat. Aber wem sollte er Blumen schenken?
In der unteren Hälfte der Reichengasse gab es in einem der noch nicht restaurierten Bürgerhäuser einen dubiosen Antiquitätenladen, dessen Schaufenster Lacurt sich regelmäßig ansah. Als er auch an diesem Tage wieder davor stand, ging die Ladentür auf. Ein Mann mit einer dunkelgrünen Jacke und einer schwarzen Baskenmütze trat heraus. Unwillkürlich versuchte Lacurt, das Gesicht des Mannes zu sehen. Das scharf geschnittene Profil war unverkennbar. Es war derselbe Mann, dem Lacurt auf dem Weg nach Praderschu begegnet war, derselbe Mann, der dem alten Albert in Greifenried als unliebsamer Besucher aufgefallen war.
Hatte auch der andere ihn wiedererkannt? Er hatte Lacurt nicht angesehen und war schnell die leicht ansteigende Straße entlanggegangen.
Lacurts Passivität war mit einem Schlag verflogen, sein Entschluss schon gefasst. Unauffällig versuchte er, dem

Mann zu folgen. Im Gewirr der Verkaufsstände und Käufer war es nicht leicht, ihm auf der Spur zu bleiben, ohne ihm zu nahe zu kommen. Für einen Augenblick verlor er ihn aus den Augen. Vielleicht hatte er die erste Seitenstraße genommen. Lacurt wechselte die Richtung. Der Fremde hatte schon das Ende der Seitenstraße erreicht und bog um die Ecke. Lacurt setzte ihm im Laufschritt nach. Der andere blieb nur kurze Zeit auf der weniger belebten Nebenstraße. Durch ein schmales Gässchen suchte er wieder das Marktgewimmel auf, um sich in ihm zu verlieren.
Lacurt beschloss, ihm nicht nachzulaufen. Stattdessen machte er einen kleinen Umweg, der ihn zum oberen Ende der Reichengasse führte. Wenn der andere die eingeschlagene Richtung beibehielt, musste er dort vorbeikommen.
Zwischen zwei Verkaufsständen suchte sich Lacurt einen versteckten Beobachtungsposten. Er täuschte ein Interesse für Lederwaren vor und begann Gürtel anzuprobieren. Dabei musterte er die Marktszene. An einem Stand nicht weit von ihm sah er eine aparte, aber früh gealterte Frau stehen: Agnes Rieder, Rieders Mutter.
Würde jener kommen, auf den er wartete? Endlich tauchte der Fremde auf. Unauffällig bewegte sich der Mann durch die Menge. Er näherte sich dem Stand, an dem Lacurt sich aufhielt, der nun hinter einem Bund aufgehängter Gürtel Deckung suchte. Als sie sich auf gleicher Höhe befanden, hatte Lacurt das Pech, dass sich aus dem Bund, an dem er genestelt hatte, ein Gürtel löste und zu Boden fiel. Der Mann blickte sich um. Lacurt

bückte sich, um den Gürtel aufzuheben. Als er sich erhob, bekam ihn der andere für den Bruchteil einer Sekunde zu Gesicht.

Der Mann ging jedoch weiter, als hätte er ihn nicht bemerkt. Er hatte es jetzt eilig, fortzukommen, und drängte sich durch das Gewirr. Dabei stieß er eine abgestellte Einkaufstasche um, die offenbar Agnes Rieder gehörte. Diese wollte ihn schon empört zurechtweisen, doch als sie dem Rücksichtslosen ins Gesicht sah, zuckte sie plötzlich zusammen. Etwas hatte ihr die Sprache verschlagen. Mit weit aufgerissenen Augen starrte sie dem Mann hinterher. Alle Farbe war aus ihrem Gesicht gewichen.

Lacurt hängte mechanisch den Gürtel wieder an den Bund. Ahnungsvoll blickte er auf das Lederband, dessen geflochtene Riemen wie Lebenslinien zusammen- und wieder auseinander liefen.

Der Mann war verschwunden. Agnes Rieder stand noch da wie betäubt. Dann las sie ihre Sachen zusammen, die aus der Tasche gefallen waren. Ihre Hände zitterten. Schließlich nahm sie die Tasche an sich und ging weg.

»Wenn Ihnen der Gürtel gefällt«, hörte er plötzlich eine Stimme, »so können Sie ihn billiger haben.«

Lacurt dankte für das Angebot. Es hatte ihn daran erinnert, dass er endlich eine Entscheidung treffen musste. Er versuchte, Ruhe zu bewahren. Agnes Rieder konnte er später aufsuchen. Das Gebot der Stunde lautete anders. Er musste unbedingt versuchen, diesem Mann auf der Spur zu bleiben.

Es war zwecklos, ihn in den Straßen Freiburgs zu suchen. Lacurt dachte an die erste Begegnung zurück. Damals war er auf der Straße nach Praderschu auf ihn gestoßen. Der Mann hatte wohl kein Auto und schien nicht in der Stadt zu wohnen. Wahrscheinlich lebte er irgendwo auf dem Lande, vielleicht in der Gegend, in der Lacurt ihn getroffen hatte. Um dahin zu kommen oder um überhaupt aufs Land zu gelangen, musste er den Zug oder einen Bus nehmen. Und die Richtung, die der Mann bisher eingehalten hatte, konnte sehr wohl zum Bahnhof führen. Dort würde er ihn, wenn überhaupt, wieder treffen.

Lacurt machte sich auf den Weg zum Bahnhof. Regelmäßig schaute er sich um. Einmal glaubte er den Unbekannten zu sehen. Aber die Entfernung war zu groß, um sicher zu sein. Schließlich gab es in Freiburg noch andere, die grüne Jacken und Baskenmützen trugen.

Lacurt näherte sich dem Bahnhof so, dass er den Vorplatz überblicken konnte, ohne selbst gesehen zu werden. Den Gesuchten entdeckte er nicht, auch nicht in einem der verschiedenen Busse, die zur Abfahrt bereitstanden. Lacurt überflog die Tafel mit den Abfahrtszeiten der Züge. In weniger als zehn Minuten fuhr ein Zug nach Murten. Das war der Zug, den Lacurt damals nach Praderschu genommen hatte.

Der Zug führte meist nur wenige Waggons und stand schon auf dem Gleis bereit. Lacurt ging durch die Unterführung und stieg, immer in Deckung bleibend, die Treppe empor und spähte in die Waggons. Vor dem letzten Waggon machte er kehrt. Er hatte genug gesehen. Der Mann mit der grünen Jacke und der Baskenmütze saß darin. Dieser hatte den Kopf nicht bewegt, als Lacurt ihn entdeckt hatte. Also hatte er wohl nichts bemerkt.

Lacurt stieg zwei Waggons weiter vorne ein. Sein Plan stand fest. Er würde mitfahren und an derselben Station aussteigen wie der andere. Dann würde er dem Unbekannten auf Schleichwegen folgen.
Lacurt sah auf die Uhr. Noch fünf Minuten bis zur Abfahrt. Auf der anderen Seite brauste der von Lausanne kommende Schnellzug heran, der nach Bern und Zürich weiterfahren und nur wenige Minuten halten würde. Lacurt schaute zu, wie die Passagiere aus- und einstiegen. Er hörte, wie die Abfahrtsmeldung für den Schnellzug durchgegeben wurde, als das geschah, womit er am allerwenigsten gerechnet hatte: Der Fremde hastete über den Bahnsteig und stieg in allerletzter Sekunde in den Schnellzug.
Lacurt sprang in ohnmächtiger Wut auf und rannte zur Waggontür, wo er mit einem Passagier zusammenstieß. Dann stürmte er über den Bahnsteig, aber es war zu spät. Die Türen des Schnellzugs hatten sich schon geschlossen, der Zug setzte sich in Bewegung.
Hilflos schaute Lacurt dem abfahrenden Zug hinterher. Er stampfte zornig mit dem Fuß auf, bis ihn der amüsierte Blick eines Reisenden zur Besinnung brachte und er beschämt davonschlich.
Völlig frustriert suchte er das Bahnhofsbuffet auf. Nach dem zweiten Glas Rotwein wurde er ruhiger. Es war schon Mittag, und er beschloss, etwas zu essen. Dann kehrte er in seine Wohnung zurück, warf sich aufs Bett und fiel in einen tiefen Schlaf.
Als er zwei Stunden später aufwachte, blieb er unlustig liegen. Bald dachte er an Agnes Rieder, bald an die miss-

glückte Verfolgung. Wo mochte der Fremde sein, der ihn auf eine so gerissene Weise abgehängt hatte?
Er hatte den Zug nach Murten nehmen wollen, das stand fest. Dann hatte er offenbar bemerkt, dass sein Verfolger den gleichen Zug bestieg, und sich im letzten Moment in den Zug nach Bern abgesetzt.
Wahrscheinlich war er in Bern ausgestiegen. Was würde er tun? Wenn sein Reiseziel irgendwo in der Gegend um Murten lag, dann konnte er in Bern den Zug nach Ins nehmen, dort in einen Zug nach Murten umsteigen und die Strecke Freiburg–Murten in umgekehrter Richtung fahren. Lacurt holte sein Kursbuch und schlug nach. Von Bern aus gab es kurz nach der Ankunft des Schnellzuges aus Freiburg einen Zug nach Ins. Von Ins ging ein Zug nach Murten, mit dem man einen Zug von Murten nach Freiburg erreichen konnte. Als Lacurt auf die Uhr schaute, stellte er fest, dass dieser Zug in einer guten halben Stunde an jener Station halten würde, von der aus er damals den Fußmarsch nach Praderschu begonnen hatte.
Es fuhr kein Zug von Freiburg nach Murten, mit dem er die Station noch rechtzeitig erreichen konnte. Aber mit seinem Rad würde er es schaffen, auf Umwegen an eine Stelle zu gelangen, von der aus er die Straße nach Praderschu überblicken konnte.
Wenig später fuhr er los.
Er kannte die Straße nach Murten, auf der jährlich der berühmte Murtenlauf stattfand, und auch die Feld- und Waldwege der Höhen um Praderschu waren ihm inzwischen vertraut. Nach einer halben Stunde strenger Fahrt und einigen Querfeldein- und Waldläufen erreichte er

verschwitzt und mit klopfendem Herzen sein Ziel. Einige dicke Tannen boten ihm Deckung und zugleich einen freien Blick auf die weiter unten liegende Straße, auf der er dem Fremden schon einmal begegnet war.
Die Straße lag verlassen im Sonnenlicht. Im Schatten der Tannen legte sich Lacurt auf den Boden. Er sah auf das satte Wiesengrün, schaute einem vorbeitanzenden Schmetterling zu und verfolgte die Wege geschäftiger Ameisen. Ein Traktor mit Heuwagen fuhr unten vorbei, dann herrschte wieder Stille. Lacurt drehte sich auf den Rücken und verschränkte die Arme unter dem Kopf. Geäst und Nadelwerk zeichneten sich vor dem Blau eines wolkenlosen Himmels ab. Die Abstände, in denen Lacurt einen Blick auf die Straße warf, wurden immer länger.
So kam es, dass Lacurt den Mann mit der grünen Jacke und der Baskenmütze gar nicht in seinem Blickfeld auftauchen sah. Er bemerkte ihn erst, als dieser bereits ein Stück des Weges zurückgelegt hatte.
Lacurt duckte sich, obwohl ihn der andere ohnehin nicht sehen konnte. Dann beobachtete er, wie dieser mit dem gleichmäßigen Schritt eines Mannes, der sein Ziel kennt, aber keine Eile hat, unten vorbeiging.
Lacurt baute seinen Verfolgungsplan darauf auf, dass sich die Straße in Windungen am Waldrand und dem abfallenden Wiesengelände entlangzog. Als der Mann hinter der nächsten Wegbiegung verschwunden war, begann Lacurt ihm nachzusetzen. Er ließ sein Rad liegen und rannte quer über die Wiese auf die nächste Wegbiegung zu. Dort hielt er sich an den bergseitigen Straßenrand und spähte vorsichtig um die Kurve. Er konnte nun

das nächste Wegstück überschauen und beobachten, wie der Fremde weitermarschierte. Lacurt musste nun warten, bis der andere diesen Abschnitt hinter sich gebracht hatte und von der nächsten Bodenwelle verdeckt wurde. Dann konnte Lacurt wieder losziehen. Dieses Verfolgungsspiel wiederholte sich einige Male bis zu einem besonders langen Wegstück, das Lacurt keine Deckung bot. Die Straße zog sich gerade durch offenes Wiesengelände, das erst einige hundert Meter weiter durch eine Waldzunge begrenzt wurde. In dieser Waldzunge machte die Straße wieder eine Biegung, danach kam schon die Lichtung mit der Kapelle.

Lacurt sah sich zweifelnd um. Der Mann vor ihm marschierte auf die Waldzunge zu, in der er sich seinem Blick entziehen würde. Wenn er sich dort aus irgendeinem Grund umdrehte und, durch den Wald gedeckt, auf das Wiesengelände zurückblickte, musste er seinen Verfolger sehen. Aber Lacurt hatte keine andere Wahl. Wenn er das offene Wiesengelände mied und die Deckung des Waldrands suchte, bedeutete das einen Umweg, bei dem er zu viel Zeit verlor. Er musste das Risiko eingehen. Er verfolgte von einem sicheren Platz aus, wie der andere in den Wald einbog, wartete eine Weile und setzte dann mit großen Sprüngen über das Wiesengelände.

Als er außer Atem die Waldzunge erreichte, versteckte er sich hinter einer Tanne und spähte nach allen Seiten. Aber er konnte nichts Verdächtiges entdecken. Dann bewegte er sich von einem dicken Baumstamm zum nächsten. Ein Auto fuhr vorbei, in dem eine junge Frau saß. Lacurt riss die Augen auf. War das nicht Mademoi-

selle Henkel gewesen? Zumindest hatte sie dieselbe Frisur gehabt, aber ihr Gesicht hatte er nicht deutlich gesehen. Er konnte sich getäuscht haben.
Er hastete weiter, immer wieder hinter einer Tanne Deckung suchend, bis er die Lichtung vor sich hatte.
Den Fremden sah er nicht mehr. Die Straße lag ebenso verlassen da wie die Kapelle. Hatte er zu lange gewartet? Die Lichtung war bedeutend kleiner als das Wiesengelände, über das Lacurt gerannt war. Der andere musste das Straßenstück in der Lichtung schon hinter sich gebracht haben. Nach der Lichtung bog die Straße wieder in ein Waldstück ein, und dahinter begannen die Wiesen von Praderschu.
Lacurt überquerte nach einigem Zögern die Lichtung. Als er aus dem Waldstreifen heraustrat, konnte er die Straße bis Praderschu und noch weiter überblicken. Niemand war zu sehen.
Wo war der andere geblieben? Er konnte plötzlich irgendwo auftauchen. Lacurt trat unwillkürlich in den Schutz einer großen Buche, hinter deren Stamm er sich verbergen konnte. Am Stamm der Buche hatte jemand Querhölzer angebracht, die als Sprossen dienten. Lacurt sah am Baum empor und entdeckte eine Baumhütte. Sie musste noch aus jener Zeit stammen, in der Praderschu ein Kinderheim gewesen war. Die Baumhütte versprach Deckung und Aussicht zugleich. Lacurt kletterte hinauf und bezog die luftige Wohnung.
Nun begann das Warten. Die Baumhütte hatte eine Bank und Gucklöcher nach allen Seiten. Er beobachtete die Straße und blickte auf die Gebäude von Praderschu hin-

unter. Hinter dem Waldstreifen, aus dem er vor wenigen Minuten herausgetreten war, erblickte er das Dach der Kapelle und einen Teil der Lichtung. Die dichte Baum- und Sträucherhecke, die sich weiter oben vom Waldrand über den ganzen Abhang bis vor Praderschu hinzog, verbarg den zur Kapelle führenden Pfad, den er nach seinem Besuch in Praderschu als Fluchtweg benützt hatte.

Sooft Lacurt auch die Straße und das ganze Umfeld mit den Augen absuchte, es war niemand zu sehen, bis auf einen Radfahrer, der auf einem Rennrad vorbeiflitzte. Auch Praderschu schien völlig verlassen dazuliegen. Plötzlich sah er jedoch die alte Schwester die Straße überqueren und auf das Haus zugehen. Sie verschwand darin und öffnete von innen ein Fenster.

Nach weiteren Minuten des Wartens musste Lacurt sich eingestehen, dass der andere ihm entwischt war. Hatte dieser ihn wie schon einmal an diesem Tag am Ende doch gesehen und sich in die Büsche geschlagen? Oder hatte er einfach den Weg genommen, der auf der Lichtung von der Landstraße abzweigte und an der Kapelle vorbei in den Wald und zu den Höhen führte – jenen Weg, den auch Lacurt schon zweimal benützt hatte? Auf der anderen Seite fielen die Höhen zum Schiffenensee ab. Dort standen mehrere alte Herrensitze, einer davon sehr abgelegen und, wie es aussah, unbewohnt. Sollte er ihn dort vielleicht suchen?

Lacurt kam wieder das Auto mit der jungen Frau in den Sinn. War es am Ende doch Mademoiselle Henkel gewesen? Hatte sie den Mann mitgenommen, war sie vielleicht sogar seine Komplizin? Mit diesem angeblichen franzö-

sischen Kunstprofessor hatte sie an jenem Unglückstag immerhin zusammen in der Bibliothek gesessen.
Lacurt hielt es nicht mehr länger in der Baumhütte aus. Etwas musste passieren. Der Gedanke an den einsamen und unbewohnten Herrensitz auf der anderen Seite ließ ihn nicht los. Er gehörte einem Freiburger Patrizier, der es in Rom zum Direktor der Vatikanischen Bank gebracht hatte. Lacurt erinnerte sich, in der Zeitung gelesen zu haben, dass dort einmal eingebrochen worden war.
Er kletterte hinunter und schlich zu jenem Waldweg, den er schon kannte. Vorsichtig folgte er dem Weg, auf dem ihm der andere vielleicht vorangegangen war. Auf der Höhe angekommen, hielt er sich nun so, dass er bald das Türmchen und die Mauern des Herrensitzes sehen konnte, der zwischen Bäumen versteckt auf einer zum Schiffenensee abfallenden Landzunge lag.
Als er näher kam, machte er eine Entdeckung, die sein Herz schneller schlagen ließ. Neben dem Eingangstor des Herrensitzes stand hinter einigen Büschen dasselbe Auto, das an ihm vorbeigefahren war. Nun musste er erst einmal die Lage erkunden. An der letzten Böschung, unter der schon die Straße lag, die auf dieser Seite die Dörfer und Gehöfte miteinander verband, machte Lacurt Halt. Im Schutz einer Hecke beobachtete er das Herrenhaus.
Nichts deutete darauf hin, dass es bewohnt war. Aber Lacurt brauchte nicht lange zu warten, bis die Tür aufging und Mademoiselle Henkel in die Sonne trat.
Sie schloss die Haustür und steckte den Schlüssel in ihre Tasche. Dann ging sie zum Eingangstor, schloss auch dort

wieder ab und stieg in den Wagen. Sie wendete ihn in jene Richtung, die nach Freiburg führte.
Lacurt wusste nicht, ob er einer guten Eingebung folgte, als er die Böschung hinunterstürzte und knapp vor Mademoiselle Henkel die Straße erreichte.
Diese hatte ihn offenbar erkannt, denn sie hielt an und öffnete ihm die Beifahrertür. Lacurt stieg ein und murmelte etwas von einer Wanderung und dem glücklichen Zufall, sie getroffen zu haben. Mademoiselle Henkel schien von diesem Zufall nicht sonderlich überrascht, und wenn doch, so ließ sie sich zumindest nichts davon anmerken.
»Ich fahre Sie gerne nach Hause. Sie sind für heute bestimmt schon genug gewandert.«
War das zuvorkommend oder spöttisch gemeint?
Lacurt erkundigte sich, was Mademoiselle Henkel in diese abgelegene Gegend geführt hatte.
»Sie wissen doch, meine Dissertation über die Porträtkunst«, gab sie ihm bereitwillig Auskunft. »Ich habe heute Aufnahmen in dem alten Herrenhaus dort hinten für meine Porträtsammlung gemacht.«
»Ich habe immer gedacht, der Besitzer wohne in Rom«, warf Lacurt ein.
»Der Conte war so freundlich, mir den Zutritt zu gestatten«, erwiderte sie selbstbewusst und zog aus dem Handfach ein Schreiben. »Lesen Sie.«
Der mit päpstlichen und gräflichen Insignien gezierte Brief war ohne Zweifel echt. Darin stand geschrieben, dass Mademoiselle Henkel berechtigt war, für ihre kunsthistorischen Studien die Porträts in dem alten Haus zu besichtigen und zu fotografieren. Gerichtet war der Brief

an eine kirchliche Behörde in Freiburg, die darin aufgefordert wurde, Mademoiselle Henkel die Schlüssel zu dem Anwesen auszuhändigen.
Das Datum des Briefes lag schon mehrere Monate zurück. Was war leichter, als in der Zwischenzeit Nachschlüssel anfertigen zu lassen? Und ein besseres Versteck für einen polizeilich Gesuchten konnte es nicht geben. Lacurt glaubte genug zu wissen.
»Ich wollte eigentlich von Pensier aus« – das war der nächstgelegene Bahnhof, der am Weg lag – »mit dem Zug zurückfahren«, log Lacurt. »Wären Sie so freundlich, mich in der Nähe des Bahnhofs abzusetzen?«
Aber Mademoiselle Henkel ging nicht auf seinen Vorschlag ein, sondern beschleunigte das Tempo, als sie die Hauptstraße nach Freiburg erreicht hatten.
»Ich habe Ihnen doch versprochen, Sie nach Hause zu bringen, und das werde ich jetzt auch tun«, sagte sie mit einem vieldeutigen Lächeln. Und so blieb Lacurt nichts anderes übrig, als sich der lästigen Hilfsbereitschaft von Mademoiselle zu beugen.
»Sie sollten sich ein Rad anschaffen, damit kämen Sie leichter aufs Land«, warf ihm Mademoiselle Henkel zu, als er in der Murtenstraße ausstieg.
»Ich habe ein Rad«, entfuhr es Lacurt.
»Dann sollten sie es auch benützen«, kam es prompt zurück.
»Ich ...« Lacurt erwiderte nichts mehr. Mademoiselle Henkel setzte zum letzten Mal ihr Lächeln auf.
Wie ein dummer Schuljunge hatte er sich von dieser Frau ausmanövrieren lassen, dachte Lacurt, als er in seine

Wohnung ging. Es hatte keinen Zweck mehr, an diesem Tag noch etwas zu unternehmen. Wenn diese Frau mit dem anderen im Bunde stand und etwas von ihm, Lacurt, befürchtete, so konnte sie auf der Stelle zum Schiffenensee zurückfahren und ihren Komplizen noch rechtzeitig warnen. So viel stand fest. Zum zweiten Mal an diesem Tag ließ er sich als Geschlagener aufs Bett fallen.

14

Die Nacht brachte Lacurt nicht den erhofften langen Schlaf. Noch vor drei Uhr wachte er auf und konnte nicht wieder einschlafen. Unablässig verfolgte er die verschiedensten Gedanken, die am Ende immer auf dieselbe Frage hinausliefen: Hielt sich der andere wirklich in dem alten Haus versteckt, und war Mademoiselle Henkel seine Komplizin?

Um vier Uhr machte er dem Grübeln ein Ende, stand auf und frühstückte ausgiebig. Dann zog er Wandersachen an, mit denen er in Wald und Feld nicht auffallen würde, hängte sich seinen Feldstecher um und marschierte los.

Obwohl er in der kühlen Morgenluft schnell vorankam, brauchte er mehr als eine Stunde, bis er die Stelle erreichte, wo er sein Rad zurückgelassen hatte. Es lag, vom Morgentau benetzt, noch genau so da, wie er es hingelegt hatte.

Er mied die Straßen und wählte einen Waldweg. Sein Rad nahm er ein Stück weit mit, ließ es aber wieder stehen, als er aus dem Wald heraustrat und einen geeigneten Beobachtungsposten mit Sicht auf das alte Herrenhaus suchte.

Am Abhang fand er eine durch Baumwerk und Büsche geschützte Erhöhung, von der er bequem auf das Haus hinunterblicken konnte. Er legte sich bäuchlings auf den bemoosten Boden, deponierte den Feldstecher griffbereit neben sich und machte sich auf eine lange Wartezeit gefasst.
Immer mehr Autos befuhren die Straße, die am Haus vorbeiführte. Im Haus selbst jedoch schien sich nichts zu rühren.
Allmählich wich die Morgenkühle dem wärmenden Sonnenlicht. Lacurt ließ die Stunden verstreichen, immer in der Erwartung, dass in der nächsten Minute da unten ein Fenster aufgehen, die Tür sich öffnen oder Besuch kommen würde. Aber nichts dergleichen geschah.
Hatte er sich getäuscht? Was sprach dagegen, dass Mademoiselle Henkel dort unten tatsächlich nur ihren Porträtstudien nachgegangen war? Dass diese Frau ihn mitgenommen, nicht aussteigen lassen und ständig angelächelt hatte, konnte er sich als Mann ja auch anders erklären. Er dachte an das Intermezzo in ihrer Wohnung zurück und begann, an seiner Theorie zu zweifeln.
Um sich etwas Bewegung zu verschaffen, beschloss er, wieder zu den Höhen hinaufzusteigen. Von dort aus konnte er sowohl das Haus am Schiffenensee im Auge behalten als auch einen Blick nach Praderschu hinüberwerfen. Auf einer Anhöhe unter einem riesigen, allein stehenden Baum blieb er stehen. Dort hatte er den gewünschten Rundblick, und hinter dem Baumstamm hinreichend Deckung.
Praderschu bot das gleiche unbewohnte Bild wie das Haus am See, das er stundenlang beobachtet hatte. Aber

plötzlich wurde von innen ein Fensterladen aufgestoßen. Der alte Raubvogel saß also in seinem Horst.
Nach einer geraumen Zeit sah er die Schwester aus dem Haus kommen und zum Garten gehen. Der große, von einer mannshohen Mauer umfriedete Garten ließ sich von hier oben gut einsehen. Durch den Feldstecher beobachtete er, wie die Schwester gemächlich das Gartentor auf- und wieder zuschloss. Der Garten war verwildert, nur einige Beete waren unregelmäßig bepflanzt. Anders als die meisten Schwestern, schien diese Nonne kein sonderliches Interesse an der Gartenarbeit zu haben.
Die Schwester ging auf eine alte, eiserne Gartenbank zu, der anzusehen war, dass sie schon bessere Zeiten gesehen hatte. Sie setzte sich und hatte offenbar nur das eine Bedürfnis, sich an den Sonnenstrahlen zu wärmen. Lacurt neidete der alten Frau die Wärme nicht, aber es mutete ihn doch seltsam an, mit welcher weltlichen Lockerheit es sich die Nonne in ihrer Tracht auf der Bank bequem machte. Das kantige, graue Gesicht unter der Haube glich auch nicht unbedingt dem einer frommen Braut Christi.
Nach einer Weile erhob sie sich und ging zu jenem Teil des Gartens, wo vereinzelt Obstbäume standen. Ein Kirschbaum, der gerade Früchte trug, war ihr Ziel. Ihr Appetit musste groß sein, denn sie fuhr mit ihren Armen immer wieder in die Äste und zum Mund.
Nachdem sie offenbar genug gegessen hatte, trat sie zu einem anderen Baum und blieb dort stehen. Sie machte sich vorne an ihren Röcken zu schaffen. Was hatte sie bloß vor? Lacurt verfolgte durch sein Fernglas gebannt ihre Bewegungen, riss seine Augen auf, drehte an einem

Okular. Da war kein Zweifel möglich: Was er da sah, war ein Wasserstrahl! Die Klosterfrau ließ ihre Röcke wieder fallen und marschierte gemächlich zum Haus zurück.

Lacurt nahm das Glas von den Augen und sah in die Sonne, bis sie ihn schmerzte. Hatte er am helllichten Tag geträumt? War er verrückt geworden? Durfte er seinen Augen nicht mehr trauen?

Trau deinem bisschen Verstand, sagte er sich und holte tief Luft. Versuch das, was du beobachtet hast, zu begreifen. Er hatte eine Klosterfrau gesehen, die pissen konnte wie ein Mann … Warum nur wollte ihm das nicht in den Kopf?

Nie und nimmer konnte eine echte Klosterfrau Wasser lassen wie ein Mann – das stand fest. Wohl aber konnte ein Mann sich als Klosterfrau verkleiden. Verstehen und Erklären – auf das Vorverständnis kam es wieder an.

In diesem Augenblick wusste Lacurt, wer dieser Mann war. Das Wenige, das er vom Gesicht und Profil der falschen Nonne gesehen hatte, genügte ihm.

Ahnungen stiegen in ihm auf, die nun ein Ganzes bilden wollten. Eine Erinnerung trat in sein Bewusstsein, die plötzlich eine ganz andere Deutung erhielt …

Wenn seine Schlussfolgerung richtig war, dann musste dort unten in der Kapelle der Beweis zu finden sein.

Endlich erreichte er jene Hecke, in deren Schutz er sich damals von Praderschu zurückgezogen hatte, und bog nach einem letzten prüfenden Blick in den zur Lichtung führenden Waldpfad ein. Diesmal, so schwor er sich, würde er seinem Gegner zuvorkommen. Er rannte über die Lichtung, riss die Tür zur Kapelle auf und lief hinter den Altar. Dort im Beichtstuhl hatte er damals die Nonnenkleider entdeckt. Wenn seine Annahme stimmte, musste dort jetzt etwas anderes zu finden sein. Er öffnete die Mitteltür und hob das Brett von der Sitzbank. An Stelle der Nonnenkleider fand er eine grüne Jacke und darauf eine schwarze Baskenmütze.

Dort in diesem Beichtstuhl hatte der Unbekannte seine Kleider gewechselt und sich in die Klosterfrau verwandelt, die Lacurt am Tag zuvor von der Baumhütte aus gesehen hatte. Warum hatte er nur so lange gebraucht, um die Verbindung herzustellen, die nun handgreiflich vor ihm lag? Sie – er – benützte den verdeckten Pfad, um ungesehen von der Kapelle nach Praderschu – und umgekehrt – zu gelangen. Das Geheimnis des Beichtstuhls war gelüftet: An diesem Ort verwandelte sich der Unbekannte in eine Nonne oder in den Mann mit der grünen Jacke und der Baskenmütze. Aber wer war er wirklich?

Lacurt nahm die abgetragene Baskenmütze aus dem Versteck und sah sich deren Innenseite an. Kein Etikett, nichts, was einen Hinweis hätte liefern können. Dann nahm er auch die Jacke heraus und durchsuchte sie. In einer der oberen Seitentaschen fand er einen abgegriffenen französischen Ausweis. Er war auf einen gewissen Jean Fabergé ausgestellt. Also doch, dachte Lacurt, der angebliche Kunstprofessor, der Gesuchte aus der Bibliothek, der Zwischenhändler der Diana.

Lacurt steckte den Ausweis wieder in die Seitentasche und legte Jacke und Baskenmütze wieder genau so hin, wie er sie vorgefunden hatte. Dann schloss er den Deckel und die Beichtstuhltür und verließ die Kapelle.

Draußen vergewisserte er sich, dass er immer noch allein war und zog sich in den Wald zurück. Niemand näherte sich der Lichtung. Vom Waldrand warf er einen Blick nach Praderschu, wo alles ruhig blieb.
Seine Furcht fiel ihm wieder ein, die ihn damals auf dem Dachboden gepackt hatte, als sich die vermeintliche Nonne wie ein Raubvogel auf ihn stürzen wollte. Auch hatte er nun eine Erklärung dafür, warum die Polizei damals nicht erschienen war: Nichts als Theater war das Geschrei am Telefon gewesen, mitnichten hätte sich der alte Drachen die Polizei ins Haus geholt. Auch die Unhöflichkeit des Mannes bei ihrer ersten Begegnung wurde ihm nun klar.
Aber das waren nur Erklärungen für das, was Lacurt mit dem Fremden erlebt hatte. Es blieb die weitaus wichtigere Frage, warum dieser Fabergé – wie er sich nannte – sich da unten eingenistet hatte. Kein Zweifel, dass er es gewesen war, der die Kopie der Diana gesucht und gefunden und mithilfe Dritter – Lacurt musste an Rieder denken – gegen die echte eingetauscht hatte. Aber woher stammte sein Wissen, was es dort zu holen gab? Diese Frage konnte Lacurt nur mit einer Vermutung beantworten – mit der Ahnung, die ihm gekommen war, als Agnes Rieder auf dem Markt vor dem Fremden zusammengezuckt war. Hatte nicht auch der alte Albert gesagt, der merkwürdige Antiquitätenhändler habe ihn an jemanden erinnert?
Vielleicht, dachte Lacurt plötzlich, war aus dem alten, abgegriffenen Ausweis in der grünen Jacke doch mehr herauszulesen, als er auf den ersten Blick gesehen hatte.

Noch einmal schlich er sich in den Beichtstuhl zurück, holte den Ausweis aus der Jacke und nahm ihn mit ins Freie, um ihn sich bei Licht genauer anzusehen. Dann holte er sein Taschenmesser hervor und schabte mit der Klingenspitze vorsichtig über den dort eingetragenen Namen. Das Ergebnis befriedigte ihn zutiefst. Die drei letzten Buchstaben waren ausgemerzt, der erste war verändert, ein weiterer ergänzt worden.

Lacurt überlegte sich, ob er den Ausweis als Beweisstück gleich mitnehmen sollte, entschied sich aber, ihn wieder in die Jacke zu legen.

Was er beim Anblick von Agnes Rieder geahnt hatte, war durch den gefälschten Ausweis zur Gewissheit geworden. Es wurde Zeit, die Polizei zu verständigen – Inspektor Juvet. Aber die menschliche Seite dieser Geschichte wollte er noch klären, bevor sich der Polizeiapparat einschaltete.

Völlig unvorbereitet erschien Lacurt am späten Nachmittag zu seinem Seminar an der Universität. Aber es waren ja zwei Studenten, die zunächst ihre Referate zu halten hatten. Sie machten ihre Sache gut, eine angeregte Diskussion kam in Gang, und die Sitzung endete im Zeichen allgemeiner Zufriedenheit.

Nachdem die Studenten gegangen waren, blieb Lacurt allein im Seminarraum zurück. Nervös ging er im Raum auf und ab und sah immer wieder auf seine Uhr. Die Zeit schien stillzustehen, bis endlich eine schmale Frau mit Besen und Putzeimer in der Tür erschien.

»Kann ich hier schon sauber machen oder soll ich woanders weitermachen?«, fragte ihn Agnes Rieder. Lacurt bat sie, hereinzukommen und doch die Tür hinter sich wieder zu schließen. Leicht verwundert kam sie seiner Bitte nach, stellte Eimer und Besen ab und wischte sich die Hände an ihrer Kittelschürze ab.

»Ich muss mit Ihnen über eine ernste Sache reden«, begann Lacurt und bedeutete ihr, sich doch zu setzen. Sie blieb jedoch einfach stehen.

»Das, worüber ich mit Ihnen sprechen muss, liegt weit zurück, und ich weiß, dass Sie sehr ungern daran erinnert werden«, fuhr er fort.

Frau Rieder sah ihn nur mit großen Augen an.

»Gestern auf dem Markt sind Sie mit einem Mann zusammengestoßen, der eine grüne Jacke und eine schwarze Baskenmütze getragen hat. Ich habe Sie zufällig gesehen und mir ist aufgefallen, wie Sie erschrocken sind, als Sie ihn erkannt haben.«

Agnes Rieder wurde bleich.

»Sie verwechseln mich da, ich war gestern überhaupt nicht auf dem Markt«, sagte sie mit belegter Stimme.

»Ich habe aus nächster Nähe gesehen, wie der Mann ihre Einkaufstasche umgestoßen hat und Sie ihn zurechtweisen wollten. Als Sie ihn dann erkannt haben, sind Sie ziemlich zusammengezuckt. Ein Bekannter von mir kann das bezeugen.«

Lacurts kleine Notlüge verfehlte ihre Wirkung nicht. »Ich bin so erschrocken, weil dieser Mann so rücksichtslos gewesen ist und mich so drohend angeschaut hat, als ich ihn zur Rede stellen wollte«, versuchte sich Agnes Rieder herauszureden.

»Sie sind so erschrocken, Frau Rieder, weil Sie diesen Mann wiedererkannt haben, nach mehr als dreißig Jahren.«
Sie erwiderte nichts mehr. Mit starrem Blick sah sie an ihm vorbei.
»Frau Rieder, Sie haben als Mädchen bei der Familie de Greyff gedient. Bei Maximilian de Greyff, den man *Griffon* nannte, war damals auch ein junger Franzose angestellt, Jean Labergerie. Er kannte sich mit römischen Altertümern aus und hat de Greyff beim Ordnen seiner Sammlung geholfen. Dann ist er plötzlich für immer verschwunden und mit ihm einige wertvolle Sachen der Familie. Sie haben in dem Mann von gestern Jean Labergerie wiedererkannt.«
»Und wenn es so wäre, was hat das mit mir zu tun?«, flüsterte Agnes Rieder fast unhörbar.
»Jean Labergerie«, sagte Lacurt, »Jean Labergerie ist der Vater Ihres Sohnes.«
Die kleine, schmächtige Frau mit den verhärmten Gesichtszügen begann am ganzen Leib zu zittern. Lacurt drückte sie sanft auf einen Stuhl. Sie bedeckte ihr Gesicht mit den Händen. Dann sagte sie ohne aufzublicken:
»Wie können Sie wissen, was niemand weiß?«
»Ich weiß, dass Ihr Mann, der beim Militärdienst umgekommen ist, nicht der Vater Ihres Sohnes ist; Ihr Sohn ist kein Rieder. Und ich weiß, dass Maximilian de Greyff nicht sein Vater sein kann, was immer auch die Leute geredet haben.«
Die Frau schluchzte nun unaufhörlich. Als sie ihr Taschentuch hervorholte, glaubte Lacurt wieder reden zu

dürfen: »Ich wollte Ihnen nicht wehtun. Was ich weiß, soll niemand erfahren. Aber es geht um Ihren Sohn.«

»Um meinen Sohn?«

»Wissen Sie, für wessen Sohn er sich hält?«

Sie schüttelte stumm den Kopf. Nach einer Weile sagte sie: »Er wollte einmal wissen, ob mein verstorbener Mann wirklich sein Vater sei. Das war damals, als die Leute angefangen haben, ihn den Greifenrieder zu nennen. Ich konnte ihm einfach nicht sagen, wer in Wirklichkeit sein Vater ist. Ich habe mich so geschämt, weil es einer war, der mich hat sitzen lassen, als er gemerkt hat, dass ich schwanger war. Und ein Dieb ist er außerdem gewesen. Da habe ich lieber geschwiegen, habe ihm die Frage verboten, als er wieder damit angefangen hat. Er hat dann nie mehr gefragt, und ich habe nie darüber gesprochen.«

»Das kann ich voll und ganz verstehen.«

Agnes Rieder warf ihm einen dankbaren Blick zu.

»Das Schlimme ist nur, dass er sich für den Sohn des alten Maximilian de Greyff hält«, sagte Lacurt.

»Ich habe es manchmal gedacht«, erwiderte sie.

»Ihr Sohn wohnt nicht mehr bei Ihnen?«

»Schon lang nicht mehr. Er ist ja längst erwachsen.«

»Und jetzt ist er in den Ferien in Frankreich?«

»Er hat mir eine Karte geschickt.«

»Ich fürchte«, begann Lacurt zögernd, »dass er mit Labergerie zusammen etwas Schlimmes angestellt hat. Der weiß wohl nicht, dass er Ihr Sohn ist – und auch sein eigener.«

»Warum ist Labergerie bloß wiedergekommen?«, fragte die Frau gequält.

»Er hat die Diana aus dem Museum gestohlen. Und es ist nicht ausgeschlossen, dass Ihr Sohn ihm dabei geholfen hat.«

»Um Gottes willen«, entfuhr es Agnes Rieder. »Jetzt reißt er auch noch unser Kind ins Verderben.«

»Deswegen wollte ich ja mit Ihnen reden. Und weil Ihr Sohn sich einbildet, er sei ein de Greyff, und er meint, er müsse alles tun, um sich das zu beweisen.«

»Weiß die Polizei etwas davon?«

»Nicht sehr viel.«

»Der Inspektor hat meine Schwester Stine ausgefragt, bis sie zugegeben hat, dass mein Sohn das Briefpapier mit dem Greifenzeichen von ihr hat.«

»Das ist nur ein Teil der Geschichte«, murmelte Lacurt. Stine war also, wie Agnes Rieder bestätigte, die Besitzerin des kleinen Ladens und ihre ältere, ledige Schwester.

»Tun Sie etwas für meinen Sohn, solange es noch nicht zu spät ist«, flehte Agnes Rieder ihn an.

»Ich will es versuchen. Können Sie mir sagen, wo er jetzt ist?«

»Er war in der Provence. Auf der Karte hat er geschrieben, dass er die letzten Tage in Bourg en Bresse verbringen wolle. Er müsste eigentlich schon dort sein.«

»In Bourg en Bresse, sagen Sie? Sind Sie sicher?«

»Ganz sicher.«

War es möglich, dieser Frau und ihrem Sohn zu helfen, ohne das, was nur sie anging, an die Öffentlichkeit zu tragen?

Aber die Frau hatte nur noch einen Gedanken:

»Helfen Sie meinem Sohn … Halten Sie ihn da heraus … Halten Sie ihn zurück, bevor ein Unglück geschieht. Fahren Sie nach Bourg en Bresse, suchen Sie ihn … Sagen Sie ihm die Wahrheit. Bitte!«
»Ich werde, wenn es irgendwie geht, morgen nach Bourg en Bresse fahren und ihn suchen«, versprach Lacurt. Jäh und unversehens stand ihm eine Inschrift vor Augen, die er einmal auf einem Friedhofsportal gelesen hatte: Bedenke, der Tod zögert nicht.

Lacurt ging zur nächsten Telefonkabine. Es gelang ihm, Inspektor Juvet noch in seinem Büro zu erreichen. Dieser sagte sofort zu, als Lacurt ihn um ein Gespräch unter vier Augen bat. Eine knappe Viertelstunde später saß er in Juvets Wagen.
Sie fuhren in Richtung Murten. Auf einer Seitenstraße hielten sie an. Lacurt erzählte ihm, was er in Praderschu entdeckt hatte sowie die ganze Geschichte von Fabergé alias Labergerie. Was nur Agnes Rieder und ihren Sohn anging, ließ er unerwähnt.
Der Inspektor war ein guter Zuhörer, der schnell begriff und nur wenige Zwischenfragen stellte. Am Anfang hatte er Lacurt amüsiert, später manchmal ungläubig angesehen. Er hütete sich, seine Erregung zu zeigen, konnte aber manchmal einen Ausruf nicht unterdrücken.
»Die Geschichte ist so verrückt, dass sie wahr sein könnte«, murmelte er am Ende. »Aber ich muss zunächst einige Beweise sehen, bevor ich Ihnen glauben kann.«
»Fahren wir zur Kapelle«, schlug Lacurt vor. »Dort liegt

mein erstes Beweisstück, der Ausweis. Falls nicht wieder Nonnenkleider dort liegen.«

»Dort sehen wir in jedem Fall weiter«, schloss Juvet.

Sie ließen den Wagen in der Wegbiegung vor der Lichtung stehen und näherten sich vorsichtig der Kapelle. Sie waren allein. Lacurt zeigte Juvet den durch den Wald und der Hecke entlangführenden Pfad, auf dem man ungesehen nach Praderschu gelangen konnte. Auch dort war niemand zu sehen.

Sie betraten die Kapelle. Lacurt führte den Inspektor zum Beichtstuhl und hob die Sitzbank hoch. »Die Nonnenkleider«, murmelte er enttäuscht. »Er muss also heute Nachmittag Praderschu verlassen haben.«

»Behalten Sie die Tür im Auge, damit er uns nicht hier überrascht«, sagte Juvet.

Lacurt postierte sich so, dass er das Innere der Kapelle überblicken konnte, ohne selbst gesehen zu werden. Juvet zog die Kleidungsstücke heraus, musterte sie und roch daran.

»Männerschweiß, der Typ raucht dunkle Zigaretten.«

Lacurt hatte den Eindruck, dass er den ersten Teil einer Prüfung bestanden hatte.

»Wir überwachen jetzt noch eine Weile das Gelände und gehen dann nach Praderschu«, entschied der Inspektor.

Die Abenddämmerung brach herein.

Auf ein Zeichen Juvets marschierten sie im Schutz der Hecke los.

Das Haus schien verlassen, nirgends brannte ein Licht. Nach einigen Minuten überquerte der Inspektor die Straße und Lacurt folgte ihm. Der Inspektor läutete an der

Haustür, aber nichts bewegte sich im Innern. Die Tür war verschlossen.
»Wie sind Sie damals ins Haus gekommen?«, fragte der Inspektor.
»Durch eine Seitentür«, erwiderte Lacurt.
Der Inspektor ließ sich die Seitentür zeigen. Auch sie war verschlossen. Er zog ein sonderbar geformtes Taschenmesser hervor. »Ein nützliches Geschenk von einem ausländischen Kollegen«, bemerkte Juvet. Nach einigen Versuchen sprang das Schloss auf.
Sie tasteten sich in das Innere des Hauses vor. Nach einer weiteren Minute machte der Inspektor im Treppenhaus Licht.
Sie warfen einen Blick in die verschiedenen Räume. Ein Bett, das weniger ordentlich gemacht war als die anderen, verriet, dass hier jemand geschlafen hatte. Die Küche war aufgeräumt, aber schlecht gelüftet. Der Inspektor hob den Deckel des Abfalleimers, winkte Lacurt heran und wies auf die Zigarettenstummel, die darin lagen. »Jetzt habe ich meinen Beweis«, sagte er befriedigt. »Ihre verrückte Geschichte scheint wirklich wahr zu sein.«
Lacurt erinnerte den Inspektor an seinen Fund auf dem Dachboden. Sie gingen nach oben. Aber die Schnur mit dem beschrifteten Zettel war nicht mehr zu finden. Den Inspektor schien dies nicht zu verwundern. »Logisch, dass er nach Ihrem Besuch das Belastungsmaterial beseitigt hat.« Es klang wie ein Trost.
Der Inspektor drängte nun, das Haus zu verlassen. »Ich habe genug gesehen. Eine ordentliche Hausdurchsuchung können wir heute Abend ohnehin nicht durchfüh-

ren. Und vor allem soll der Mann nicht durch das Licht im Haus gewarnt werden, falls er zurückkehrt.«

Sie benützten wieder die Seitentür, die der Inspektor mit seinem Dietrich verschloss. Dann marschierten sie auf der Landstraße zum Wagen zurück.

»Ich möchte morgen nach weiteren Hinweisen suchen, die die Richtigkeit Ihrer Behauptungen stützen«, begann Juvet, nachdem sie eine Weile schweigend nebeneinander hergegangen waren.

Lacurt erzählte, wie er dem schnurrbärtigen Dorfpolizisten in die Arme gelaufen und dieser seinen Namen notiert hatte.

»Das wird Waeber gewesen sein«, meinte Juvet. »Aber was nützt uns das?«

»Er hat gehört, wie die vermeintliche Nonne angeblich bei der Polizei angerufen hat. Und Sie werden feststellen, dass bei der Polizei überhaupt nie ein Anruf eingegangen ist.«

»Das ist schon was, aber nicht sehr viel.«

Lacurt wollte Agnes Rieder, die Fabergé als Labergerie identifizieren konnte, vorläufig noch aus dem Spiel lassen. Stattdessen wies er den Inspektor auf den alten Albert hin. Diesem war der unliebsame Besucher mit Jacke und Baskenmütze bekannt vorgekommen. Bei einer Gegenüberstellung würde er in ihm sicher den Franzosen wieder erkennen, der seinen Herrn bestohlen hatte.

Sie fuhren nach Freiburg zurück. Bevor der Inspektor Lacurt aussteigen ließ, fragte er noch, wo er ihn in den nächsten Tagen erreichen könne.

»Ich muss morgen unbedingt nach Bourg en Bresse.« Fragend sah der Inspektor ihn an. »In einer rein privaten Angelegenheit«, fügte er schnell hinzu.
»Keine Aufgabe für Sherlock Holmes?«, bohrte der Inspektor.
»Eher ein Auftrag für Pater Brown«, erwiderte Lacurt.

15

Der Zug fuhr eine ganze Weile die Rhône entlang durch die Genfer Ebene, bevor er sich mit dem Fluss durch enge Felstäler schlängelte. Lacurt gab sich dem Schauspiel der nahe herantretenden und wieder zurückweichenden Felsmassen hin. Als er wieder einmal auf die Uhr schaute und mehr zufällig als absichtlich das Datum las, wurde ihm plötzlich bewusst, dass er am Abend an jenem Podiumsgespräch hätte teilnehmen sollen, das dann verschoben worden war. Die Befürchtungen, die ihm damals gekommen waren, stiegen wieder in ihm auf. War es nicht ein merkwürdiger Zufall, dass er ausgerechnet an diesem Tag Rieder hinterherreiste?
In Ambérieu musste er umsteigen und eine gute Stunde warten, bis ihn die kleine Regionalbahn nach Bourg en Bresse bringen würde. Da es Mittagszeit war, trat er in eines der wenig ansehnlichen Restaurants, die den Bahnhofsplatz säumten, und aß eine Kleinigkeit.

Es war früher Nachmittag, als Lacurt in Bourg en Bresse ankam. Agnes Rieder hatte ihm nicht sagen können, wo ihr Sohn abgestiegen war. So sah er keine andere Möglichkeit, als der Reihe nach die verschiedenen Hotels aufzusuchen und nach einem Gast namens Rieder zu fragen. Er begann an der Bahnhofsstraße. Vergeblich. In der Innenstadt wurden die Hotels rar; er stieß nur noch auf Restaurants, die ihr *Poulet de Bresse* anpriesen. Aber die Spezialität des Landes war es nicht, was Lacurt suchte. Irgendwann hatte er das Gefühl, die lange Reise umsonst gemacht zu haben und am falschen Ort zu sein.

Am anderen Ende der Innenstadt stieß Lacurt plötzlich auf einen weiten Platz, der im Geist des neunzehnten Jahrhunderts angelegt und von großzügigen Bauten umgeben war. Er erblickte ein klassizistisches Gebäude, das im Rundbogen seines gusseisernen Türvorbaus den stolzen Namen ›Grand Hotel de France‹ führte. Ein von seiner Größe eingenommener Mensch, dachte Lacurt unwillkürlich, würde dort absteigen.

Die Eingangshalle präsentierte sich im Dekor bronzener Lüster, vergoldeter Spiegel und eines Mosaikfußbodens; eine breite Holztreppe mit schmiedeeisernem Geländer führte zu den Etagen. An der Rezeption aus gedunkeltem Holz saß eine Empfangsdame.

Ja, Monsieur Rieder sei hier abgestiegen, beantwortete sie seine Frage. Sein Zimmerschlüssel hing jedoch am Haken, was bedeutete, dass er außer Haus war. Ob sie ihm eine Nachricht übermitteln solle? Das sei nicht nötig, erwiderte Lacurt. Dann verlangte er für sich selbst ein Zimmer.

Das Zimmer lag ein Stockwerk höher als jenes von Rieder, mit Sicht auf den großen Platz vor dem Hotel, sodass er, wenn er an das hohe Fenster trat, jeden sehen konnte, der das Hotel betrat oder verließ.

Lacurt rückte einen Sessel vor das Fenster. Er machte sich darauf gefasst, dass Rieder jederzeit ins Hotel zurückkehren konnte und bereitete sich innerlich auf das Gespräch vor, das er mit ihm führen wollte.
Doch Rieder kam nicht. Lacurt fand es immer unerträglicher, ständig den Platz nach ihm abzusuchen. Er griff zu dem Stadtprospekt, der auf einem Tischchen lag. Das Glanzvollste, was Bourg en Bresse dem Besucher zu bieten hatte, war die am Stadtrand gelegene Konventskirche von Brou, das Juvel der Margareta von Österreich, der Tochter Maximilians I. und Witwe Philiberts von Savoyen, ein Kunstwerk höchsten Ranges im Übergang von Spätgotik und Renaissance. Warum vertat er seine Zeit in diesem Zimmer, anstatt sich Brou anzusehen?
Es war bald vier Uhr nachmittags. In wenigen Stunden schloss die Kirche. Rieder würde diese Nacht im Hotel bleiben, konnte ihm also nicht entkommen. Und vielleicht begegnete er ihm sogar eher in Brou als in diesem Hotel.
Als Lacurt zur Rezeption kam, saß dort nicht mehr die Empfangsdame, die er nach Rieder gefragt hatte, sondern bereits der Nachtportier. Der Schlüssel zu Rieders Zimmer hing noch immer an seinem Haken.
Weiße Mauern und ein Filigranwerk aus gotischen Rippenfenstern, Türmchen, Wasserspeiern und Skulpturen tauchten vor Lacurts Augen auf. Das konnte nur Brou sein. Lacurt trat wie ein kunstbeflissener Besucher ins Kircheninnere. Der Schönheit dieses Kirchenraums konnte er sich nicht entziehen. Er schloss sich keiner der geführten Gruppen an, sondern hielt sich abseits

und folgte seinen Eingebungen. Rieder sah er nirgendwo.
In einem der Wappen erkannte er das Andreaskreuz – eine Verbindung mit Greifenried. Insgeheim hatte er darauf gehofft, in diesem Bauwerk der Tochter Maximilians irgendwo auf Greife zu stoßen, aber er konnte keine entdecken. Auch die Dame, die in einem Nebenraum Kunstbücher verkaufte und Brou gut zu kennen schien, konnte ihm keinen Hinweis darauf geben.
Dann fielen ihm gotische Schriftbänder in die Augen, auf denen er in Großbuchstaben FORTUNE INFORTUNE FORT UNE las. Eine rätselhafte Inschrift, ein Wortspiel, das sich nicht in eine andere Sprache übersetzen ließ. Bedeutete die Inschrift, dass Glück und Unglück weitgehend eins sind, sich in einem Lebensschicksal verbinden? Sollte er es als Vorzeichen auffassen? Dem Kunstführer entnahm er, dass die Spruchbänder die Devise der Margareta enthielten. Die Inschrift, über die schon viele Deutungen vorlagen, war wohl so zu verstehen, dass diese Frau sich vorgenommen hatte, im Glück und im Unglück gleichermaßen stark zu sein. War das ein guter Vorsatz auch für das, was auf ihn selbst noch zukommen würde?

Er ging auf demselben Weg ins Hotel zurück, müde, erschöpft – und einsam. Er hatte Sehnsucht nach Jeanne. Bourg en Bresse lag auf der Strecke des Schnellzugs nach Paris. In wenigen Stunden konnte er dort sein. Sollte er alles aufgeben, nach Paris fahren und Jeanne suchen? Aber das war der Gedanke eines Kindes, das sich die Weltstadt wie ein großes Dorf vorstellte. Hatte er denn immer

noch nicht begriffen, dass Jeannes einmaliger Gruß über einen Dritten ein Abschiedsgruß gewesen war?
Als er sich im Hotel seinen Schlüssel holte, sah er, dass Rieders Schlüssel noch immer am Haken hing. In seinem Zimmer setzte er sich in den Sessel vor dem Fenster, schaute über den Platz und wartete.
Die untergehende Sonne tauchte den zur Linken emporragenden Turm der Kathedrale in ein goldenes Licht. Lacurt folgte den Pfeilern und Voluten, bis sich sein Blick irgendwo in den Rundfenstern der Kuppel verlor.
Erst beim Aufwachen merkte er, dass er in seinem Sessel eingenickt war und fast eine halbe Stunde geschlafen hatte. Es ging nun gegen acht. War Rieder in der Zwischenzeit zurückgekehrt? Er machte sich frisch und ging nach unten.
Der Nachtportier an der Rezeption las Zeitung. Über seinen Kopf hinweg konnte Lacurt sehen, dass Rieders Zimmerschlüssel nicht mehr da war. Also musste Rieder zurückgekehrt und in seinem Zimmer sein.
Er verließ das Hotel, um ein paar Schritte an der frischen Luft zu tun. Dann kehrte er wieder in die Eingangshalle zurück und setzte sich mit einer der herumliegenden Zeitschriften in einen Lehnstuhl, von dem aus er das Treppenhaus beobachten konnte. Er zog es vor, da auf Rieder zu warten, anstatt ihn in seinem Zimmer aufzusuchen.
Eine Viertelstunde verging. Der Nachtportier sah manchmal neugierig zu ihm hinüber. Als er einmal an Lacurt vorbeiging, blieb er stehen.
»Warten Sie vielleicht auf jemanden?«

»Ja, auf Herrn Rieder«, erklärte Lacurt.
»Herr Rieder ist auf seinem Zimmer«, gab der Portier bereitwillig Auskunft. »Er hat gesagt, dass er heute Abend auf seinem Zimmer bleiben und morgen nicht geweckt werden wolle.«
Lacurt dankte ihm und erhob sich. Der Portier erklärte ihm noch, wo Rieders Zimmer lag.
Lacurt klopfte an. Aus dem Zimmer kam keine Antwort. Lacurt klopfte ein zweites, ein drittes Mal. Nichts rührte sich. Ob Rieder schon schlief? Lacurt dachte an seine eigene Müdigkeit. Rieder zu wecken schien kein guter Einstieg in ein Gespräch. Er klopfte erneut an dessen Tür. Keine Reaktion. Vorsichtig drückte er die Türklinke nieder. Die Tür war verschlossen.
Unschlüssig ging er im Korridor auf und ab und trat dort schließlich an ein Fenster, das auf eine kleine Seitenstraße ging. Lacurt musterte das gegenüberliegende Haus, in dessen Untergeschoss sich ein Geschäft befand, das schon geschlossen hatte. Neben dessen Schaufenster führte ein offener Durchgang zum Hinterhaus, der schon halb im Dunkeln lag.
Eine Art Lieferwagen bog vom großen Platz kommend in die Seitenstraße ein. Das Gesicht des Fahrers kam ihm merkwürdig bekannt vor.
Der Lieferwagen hielt vor dem Geschäft. Aus dem Halbdunkel des Durchgangs tauchte jemand auf, ging um den Wagen herum, dessen Seitentür von innen aufgestoßen wurde, und stieg ein.
Lacurt fuhr zusammen. Der junge Mann, der in den Wagen gestiegen war, war kein anderer als Rieder, vor des-

sen Zimmertür er nun schon so lange auf und ab gegangen war. Gebannt starrte Lacurt auf den Lieferwagen hinunter, der nun rückwärts in den Durchgang fuhr, um das Fahrzeug zu wenden. Dabei steckte der Fahrer den Kopf aus dem Seitenfenster. Kein Zweifel, es war Fabergé alias Labergerie.

Lacurt blieb nichts anderes übrig als mit anzusehen, wie der Wagen an der nächsten Straßenecke abbog und verschwand.

Er hatte plötzlich die Gewissheit, dass das Ziel ihrer Fahrt nur Greifenried sein konnte. Seine Vorahnung hatte ihn also nicht getäuscht. Rieder hatte den Plan gefasst, an dem Abend, an dem Lacurt durch das Podiumsgespräch gebunden war, in Greifenried einzubrechen – dass das Datum verschoben worden war, konnte Rieder ja nicht wissen … Und noch in dieser Nacht würde er wieder nach Bourg en Bresse in sein Hotelzimmer zurückkehren … Sein Alibi war perfekt ausgedacht.

Lacurt schauderte. Rieder jagte gemeinsam mit Labergerie einer Chimäre nach, ohne zu wissen, dass dieser sein Vater war. Und Labergerie wusste nicht, dass er seinen eigenen Sohn mit ins Verderben riss. Warum hatte er, Lacurt, nicht besser aufgepasst und alles darangesetzt, Rieder so bald wie möglich zu sprechen?

Aber ob dies nun sein Versäumnis oder eine Verkettung unglücklicher Umstände war – es galt zu handeln. Als Erstes musste er Rieders sorgfältig inszeniertes Alibi zum Platzen zu bringen. Er ging zur Rezeption. Der Nachtportier, der ihm den Weg zu Rieders Zimmer gewiesen hatte, sah ihn mit Erstaunen kommen, stellte jedoch keine Fragen, als er den grimmigen Ernst bemerkte, mit dem Lacurt auf ihn zuschritt.

Lacurt wollte zunächst wissen, ob es eine Seitentür gab, durch die man das Hotel unbemerkt verlassen und in die Nebenstraße gelangen konnte. Ja, eine solche gebe es, erklärte der Portier nach einem Zögern. Allerdings werde dieser Seiteneingang in der Regel nur von den Lieferanten benützt und diene zugleich als Notausgang, weshalb die Tür von innen immer zu öffnen sein müsse.

»Hören Sie mir gut zu, das ist sehr wichtig, was ich Ihnen jetzt sage«, redete Lacurt auf den Nachtportier ein. »Rieder hat Ihnen gesagt, dass er heute nicht mehr fortgehen und morgen nicht geweckt werden wolle. Tatsächlich hat er das Hotel bereits durch die Seitentür verlassen und ist schon unterwegs in die Schweiz, wo er mit einem Komplizen einen Einbruch vorhat. Mit dem, was er Ihnen gesagt hat, wollte er sich nur ein wasserdichtes Alibi verschaffen.«

»Sind Sie von der Polizei?«, fragte der Portier erschrocken.

»Ich stehe mit ihr in Verbindung«, erwiderte Lacurt.

»Und was soll ich nun Ihrer Meinung nach tun?«

»Sie müssen jetzt gleich mit mir in Rieders Zimmer gehen, damit wir gemeinsam feststellen können, dass Rieder nicht mehr dort ist.«

Mit einem Zweitschlüssel eilten sie nach oben, und nach mehrmaligem vergeblichen Anklopfen öffnete der Portier schließlich die Tür zu Rieders Zimmer.

Das Zimmer war leer.

»Merken Sie sich die Uhrzeit«, sagte Lacurt. »Denn es ist

sehr gut möglich, dass die Polizei Ihre Zeugenaussage braucht. Außerdem würde ich Sie bitten, das Zimmer ab jetzt stündlich zu kontrollieren und gegebenenfalls zu notieren, ob und wann Rieder zurückkommt – falls er überhaupt zurückkommt.«
Der Portier, etwas blass geworden, nickte ganz eifrig. »Kann ich Ihnen sonst noch irgendwie behilflich sein?«, fragte er beflissen.
»Wenn Sie mir gleich ein Taxi oder einfach einen Wagen mit Fahrer besorgen könnten, der mich so schnell wie möglich in die Schweiz zurückfährt, wäre ich Ihnen sehr dankbar«, antwortete Lacurt und ging auf sein Zimmer, um Inspektor Juvet anzurufen.
Eine Frauenstimme meldete sich. Es war Madame Juvet. Lacurt bat darum, ihren Mann sprechen zu dürfen. Er sei nicht zu Hause, erklärte sie und fragte nochmals nach seinem Namen.
»Sind Sie der Herr, mit dem mein Mann gestern Abend in Praderschu gewesen ist?«
»Dann wissen Sie also, worum es geht?«, fragte Lacurt zurück.
»Das nicht«, erwiderte Madame Juvet. »Er hat mir nur gesagt, ich solle ihm gleich Bescheid geben, wenn Sie sich melden. Allerdings ist er gerade bei einer Versammlung des Polizeikaders und kommt wahrscheinlich erst zwischen zehn und elf zurück.«
Lacurt überlegte. Es war ausgeschlossen, dass Labergerie und Rieder vor elf Uhr in Greifenried ankommen würden. Und es war anzunehmen, dass sie mit ihrem Einbruch bis nach Mitternacht warteten.

»Kann ich meinem Mann etwas ausrichten?«, unterbrach Madame Juvet seine Gedanken.
»Sagen Sie Ihrem Mann bitte Folgendes«, antwortete Lacurt. »Ich bin gerade in Bourg en Bresse in Frankreich. Vor wenigen Minuten ist Rieder zusammen mit Labergerie – Ihr Mann weiß, um wen es sich handelt – von hier weggefahren. Die beiden planen einen Einbruch auf Schloss Greifenried. Ich schätze, dass sie ungefähr um Mitternacht dort sein werden.«
»Aber woher wollen Sie denn wissen, ob die beiden nach Greifenried unterwegs sind?«, unterbrach ihn Madame Juvet.
»Es ist nur eine Annahme, eine Vermutung«, musste Lacurt gestehen.
Die Frage von Madame Juvet verunsicherte ihn mit einem Mal, und woran er noch vor wenigen Minuten felsenfest geglaubt hatte, erschien ihm plötzlich zweifelhaft.
»Hören Sie«, sagte Madame Juvet nach einer kurzen Pause, »wenn Sie der Meinung sind, dass die beiden einen Einbruch vorhaben, wäre es dann nicht besser, Sie würden sich direkt mit der Dienst habenden Polizeistelle in Verbindung setzen?«
»Dort würden sie an meiner Aussage wahrscheinlich ebenso zweifeln wie Sie«, gab Lacurt zur Antwort. »Außerdem weiß Ihr Mann in dieser Sache schon so gut Bescheid, dass er am besten wissen wird, was zu tun ist.«
»Gut, einverstanden«, lenkte Madame Juvet schließlich ein. »Ich werde meinem Mann Bescheid sagen.«
»Ich danke Ihnen«, sagte Lacurt erleichtert und fügte hinzu: »Es wäre natürlich sehr wichtig, dass Ihr Mann

noch vor Mitternacht Bescheid bekommt. Und sagen Sie ihm, dass ich mir jetzt hier in Bourg en Bresse einen Wagen nehme und versuchen werde, so schnell wie möglich nach Greifenried zu kommen.«

Kaum hatte er den Hörer aufgelegt, als das Telefon klingelte und der Portier ihm mitteilte, dass unten ein Taxi für ihn bereitstehe.

Lacurt bedankte sich, nahm seinen ungeöffneten Koffer und verließ das Hotel.

»Ich fahre Sie mit meinem privaten Wagen, weil die Schweizer französische Taxis auf ihrem Boden gar nicht gerne sehen«, erklärte ihm der Fahrer und deutete auf einen Wagen, der ein älteres Modell zu sein schien. Ob sie es damit noch schaffen würden? Lacurt kamen erneut große Zweifel, nicht nur an dem Wagen, sondern überhaupt an der ganzen Aktion. Doch ein Zurück kam nicht mehr in Frage.

Labergerie und Rieder waren gut zwanzig Minuten zuvor losgefahren. Ob sie dieselbe Strecke fuhren, die sein Fahrer nun nahm? Der kürzeste Weg nach Genf führte am Lac de Nantua vorbei durch den Engpass der Écluse in die Genfer Ebene. Es war natürlich möglich, dass Labergerie und Rieder – wenn ihr Ziel Greifenried war – weiter oben im Norden die Jurahöhen durchquerten. Aber der Fahrer wollte in der einsetzenden Dunkelheit kein Risiko eingehen und den Weg nehmen, den er kannte. Lacurt blieb nichts anderes übrig, als darauf einzugehen.

In der Ebene auf gerader Strecke kamen sie schnell voran, und Lacurt hoffte schon, dass der Lieferwagen bald vor

ihnen auftauchen würde. Doch je mehr sie sich den Bergen näherten, desto kurvenreicher wurde die Straße, und so angestrengt Lacurt auch durch die Windschutzscheibe starrte und vor jeder Windung neue Hoffnung schöpfte, der Lieferwagen kam und kam nicht in Sicht. Je dunkler es wurde, je weniger er etwas von der Gegend erkennen konnte, desto mehr beschlich ihn das Gefühl, einem Phantom nachzujagen.
Endlich tat sich die Genfer Ebene vor ihnen auf. Lacurt stimmte dem Fahrer darin zu, dass sie Lausanne am schnellsten erreichten, wenn sie weiter auf französischem Boden dem Fuße des Juras folgten, anstatt durch Genf zu fahren. Er stellte fest, dass es in diesem Grenzgebiet mehr als einmal die Gelegenheit gab, auf einer unkontrollierten Straße in die Schweiz hinüberzuwechseln.
Als sie in einer kleinen französischen Ortschaft anhielten, um zu tanken, ließ sich der Fahrer nicht davon abhalten, an der Bar noch einen Kaffee zu trinken. Lacurt merkte erst jetzt, dass er seit Mittag nichts mehr gegessen hatte, und langte missmutig nach einem Brötchen.
Wenig später kamen sie an die Grenze und mussten anhalten. Vor ihnen stand ein Bus mit Ausländern, die offenbar ziemlich genau kontrolliert wurden. Vergeblich hatte der Fahrer schon einige Kilometer zuvor versucht, den Bus zu überholen. Nach langen Minuten des Wartens wurde Lacurt so ungeduldig, dass er ausstieg und auf die Schweizer Zöllner zuging. Als er seinen Schweizer Pass vorzeigte und die Dringlichkeit ihrer Weiterfahrt hervorhob, konnte er erreichen, dass ein Zöllner sie abfertigte. Aber sie hatten wieder Zeit verloren.

Bedrückt fuhr Lacurt Lausanne entgegen. Wenn er überhaupt auf die Gesuchten stieß, so kam er wohl zu spät. Elf Uhr war vorbei. Dann versuchte er sich mit dem Gedanken zu beruhigen, dass Inspektor Juvet nach Hause gekommen war und das Nötige veranlassen würde.
Als Lacurt das dunkle Wasser des Genfer Sees sah und sich die Kämme der Savoyer und Walliser Alpen am Nachthimmel abzeichneten, wurde ihm wieder leichter zu Mute. Sonderbarerweise hatte er, je näher sie dem Ziel kamen, das Gefühl, Distanz zu allem zu gewinnen. Epiktet, der Stoiker kam ihm in den Sinn: Liegt es bei dir, was am Ende geschieht oder nicht geschehen mag? Nein, es liegt nicht bei dir. Also bekümmere dich nicht darum.
Der Fahrer, der ihn nach dem weiteren Weg fragte, riss ihn aus seinen Gedanken. Nun, da sie auf ihr Ziel zusteuerten, oblag Lacurt die Führung, und der Weg, den er dem Fahrer weisen musste, stand nicht in den Sternen geschrieben.

Mitternacht war längst vorüber, als sie sich endlich auf der Landstraße unterhalb von Schloss Greifenried befanden. Lacurt begann nervös zu werden. Sollte er erst zum Haus des Inspektors oder gleich nach Schloss Greifenried fahren?
Sie näherten sich der Abzweigung, die nach Greifenried hinaufführte, und Lacurt war immer noch unschlüssig. Da kam ihnen auf der anderen Seite ein Wagen entgegen, der plötzlich abbremste und ein Lichtzeichen gab. Lacurt bedeutete dem Fahrer anzuhalten. Im anderen Wagen saß Inspektor Juvet. Beide stiegen aus und gaben sich wortlos die Hand.

»Sind sie schon da?«, fragte Lacurt.
»Ich war noch nicht oben«, antwortete Juvet mit einem verlegenen Unterton. »Meine Frau konnte mich nicht erreichen. Zum Glück habe ich sie dann angerufen. Kommen Sie gerade aus Frankreich?«
»Ja.«
»Dann dürfte der Vorsprung der beiden nicht allzu groß sein.«
»Eine halbe Stunde vielleicht … wenn sie überhaupt oben sind.«
»Wir werden sehen«, murmelte Juvet.
Lacurt bezahlte den Fahrer, nahm seinen kleinen Koffer und setzte sich zu Juvet in den Wagen. Er bemerkte erst jetzt, dass auf dem Rücksitz noch jemand saß.
»Ein junger Kollege«, erklärte Juvet. »Aus Sicherheitsgründen. Wer weiß, was uns da oben erwartet.«
Mit gedrosseltem Motor fuhren sie bis zur Wegbiegung unterhalb des Schlosses, wo sie den Wagen stehen ließen und zu Fuß zum Schloss liefen, dessen Umrisse sich immer deutlicher vom nächtlichen Himmel abhoben.
Hinter den hohen Fenstern des Greifensaals sahen sie einen Lichtschimmer, der sich langsam hin und her bewegte.
»Was wollen Sie tun?«, flüstert Lacurt.
»Festnehmen, was sonst«, erwiderte Inspektor Juvet.
»Könnte ich nicht mit den beiden vorher kurz reden?«, bat Lacurt.
»Das wäre ungewöhnlich«, antwortete der Inspektor trocken.
»Ich möchte darauf bestehen«, sagte Lacurt fest.
»Mit welchem Recht, oder in welchem Namen?«

»Im Namen einer verlassenen Frau und einer unglücklichen Mutter.«
Lacurt hatte nicht pathetisch sein wollen. Die Worte waren ihm einfach so über die Lippen gekommen. Der Inspektor sah ihn betroffen an.
»Deswegen sprachen Sie gestern von einem Auftrag für Pater Brown?«
»Ja. Und der Auftrag wurde nicht erfüllt.«
»Vielleicht ist es noch Zeit. Ich werde Ihnen nicht im Weg stehen.«
Sie näherten sich der Umfriedungsmauer. Direkt vor dem Tor stand der Lieferwagen von Labergerie und Rieder.
»Vorsicht«, gebot der Inspektor, »vielleicht steht einer Wache.«
Auf seinen Wink schlich sich Juvets junger Kollege im Schatten der Mauer an den Wagen heran. Offenbar war dort niemand, denn er gab ihnen ein Zeichen, ihm zu folgen. Sie fanden das Tor nur angelehnt und sahen zum Greifensaal empor, wo sie nun zwei unterschiedliche Lichter ausmachen konnten. Das eine wanderte zum Treppenturm, das andere folgte kurz darauf.
»Vielleicht haben sie schon gefunden, was sie gesucht haben und ziehen sich zurück«, flüsterte der Inspektor.
Plötzlich schoss am vorderen Bogenfenster eine gelbe Stichflamme empor, gefolgt von einer heftigen Detonation. Holz splitterte, Mauern bebten, Fensterscheiben klirrten. Dann brach das Inferno im Dunkel der Nacht in sich zusammen.
Die zwei Lichter erschienen wieder.
Lacurt sah entsetzt und ratlos zum Inspektor hinüber.

In diesem Augenblick ertönte von oben das dumpfe Geräusch eines schweren Gegenstandes, der auf dem Boden aufschlug, und dann hörten sie einen gequälten Schrei.

»Wir müssen hinauf«, stieß der Inspektor hervor.

Sie rannten über den Hof. Lacurt stieß die Tür auf, machte Licht, und dann stürmten sie die Treppe hoch.

»Polizei«, brüllte der Inspektor, als er mit vorgehaltener Pistole den Raum betrat.

Der Greifensaal bot ein Bild der Zerstörung. Getäfer und Gestühl waren zerborsten und lagen in Stücken auf dem Boden zerstreut. Aus dem Trümmerhaufen ragte der große eiserne Greifenleuchter empor. Unter ihm lag Rieder, und neben ihm kniete Labergerie, der offenbar versuchte, Rieder aus dem eisernen Gestänge zu befreien.

Labergerie stand blitzschnell auf, als er den Inspektor sah, gab aber jeden Fluchtversuch auf, als er hinter Juvet dessen Kollegen und an der Tür Lacurt erblickte.

Auf einen Wink hob der junge Kollege die noch brennende Taschenlampe auf, die neben Rieder auf dem Boden lag, und drückte sie dem Inspektor in die Hand.

Wo früher das Gestühl mit dem großen Greifenbild gestanden hatte, war nur mehr eine grob verputzte, graubraune Mauer zu sehen, in deren Mitte eine leere Nische klaffte.

»Sie haben das Gestühl mit Sprengsätzen von der Wand gesprengt«, sagte der Inspektor und leuchtete mit der Taschenlampe die Decke ab. Das alte Gewölbe schien der

Erschütterung standgehalten zu haben. Aber der eingemauerte Haken, an dem der Greifenleuchter gehangen hatte, hatte sich gelöst. Der Leuchter musste in dem Moment herabgefallen sein, als die beiden nach der Explosion den Saal wieder betreten hatten. Dabei hatte er Rieder unter sich begraben.

»Er ist schwer verletzt«, stieß Labergerie hervor und kniete wieder zu Rieder nieder. Juvet und Lacurt hoben den riesigen Leuchter von Rieder. Gemeinsam brachten sie den Bewusstlosen in die richtige Seitenlage.

Rieder hatte am Hinterkopf eine breite Wunde, aus seinem linken Ohr rann Blut. Seine Schläfen waren dunkel verfärbt.

Als Juvet sich über ihn beugte, kam er langsam zu sich und öffnete die Augen. Er schien den Inspektor zu erkennen. Ein ungläubiges Erstaunen zeigte sich auf seinem Gesicht. Dann sah er zu Lacurt, der neben Juvet am Boden kniete, und seine Augen schlossen sich wieder. Ein Zucken lief um seinen Mund und ein Zittern erfasste seine Glieder. Juvet versuchte ihn zu beruhigen. Da öffnete er die Augen wieder und sah starr auf Juvet. Ein unverständliches Lallen kam aus seinem Mund. Juvet beugte sich vor, um ihn besser verstehen zu können.

»Ich … ich … wollte Blöchli nicht töten … Er … hat das Buch mit dem Blatt in den Händen gehabt … Ich … wollte nur das Blatt … Ich … wusste nicht, dass die Sicherung …«

Rieder wollte weitersprechen, aber es gelang ihm nicht mehr.

»Ich weiß, was er sagen wollte«, flüsterte Lacurt dem Inspektor zu. Seine Ahnung von damals hatte ihn nicht getrogen.
Rieders Augen schlossen sich, seine Züge schienen sich zu entspannen. Sein Kopf sank auf die Seite.
Nach einer Weile hoben sich seine Lider wieder.
Er sah den Kopf des mächtigen eisernen Greif, der neben ihm auf dem Boden lag, und für einen Augenblick erglomm in seinen Augen ein strahlendes Leuchten, bevor sein Blick erlosch.
Der Inspektor fuhr über Rieders Augen, die noch immer auf den Greif gerichtet waren.
»Er ist tot«, sagte er leise.
Juvet erhob sich. Auch Lacurt stand auf. Als Letzter trennte sich Labergerie von dem Toten, der Lacurt nun zum ersten Mal in die Augen sah. Nun war es Lacurt, der den Blick des anderen nicht aushielt.
»Er war Ihr Sohn«, sagte er mit belegter Stimme. Dann, als Labergerie ihn mit weit geöffneten Augen ansah: »Das Kind von Agnes.«
Eine Stille breitete sich aus, die keiner zu stören wagte. Labergerie schien es nicht zu fassen. »Mein Sohn, das Kind von Agnes«, wiederholte er nur tonlos.
Wieder und wieder sah Labergerie auf den Toten.
Auf einmal hörte Lacurt ihn sagen: »Warum sind Sie nicht früher gekommen?«
»Ich habe es versucht«, stieß Lacurt gequält hervor. Er hatte als Einziger und für alle gesprochen. Von diesem Moment an fühlte er sich als der Schuldige.
Aber es war Labergerie, der nun plötzlich herausschrie:

»Ich bin an allem schuld.« Dann zum Inspektor: »Bringen Sie mich ins Gefängnis.«
Lacurt sah durch die zerbrochenen Fensterscheiben hinaus ins Dunkel der Nacht.

16

Eine Woche später erhielt Lacurt einen Anruf von Inspektor Juvet. Er möge doch so gut sein, noch einmal aufs Kommissariat zu kommen.
Was man dort nur von ihm wollte? Er hatte Inspektor Juvet doch schon alles berichtet. Nur die Liebe zwischen Hélène d'Altenach und dem längst verstorbenen Maximilian de Greyff hatte er ihm verschwiegen. Die Geschichte ließ sich auch ohne sie als ein lückenloses Ganzes erzählen, wenn er dem zufälligen Aufeinandertreffen von Agnes Rieder und Labergerie eine größere Bedeutung gab.
Das Gespräch mit Juvet hatte nicht die Last von ihm nehmen können, die er seit der Unglücksnacht mit sich trug. Bei der Beerdigung von Rieder war ihm der Anblick der weinenden Mutter unerträglich gewesen.
Einen Tag vorher war auf dem Dorffriedhof unterhalb von Greifenried auch der alte Albert beerdigt worden. Der liebenswürdige, treue Diener war in derselben Nacht, in der der alte Rittersitz von der Explosion erschüttert wurde, friedlich entschlafen.
Madame de Greyff und Maximilian, die er schon am Morgen nach der Unglücksnacht aufgesucht hatte, hatte er nach Alberts Beerdigung wieder getroffen. Für die bei-

den hatten die Vorkommnisse in Greifenried die Entlastung von jedem Verdacht gebracht – seine Last hatten sie nicht mitzutragen. Der in Greifenried angerichtete Schaden war weniger schlimm als befürchtet. Nur das Getäfer mit dem großen Greifenbild war auf irreparable Weise zerstört. Mit dem Amt für Denkmalpflege war jedoch schon eine Nachbildung vereinbart. Lacurt hörte wie von ferne zu. Der tote Rieder ließ sich nicht wieder zum Leben erwecken.

Um einen Schlussstrich zu ziehen, war er nach Graubünden gereist, hatte den Greifenpokal geholt und ihn Maximilian übergeben. Dessen überschwänglichen Dank hatte er nur müde abgelehnt. Etwas Unausgesprochenes lag zwischen ihnen. Auch von Madame de Greyff hatte er sich nur stumm die Hand drücken lassen. Ihr schien jedoch die Zurückhaltung recht.

Kurz darauf war endlich der Brief gekommen, auf den er schon so lange gewartet hatte. Er hatte es kaum gewagt, ihn zu öffnen. Jeannes Handschrift war ihm so vertraut, und doch schien sie einer anderen Person zu gehören. Sie schrieb, dass sie in der nächsten Zeit nach Freiburg kommen und ihm etwas sehr Persönliches mitteilen werde. In ihrem Leben habe sich eine große Veränderung ergeben. Mehr könne sie ihm nur mündlich sagen. Gleichzeitig bat sie um Entschuldigung für ihr langes Schweigen.

Nun nahte also auch hier das Ende. Jeanne würde ihm ihre bevorstehende Verbindung mit Maximilian de Greyff mitteilen. Darum das dezente Schweigen von Mutter und Sohn. Glücklicher Maximilian!

Auf dem Weg zum Kommissariat hatte Lacurt das Gefühl, der ewig Verurteilte zu sein, gleichgültig, was man ihm dort eröffnen mochte.
Er wurde sehr freundlich von Juvet empfangen, der ihn in sein Büro führte.
»Das Erste, worum ich Sie bitten muss, ist die Erledigung einiger Formalitäten.«
Er drückte ihm ein Schriftstück in die Hand. Es war der Bericht über die Vorkommnisse in jener dramatischen Nacht auf Schloss Greifenried. Lacurt sollte mit seiner Unterschrift dessen Richtigkeit bezeugen.
Dann reichte ihm der Inspektor eine weitere Akte.
»Der Kommissär meint, Sie hätten ein Recht darauf, auch das hier zu lesen.«
Es war das Geständnis von Labergerie. Lacurt war überrascht von der schonungslosen Offenheit, mit der Labergerie die Verstrickungen seines Lebens offen legte. Er hatte zunächst mehr geahnt als gewusst, dass der alte Maximilian den Greif gefunden hatte. Dann hatte er einmal das Blatt mit der Greifendarstellung in dessen Händen gesehen. Vor seiner Flucht hatte er den Schreibtisch aufgebrochen und neben verschiedenen Wertgegenständen auch ein Büchlein mitgenommen, in dem der alte Herr seine Fundgegenstände verzeichnet hatte. Dort standen am Schluss, mit einem Pfeil verbunden, die beiden vielsagenden Wörter »Greifenblatt« und »Greifenpokal«.
In den Jahrzehnten nach seiner Flucht schlug er sich in Frankreich mit meist unlauteren Antiquitätengeschäften durch und reiste auch mehrmals in die Schweiz. Dabei

erfuhr er, dass eine französische Kongregation Praderschu übernommen hatte, und verfolgte, wie diese nach und nach die letzten alten Schwestern aus Praderschu abzog. Als die französischen Behörden nach ihm fahndeten, setzte er sich unter seinem falschen Namen in die Schweiz ab, fand Praderschu unbewohnt und begann dort sein Versteckspiel. Auf dem Dachboden stieß er auf die Kopie der Diana. Rieder, den er bei einem Museumsbesuch kennen gelernt hatte, konnte er dazu bewegen, diese mit der echten Diana zu vertauschen. Mit Rieder hatte er auch einmal ausführlich über das Greifenblatt und den Pokal gesprochen. Wie Rieder in den Besitz des Blattes gekommen war, hatte er nie erfahren, und er konnte auch die Bedeutung nicht ermessen, die der Greif für diesen besaß. Um in seinen Besitz zu kommen, hatte Rieder Labergerie mehr Geld versprochen, als dieser ihm für die Diana gegeben hatte. Den Einbruch auf Schloss Greifenried hatten sie beide gemeinsam geplant.
»Der Tod seines Sohnes hat ihn völlig verändert«, bemerkte der Inspektor, als Lacurt zu Ende gelesen hatte.
Lacurt dachte an Rieder, dachte an dessen Mutter, dachte an das, was möglich gewesen wäre.
»Der Kommissär hätte Sie gerne noch gesprochen«, sagte der Inspektor und führte ihn in dessen Büro.
Es war derselbe Raum, in dem die erste, unliebsame Begegnung mit dem Kommissär stattgefunden hatte. Aber der Kommissär schien ein völlig anderer zu sein. Er ergriff erst das Wort, als sie sich gegenübersaßen und Lacurt ihn fragend anblickte.

»Der Fall, der Sie beschäftigt hat, der uns beschäftigt hat, wird nun bald zu den Akten gelegt. Sie haben dabei mehr geleistet als die Polizei. Ihre Freunde, Mutter und Sohn de Greyff, sind von jedem Verdacht freigesprochen.«

Das war aufrichtig und anerkennend gesprochen, und doch fühlte sich Lacurt davon wenig berührt.

»Es gibt wohl etwas an diesem Fall«, fuhr der Kommissär fort, »an dem wir beide noch länger zu tragen haben.«

Lacurt horchte auf.

»Ich möchte mich zunächst für das entschuldigen, was ich Ihnen am Ende unserer ersten Begegnung gesagt habe. Vielleicht habe ich einfach schon zu viele unliebsame Erfahrungen mit Amateurdetektiven gemacht, und ich habe damals wohl schon die Tragik in diesem Fall erahnt.«

»Ich wollte«, erwiderte Lacurt, »ich hätte Ihren Rat befolgt.«

»Das kann ich gut verstehen«, sagte der Kommissär, »wir beide hätten schließlich gern einen anderen Ausgang gewollt. Aber dass es so gekommen ist, daran tragen Sie keine Schuld.«

»Keine Schuld?«, fragte Lacurt langsam und ungläubig zurück.

»Nein«, antwortete der Kommissär, »und das ist es, was ich Ihnen eigentlich sagen wollte. Wissen Sie, warum Madame Juvet ihren Mann damals nicht rechtzeitig benachrichtigen konnte? Weil ich meine Leute nach der Versammlung noch zu einem kleinen Umtrunk in ein Restaurant eingeladen habe. Und ich habe es versäumt, der Telefonzentrale Bescheid zu geben.«

»Aber Sie konnten doch nicht wissen …«, wollte Lacurt einwenden.

Der Kommissär unterbrach ihn mit einer Handbewegung. »Nein, ich konnte das nicht wissen, aber ich hätte besser Vorsorge treffen müssen. Es nicht getan zu haben, ist immer eine Unterlassung. Diese hier wiegt schwerer als andere.«

Lacurt standen plötzlich all die Momente vor Augen, in denen er auf der Fahrt von Bourg en Bresse nach Greifenried wertvolle Minuten Zeit verloren hatte. »Wenn … wenn ich mehr Druck gemacht hätte, wäre ich noch rechtzeitig gekommen«, stieß er hervor. Er wollte noch etwas hinzufügen, doch der Kommissär kam ihm zuvor.

»Jetzt kann ich Ihnen dasselbe sagen wie Sie vorhin mir: Sie konnten doch nicht wissen, dass alles von wenigen Minuten abhing. Es gibt Dinge, die wir nicht im Griff haben, auch und gerade wenn es um Leben und Tod geht. Als Polizeibeamter, der seinen Beruf nicht ausüben könnte, wenn er jeden Zufall ausschalten und alles absichern wollte, kann ich die Folgen fataler Umstände tragen. Als Mensch würde ich daran zerbrechen. Verstehen Sie nun, warum ich Sie von diesem Fall fern halten wollte?«

Nachdenklich nickte Lacurt.

»Im Übrigen«, fuhr der Kommissär fort, »dürfen Sie sich hoch anrechnen, was Sie für Rieder versucht haben. Sie sind vielleicht der Einzige, der ihm wirklich helfen wollte. Sein Leben ist tragisch zu Ende gegangen. Aber diese Tragödie war in gewisser Weise schon vorprogrammiert. Die wahren Schuldigen sind jene, die ihm seinen Spitznamen gegeben, ihm das Stigma seiner – angeblichen – Herkunft angehängt haben. Von denen wird heute keiner ein schlechtes Gewissen haben. Kann man schuldig werden, wenn man sein Bestes gibt – auch wenn es dann am Ende anders kommt, als man es gewollt und erhofft hat? Aber wie will man in einem solchen Fall das Geschehen voraussehen! Wie weiß man, was im einzelnen Moment wirklich zählt! Ein Philosoph müsste das eigentlich besser beurteilen können als ein Polizeibeamter«, schloss der Kommissär.

Lacurt schwieg. Konnte man es so sehen? Bis zu einem gewissen Punkt, ja – aber dann kam eine dunkle Wand. Was ihm jedoch am meisten half, war die Sachlichkeit, mit der der Kommissär das berührte, was ihm so sehr zu schaffen machte.

Endlich blickte er auf. Nach langen Tagen sah er zum ersten Mal wieder einem Menschen in die Augen. Er wunderte sich, dass dieser ausgerechnet der Kommissär war.

»Vielleicht haben Sie Recht«, sagte er leise. »Aber die Unterscheidungen, die Sie ansprechen, machen einen Toten nicht wieder lebendig.«

Der Kommissär lehnte sich nachdenklich zurück. »Trotzdem geht das Leben weiter, auch für Sie. Man sagt, die Zeit heile alle Wunden. Aber es gibt Wunden, die nicht die Zeit, sondern die nur das Leben heilen kann, das gute neue Leben.« Den letzten Satz hatte er mehr zu sich selbst gesprochen und es dabei vermieden, Lacurt anzublicken. Dann räusperte er sich. »Bevor ich Sie ziehen lasse – halbwegs im Frieden, wie ich hoffe –, möchte ich Ihnen noch etwas mitgeben.«

Der Kommissär zog aus einer Schublade eine Klarsichthülle hervor, in der ein bräunlich-weißes Blatt steckte, und reichte sie Lacurt hinüber. Es war das Blatt mit der Greifendarstellung und der Eintragung, der Holzschnitt von Albrecht Dürer, den er zum ersten Mal in Händen hielt.

»Wir haben das Blatt bei einer Durchsuchung in Rieders Wohnung gefunden. Wären Sie so freundlich, es dem rechtmäßigen Besitzer, Ihrem Schützling de Greyff zu übergeben?«

Der Kommissär erhob sich.

»Bitte überbringen Sie auch Madame de Greyff meine respektvollen Grüße.«

Wenige Tage später klingelte eine ältere, schwarz gekleidete Frau an Lacurts Wohnungstür. Es war die Vertraute von Madame d'Altenach. Die Baronin habe sie beauftragt, ihm persönlich dieses Päckchen zu übergeben. Sie überreichte ihm einen verschnürten Umschlag und verabschiedete sich.

Zurück in seinem Wohnzimmer löste er sorgfältig die Schnur. Der Umschlag enthielt einen Brief und einen in Watte und Seidenpapier eingehüllten Gegenstand. Lacurt wickelte das Papier auseinander. Silber glänzte ihm entgegen. Es war der Kettenanhänger, der Greif mit der Inschrift *Por bon amor*, den ihm die alte Dame bei seinem Besuch gezeigt hatte.

Der Begleitbrief enthielt ein einzelnes Blatt mit Wappen und Krone der Absenderin. In der Anschrift fand er die französische Form seines Namens, wie man sie am Hofe Ludwigs XIV. geschrieben hätte, und in der Anrede einen

Adelstitel, der ihm gar nicht zustand. Lacurt musste lächeln. Dann las er den Brief:

Ich bitte Sie, den Anhänger dem jungen Maximilian de Greyff als seinem zukünftigen Besitzer zu übergeben. Mein Name soll dabei nicht genannt werden. Der treue Albert ist nun gestorben. Sie sind der Einzige, der noch um das Geheimnis zweier Liebender weiß, die im Leben getrennt blieben und die nun bald der Tod vereinigen wird. Hüten Sie dieses Geheimnis.

Hélène d'Altenach

Postskriptum: Der Tod befreit uns von jeder Knechtschaft, wie Montaigne sagt. Er hat auch R. frei gemacht. Sie haben das Ihrige getan.

Lacurt las den Brief ein zweites, ein drittes Mal. Er dachte über das Postskriptum nach. Was wusste die Baronin von Rieders Tod, von wem hatte sie es erfahren? Aber das war gleichgültig. Sie hieß gut, was er getan hatte.

Dann sah er auf den Greifenanhänger, nahm ihn behutsam in die Hand und fuhr mit den Fingern über das fein gearbeitete Silber. *Por bon amor.* Dieses kostbare Erinnerungsstück einer großen Liebe würde er bald weggeben müssen, wie zuvor Dürers Holzschnitt. Aber was ihm blieb, war die Erinnerung an diese Liebe selbst. Sie würde auch dann sein Eigen sein, wenn der Greifenanhänger in anderen Händen war. *Habeo quod dedi* – ich besitze, was ich hingab. Was wollte er mehr?

Ein Schmerz quälte ihn, den er nicht unterdrücken konnte. Er versuchte sich auf das zu besinnen, was ihm zugefallen war. War nicht der Greif ein Hüter von Schätzen? War er nicht dazu ausersehen, den verborgensten und kostbarsten Schatz zu hüten, der zwei Menschen zuteil geworden war? Aber das konnte nicht die Lücke füllen, die Jeanne in ihm hinterlassen hatte.

Geh an deine Arbeit, Lacurt, eh dich dein Selbstmitleid wieder lähmt, ermahnte er sich. Er verwahrte Brief und Anhänger an einem sicheren Ort. Dann machte er sich auf den Weg in die Bibliothek, um sich endlich wieder seiner Forschungsarbeit zu widmen.

Beim Hauptportal begegnete er Madame de Greyff. Unsicher bot er ihr die Hand. Aber sie schien genauso verlegen zu sein wie er.

»Hat Jeanne schon mit Ihnen gesprochen?«, fragte sie ihn vorsichtig. »Ich habe gehört, dass sie wieder hier ist.«

»Nein«, erwiderte Lacurt. »Aber das ist auch nicht mehr nötig. Ich … ich wünsche zur Vermählung alles Gute.«

Madame de Greyff berührte seinen Arm. »Wollen wir ein paar Schritte gehen?«

Lacurt ging schweigend neben ihr her.

»Es ist nicht so, wie Sie denken«, hörte er sie plötzlich sagen. »Jeanne wird Maximilian nicht heiraten.«

Lacurt starrte sie nur an, unfähig, ein Wort hervorzubringen. Endlich fasste er sich.

»Sie scheinen mehr über Jeanne zu wissen als ich.«

Nun war es Madame de Greyff, die lange zögerte.

»Jeanne erwartet ein Kind«, sagte sie leise.

»Aber …«

Sie hatte erraten, was er sagen wollte.

»Das Kind ist nicht von Maximilian.«

Lacurt blieb wie angewurzelt stehen.

»Kommen Sie«, mahnte ihn Madame de Greyff.
Mechanisch folgte er ihr.
»Sie haben damals das Telefongespräch mit angehört«, begann Madame de Greyff wieder, »das ihr Onkel mit mir geführt hat.« Sie machte eine Pause, als falle es ihr schwer, fortzufahren. »Es war nicht gerade sehr fein von ihm, wie er versucht hat, Jeanne unter die Haube zu bringen. Aber er ist nun mal ein hoffnungslos altmodischer Herr und wollte wohl nur ihr Bestes ... Jeanne kann nichts dafür, sie wusste nichts von seinem Plan.«
Lacurt rang mit seinen Gedanken, rang mit der Frage, die sich nicht unterdrücken ließ:
»Wissen Sie, wer der Vater ist?«
»Nein, Jeanne schweigt beharrlich darüber. Sie hat sich bis jetzt offenbar niemandem anvertraut ...«
Ein seltsames Lächeln huschte über ihr Gesicht.
Lacurt starrte sie wie eine Erscheinung an.
»Übrigens, es gab da wohl einige Unstimmigkeiten zwischen Jeanne und Ihnen. Irgendjemand aus Freiburg hat Jeanne in Paris getroffen und ihr erzählt, dass man Sie in letzter Zeit öfter mit Mademoiselle Henkel zusammen gesehen hätte. Ich war so frei, Jeanne zu erklären, dass da wohl nichts dahinter sei. Außerdem habe ich ihr erzählt, was Sie alles für uns getan haben.
So, lieber Freund, nun lasse ich Sie mit Ihren Gedanken allein und hoffe, Sie bald wiederzusehen.«
Ehe sich Lacurt versah, drückte ihm Madame de Greyff die Hand und verschwand in einer Seitengasse.
Wie ein Schlafwandler kehrte Lacurt in seine Wohnung zurück.

Der Anblick eines bunten Stoffes, der locker um den Griff seiner Wohnungstür gewunden war, riss ihn aus seinen Träumen. Seine Augen saugten sich an der fein gemusterten Seide fest. Das war doch Jeannes Schal! Derselbe Schal, den er ihr in Verona geschenkt hatte.
Mit zitternden Fingern löste er ihn vom Türgriff. Da standen sie, die Verse aus Romeo und Julia: *Ich schwöre, Fräulein, bei dem heil'gen Mond. – O, schwöre nicht beim Mond, dem wandelbaren.* Hinzugefügt war ein weiterer Vers: *Doch willst du: schwör bei deinem edlen Selbst.*